KB241064

천하무적

천하무적 5
이나원 新무협 판타지 소설

초판 1쇄 찍은 날 § 2004년 1월 7일
초판 1쇄 펴낸 날 § 2004년 1월 15일

지은이 § 이나원
펴낸이 § 서경석

편집장 § 문혜영
편집 § 장상수 · 서지현
마케팅 § 정필 · 강양원 · 이선구 · 김규진 · 홍현경
펴낸곳 § 도서출판 청어람
등록번호 § 제1081-1-89호
등록일자 § 1999. 5. 31
어람번호 § 제2-0311호

주소 § 경기도 부천시 원미구 심곡1동 350-1 남성B/D 3F (우) 420-011
전화 § 032-656-4452   팩스 § 032-656-4453
http://www.chungeoram.com
E-mail § eoram99@chollian.net

ⓒ 이나원, 2003

값 8,000원

ISBN 89-5505-952-3 04810
ISBN 89-5505-717-2 (SET)

※ 파본은 본사나 구입하신 서점에서 교환하여 드립니다.
※ 저자와 협의하여 인지를 붙이지 않습니다.

천하무적

이나원
新무협 판타지 소설

5 천하무적(天下無敵)

5
완결

도서출판
청어람

목

차

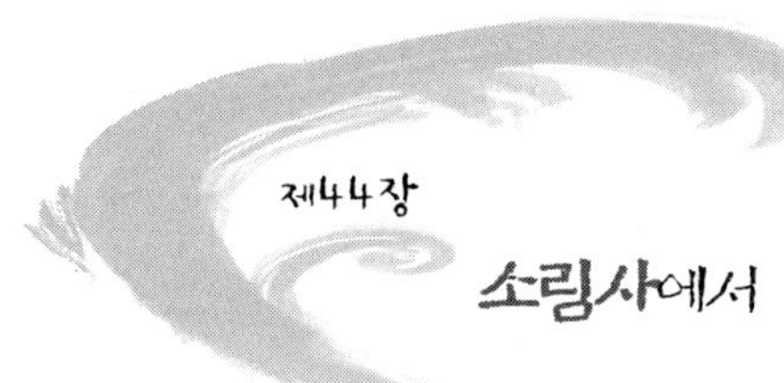

제44장
소림사에서

“아흠… 야! 아직도 먼 거냐?”

연신 입 안에 육포를 찢어 넣으면서 산천유람을 나온 공자마냥 느릿느릿 걷던 나일이 앞을 향해 소리쳤다.

“다 왔습니다. 저 앞이 하남입니다.”

늙은 몸에 어울리지 않게 커다란 짐보따리를 메고 일행을 인도하던 편봉타가 뒤를 보며 대답했다.

“도대체 진짜 얼마나 남은 거야?”

“정말 다 왔습니다.”

짜증이 팍 묻어나는 나일의 얼굴을 힐끔 보며 편봉타가 재빨리 다시 대답을 했다.

‘몇 번째 묻는 거야. 제길.’

편봉타도 짜증이 솟구쳤지만 애써 마음을 가라앉혔다.

거지라는 전직(?) 때문에 어느 사이엔가 일행의 길 안내를 맡게 된 것도, 그리고 짐을 등에 메는 것이 싫어서 평생 짐을 매본 적 없이 품 속에 일상용품을 구비하고 다녔건만 다 늙어서 짐을 메게 된 것에도 화는 나지 않았다. 나일을 제외하고 짐을 들 만한 사람이라고는 마협 지뿐이었으니 나눠 드는 것은 당연하다. 채주랍시고 자신의 무기인 감산도마저 짐 속에 파묻어 자신에게 주는 나일이 조금 얄밉기는 했지만 감내할 수 있었다. 다만 사람을 들들 볶으며 심심할 때 가지고 노는 장난감처럼 다루는 데에는 치가 떨릴 지경이었다. 바로 지금이 그렇다.

"아우, 심심해!"

지극히 권태스러운 나일의 목소리가 들리자 나일을 제외한 일행이 온몸을 바짝 긴장시켰다.

'또 시작할 시간이냐?'

사실 길을 걷는 것은 무척 따분한 일이다.

새로운 동네와 산천을 보면 처음에는 신기하겠지만 어느 정도 지나면 그게 그거같이 느껴진다. 그럴 때는 무언가 다른 것에 집중해야 한다. 편봉타의 경우에는 다음에 도착할 곳에서 유명한 맛있는 음식을 떠올리는데 나일은 오직 무료한 시간을 일행 괴롭히는 데 사용한다.

그렇기에 나일의 입에서 심심하다는 소리가 나오자 일행은 저마다 긴장하며 조금씩 나일과 거리를 두려고 한다.

'내가 희생양이 되면 안 된다.'

가까이 있다가 재수없으면 희생양이 될 우려가 컸다. 편봉타는 무거운 보따리를 들고도 망설임없이 쭉쭉 앞으로 나아갔다. 연신 주변을 두리번거리던 나일이 살금살금 걸어가서 마협지의 등에 업혔다.

"자, 뛰자!"

‘아뿔싸!’

마협지는 가슴이 철렁 내려앉았다. 순간의 방심이, 아니, 방심하지 않았더라도 당했을 테지만, 심심함을 때울 노리갯감으로 자신이 선택된 것이 만족스러울 리가 없다.

“달리라니까!”

짝. 짝.

엉덩이를 손바닥으로 찰싹찰싹 때리자 마협지가 질풍처럼 달리기 시작했다. 이럴 때는 최대한 비위를 맞춰주는 게 최소한의 피해를 입으며 살아가는 요령인 걸 마협지도 깨달은 것이다.

“어… 어…….”

생각보다 마협지의 속도가 빨랐는지 나일이 놀란 음성을 내었다. 그러나 그것도 잠시, 달려가는 속도에 적응하려던 때에 마협지가 걸음을 멈추었다.

“뭐야!”

“다 올라왔는데요.”

멈춘 것에 대한 짜증을 폭발시키려던 나일이 마협지의 말을 듣고는 뒤를 돌아봤다. 저 아래에서 일행이 올라오고 있었다.

“야! 빨리 와!”

나일이 걸어오고 있는 나머지 일행을 향해 고함치고는 마협지의 등에서 내려왔다.

“저곳이 하남이란 말이지…….”

산 아래를 내려다보는 나일의 눈이 잠시 반짝였다.

나일 일행이 녹림대회가 열리는 호남성으로 가기 위해서는 하남을 반드시 거쳐야만 한다.

예로부터 중국 고대 문명은 정주를 중심으로 한 하남성에서 발전했다. 은이 멸망하고 주가 일어났으며, 다시 주가 쇠약해지며 춘추전국 시대가 전개되었는데, 모두 바로 이 하남성을 무대로 펼쳐진 역사였다. 게다가 하남에는 거지들의 천국인 개봉과 예술의 도시 낙양이 있다. 개봉은 전 무림인들이 알다시피 개방의 총분타가 있는 곳이고 낙양은 시인묵객들이 많이 출생한 곳이다. 유명한 시인 두보의 고향도 낙양에서 얼마 떨어지지 않은 공현이었다.

"야! 하남이다."

제일 먼저 소리를 지른 것은 역시나 손환희였다.

일행의 걸음을 쫓는 것이 힘에 부쳐 말을 할 힘이 없어 조용히 있던 손환희였지만 하남성의 경계를 넘어 도시를 만나자 자신도 모르게 소리를 지른 것이다.

'이제 하남이면 호남은 또 얼마나 가야 하지?'

나일은 새삼 중원 땅이 얼마나 넓은지 다시 경험해 보았다.

'도대체 얼마나 가야 하는 거야!'

나일 일행이 이곳 하남까지 오는 동안 우여곡절은 이루 말할 수 없이 많았다. 말로 하면 끝이 없을 테지만 그중 하나가 노숙이었다. 그렇게 하지 않으려던 노숙도 중원이 넓다 보니 어쩔 수 없이 하게 되었다. 모두를 위해 요리하겠다는 손환희를 나일은 자신이 살기 위해서 어쩔 수 없이 혈도를 점하고 손수 요리를 하는 수고도 마다치 않았다.

편봉타가 진심으로 그 요리를 입에 침이 마르도록 칭찬할 정도로 나일의 요리는 손환희의 요리와 극을 이뤘다. 하나 손환희는 나일이 만든 음식을 먹지 않고 자신이 요리를 새로 하고는 일행에게 강제로 권했다. 그 때문에 편봉타는 울면서 손환희의 음식을 먹어야 했고, 당연히 또 한 번의 토악질의 분수를… 분수는 노숙을 준비한 침구를 모두 덮어버렸다. 그리고 그날 밤 그들은 모닥불에 모여서 옹기종기 앉은 채로 잠이 들어야 했다. 그 후로 날이 질 것 같으면 걸음을 멈추고 객잔을 찾아 나서는 게 그들의 최우선 과제가 되었다. 물론 그로 인해 일행의 걸음은 점점 느려져 갔다.

"여기까지 왔으니까 우리 소림사에 들렀다 가요."

소림사!

하남에서 제일 유명한 곳은 누가 뭐라 해도 소림사였다. 그렇기에 하남이 무림에서도 중심에 서 있는 것이다.

옛말에도 있지 않은가?

'하남에 숭산이 있고 숭산에 소림사가 있는 것이 아니라, 소림사가 숭산에 있고 숭산이 하남에 있을 뿐이다' 라고.

그만큼 소림사가 무림에서 차지하는 비중은 절대적이다. 요사이는 구대문파의 위세가 저물어가고 오대세가가 판을 치고는 있지만 아직까지도 소림사는 무림의 태산북두(泰山北斗)이다.

"우리가 뭐 놀러 나왔냐? 이제 녹림대회도 얼마 남지 않았다고."

나일이 한마디 톡 쏘아주자 손환희가 예의 울 듯한 표정을 지었다. 하고 싶은 말은 많지만 여자의 눈물만큼 효과적인 말은 없다는 것을 어린 나이에 깨달은 손환희였다.

"울면 다 되는 줄 알아!"

나일이 그 모습을 보며 콧방귀를 뀌었다. 저렇게 우는 것에 몇 번을 당했는지 모른다.

"으으……."

연기를 하는 건지 아니면 진짜로 슬퍼서 우는 건지 손환희의 눈에 눈물이 맺혀가기 시작했다.

"울보!"

나일은 손환희가 마음에 들지 않지만 그렇다고 우는 여자 아이를 다 그치기도 난감해서 째려보기만 할 뿐이었다.

'도대체 여자는… 아니, 쟤는 왜 맨날 우는 거야!'

아무리 여자가 잘 운다고 하지만 손환희가 밥 먹듯이 울어대는 행동은 이해되지 않았다. 하나 정말 손환희는 자신의 말대로 울보였다.

"히이잉~"

손환희는 나일이 '울보' 라고 하자 손수건을 꺼내어 코를 풀고는 다시 대판 울려고 자세를 잡았다.

'저것에 넘어가면 안 된다. 안 그래도 늦었는데……'

그러나 나일의 표정은 냉랭했다. 손환희의 말을 들어주고 몇 번을 후회했는지 모른다. 그 생각을 하자 차라리 우는 모습을 보는 게 낫다고 생각한 것이다.

"채주님, 소림사 한번 갔다 오죠. 시간도 아직은 여유가 있는데."

보다 못한 편봉타가 둘 사이에 끼어들었다.

"어쭈, 안 맞았다 이거지."

손환희에게서 편봉타에게로 시선을 돌리며 나일이 손을 치켜들었다.

'성질 더럽기는……'

나일의 기세에 놀란 토끼마냥 편봉타가 뒷걸음치며 속으로 욕을 해댔다.

"아니, 저는 단지… 채주님 하고 싶은 대로 하세요."

금방 꽁무니를 빼면서 편봉타는 '모든 것은 채주님의 뜻대로'를 연신 입에 담았다.

"너희도 가고 싶냐?"

고개를 획 돌려 나일이 노진과 마협지를 보며 물었다.

"아니요."

"별로요."

방금 편봉타가 끼어들었다가 맞을 뻔했는데 그 누가 나일의 뜻에 반대하겠는가?

"그래… 그럼."

나일의 고개가 다시 손환희에게로 향했다.

손환희는 본격적으로 울 채비를 갖추고는 눈에서 눈물을 짜내고 있었다. 나일은 그 모습을 보며 혀를 찼다. 자신의 뜻을 바꿀 수밖에 없었다.

'으이구, 내 신세야.'

절로 탄식이 나왔다. 오면서 많이 경험하지 않았던가?

손환희는 울기 시작하면 한 시진 동안 쉬지 않고 울 수 있는 여자였다. 한참 절정기에 오른 손환희의 울음은 사람들의 시선을 끌 것이다. 여자가 울고불고 하는데 사내로서 그런 모습을 계속 보는 것도 별로 좋지 않다. 게다가 사람들이 뒤에서 수군거릴 것이다. 말도 안 되는 추측을 하면서.

'이번만 들어준다. 하지만 다음에는 절대 안 들어줄 테다!'

마음속으로 다짐하고는 나일이 손환희의 젖은 눈을 소매로 닦아주었다.

"소림사 가자. 모두 이의없지?"

여자의 눈물은 무기라더니 손환희는 그 무기를 자꾸 사용해서 탈이지 효과는 만점이었다. 약발이 자꾸 약해져서 문제지만.

'우와! 이번에도 넘어갔다.'

손환희가 언제 울었느냐는 듯이 환하게 웃었다. 그리고 또 시작되는 수다 공세.

"소림사의 승려들은 다 무공 고수라면서요?"

"그럼. 소림사는 말이지……."

편봉타가 지난달 소림사를 구경했던 경험과 강호상에 떠도는 소문을 덧붙여서 일행에게 이야기를 늘어놓았다.

"우와~ 정말 대단하다. 그럼 소림사와 개방이 무림을 여지껏 이끌어온 것이네요."

손환희가 편봉타의 말에 맞추어 감탄사를 토해내었다. 편봉타가 소림사를 띄우며 자신의 개방도 은근슬쩍 띄웠는데 손환희가 여지없이 그것에 넘어간 것이다.

"그럼. 그것이 소림사가 무림의 태산북두로 불리는 이유이지."

"정말 대단해요!"

'이것들이……!'

시간 여유가 있다고 해도 이틀은 돌아가는 길이기에 소림행이 마음에 들지 않는 나일이었다. 게다가 손환희와 편봉타가 히히덕거리자 나일은 왠지 배알이 꼴리는 중이었다.

"흥! 소림사랑 우리 녹림이랑 사실 다를 것도 없잖아!"

나일은 편봉타가 마치 자신의 집인 양 소림사 칭찬을 늘어놓자 그 모습이 꼴 보기 싫어 참지 못하고 입을 열었다.

"정파입네 하지만 소림사는 다만 합법적인 강도질을 하는 거고 우리는 불법이라는 게 다를 뿐이지. 안 그래?"

나일이 고개를 돌려 노진을 향해 물었다. 동조를 원하는 것이다.

'소림사의 어떤 점이 맘에 안 들어서 이런 말을 하는 거지?'

노진은 곰곰이 생각에 잠겼다.

아마도 편봉타가 소림사야말로 무림의 태산북두요 바르게 무림을 영도하는 천하제일의 문파라고 칭찬을 늘어놓아서일 거다.

'제대로 동조 못하면 또 나를 괴롭히려 들겠지.'

지금까지 노진은 나일을 겪어봐서 잘 안다고 자부한다.

나일 앞에서 다른 사람 칭찬을 늘어놓으면 속 넓은 척 들어주기는 하지만 끝에 가서는 꼬투리를 잡는다. 결국 돌아오는 것은 주먹뿐. 웬만하면 나일 앞에서는 나일 칭찬만 해야 한다. 예외가 있다면 영웅학관의 공주병 소저 구비화 정도.

'최대한 소림사를 깎아내리고 채주를 띄워주자. 그것이 앞으로도 편한 지름길이다.'

노진은 생각을 끝내고 나일의 말에 맞장구를 쳤다.

"하긴 소림사도 산에 있고 녹림의 산채도 산에 있으니 근거지를 산에 둔다는 점이 똑같네요. 또 소림의 승려들과 산적들도 무공을 익힌다는 점도 비슷하구요. 다만 소림사는 향화객들이 시주하는 돈으로 먹고 살고 녹림은 자기 산채 근처로 오는 상인들을 털며 사는군요."

"그렇지. 우리 회계 비서는 역시 믿음직스러워."

나일이 노진이 조목조목 녹림과 소림사의 유사점에 대한 흥미있는 고찰을 늘어놓자 간만에 노진의 머리를 쓰다듬으며 흡족해했다. 그리고 한편으로는 편봉타를 째려보며 아무 이유 없이 머리를 툭툭 쳤다.

"게다가 가장 중요한 것은 아시다시피 소림사의 중들도 대부분이 남자이고 산채의 산적들도 남자들입니다. 모두 남자들의 성지라고 할 수 있죠."

노진의 이야기는 계속되었다.

"한데 절에는 제약이 많지만 산채에는 제약이 없습니다. 자유가 있습니다."

"암."

노진을 흡족한 눈으로 바라보는 나일과는 달리 편봉타의 가슴은 불만으로 가득 찼다.

'우리가 자유가 어딨어! 차라리 중이 낫지.'

아닌 게 아니라 나일의 눈치를 보느라, 그리고 나일의 간섭 때문에 지금껏 속 편한 적이 없었다.

'에이, 그냥 가는 게 마음이 더 편하겠다.'

편봉타가 다시 걸음을 재촉하기 시작하자 일행의 걸음이 빨라져 갔다.

*　　　*　　　*

"음… 컥… 물……."

"부르셨습니까, 태사백님."

소림사 내에서도 절대금지에 꼽히는 달마동부.

천년소림의 역사에서도 다섯 손가락 안에 꼽히는 무공을 지닌 광미대사의 기침 소리에 병약해 보이는 승려 하나가 재빨리 문앞으로 다가섰다.

"아니다. 몸이 늙어서 나도 모르게 기침이 나온 것이다. 신경 쓰지 말고 일 보거라, 혜정아."

광미 대사는 혜정이 다가오자 급히 소맷자락에 무언가를 감추며 바닥에 누워버렸다.

"예, 그럼 저는 물러나겠습니다."

어딘지 모르게 구수하면서도 사람을 아늑하게 만드는 광미 대사의 말에 혜정은 황급히 물러나려 했다.

"그건 그렇고… 혜진이 소림으로 돌아온다고 하던데 그게 사실이냐?"

달마동부에서 속세는 물론 소림사 내의 어떤 누구와도 일체 인연을 맺지 않고 수련에만 몰두하며 지내던 광미 대사가 어디서 들었는지 혜진의 일을 물어왔다.

"그것이… 그렇습니다."

안 그래도 병약한 혜정의 얼굴에는 대답하기 곤란한 질문을 받은 탓에 땀방울이 송골송골 맺히기 시작했다.

혜진이 누구인가?

자신의 바로 위 사형으로 소림백년지계를 이끌어 나갈 기재로 이름 높았고, 언제나 자신에게는 자랑이었던 사람이다. 그런데 그 사형이 불미스러운 일로 영웅학관에서 퇴관 조치당했다.

물론 소림의 위신이 걸려 있는지라 사람들이 쉬쉬하고 있어 불미스러운 일이 정확히 무엇인진 알지 못하지만 결국 불미스러운 일을 저질러 퇴관 조치당했다는 것은 소림이라는 이름에 먹칠을 한 것.

'설마 묻지는 않으시겠지.'

평소에는 자애스럽지만 한번 화가 나면 그 누구보다도 깐깐하고 괴팍해지는 태사백의 성품을 알기에 혜정은 혜진에 대한 걱정으로 신경을 쓰느라 땀을 흠뻑 흘리고 있는 것이다.

부스럭. 부스럭.

혜정의 말을 듣던 광미 대사가 몸을 일으키는 소리가 났다. 광미 대사는 방금 승포 자락에 감추었던 그것을 혜정이 물러서는 기척을 드러내자 도로 꺼내려다 손이 미끄러져서 놓치고 말았다. 놀랍게도 바닥에 나뒹구는 것은 개고기. 그것도 잘 구워진 뒷다리였다. 소림의 정신적인 지주인 광미 대사가 몸을 구부려 다시 개고기를 집어 들려는데 손에 범벅이 된 개기름 때문에 또다시 미끄러졌다.

"이런……."

잠시 동안 긴장감이 달마동부 안을 엄습했다. 혜정은 불안한 마음에 자신의 두 손을 꼬옥 잡았다.

"힘… 네 이놈을… 돌아오는 즉시 내게 오라고 해라!"

안에서 무슨 일이 있었는지 갑자기 서릿발처럼 들려온 광미 대사의 일갈에 혜정은 온몸을 떨었다.

광미 대사(光米大師)는 이렇게 갑자기 성격을 바꾸어서 상대를 혼란스럽게 만드는 걸로 유명해 소림사에서는 광미 대사(狂迷大師)라고 바꾸어 부르기도 할 정도였다.

"예, 알겠습니다."

혹여라도 자신에게 불벼락이 떨어질까 혜정은 달마동부를 황급히 나서서 터벅터벅 걷기 시작했다. 혜정의 발길이 멀리 사라져 가자 광미 대사는 방 안에 떠논 물을 마시면서 본격적으로 개고기를 뜯기 시작했다.

나일 일행이 소림사의 경내에 들어서면서 손환희는 무리에서 이탈을 시도했다.

자신이 구경하고 싶은 것들을 보고 싶은 욕구 때문이다. 소림사는 무척이나 컸다. 대지 삼만 평의 위에 지어졌으니 당연히 크고 구경할 것들이 많았다. 그런데 나일은 자신보고 만져 보지도 말고 눈으로 구경만 할 것을 종용하니 견디다 못한 것이다.

"거기 서!"

나일이 막무가내로 요리조리 소림사 안을 쏘다니는 손환희를 보며 빽 소리를 질렀다.

"왜 그래요, 여기까지 와서!"

손환희가 자신의 어깨를 잡아챈 나일을 향해 고개를 돌렸다.

"이것이… 여기가 너희 집이야! 왜 휘저으며 다니는 거야!"

나일도 손환희가 이렇게까지 하는 행동을 이해는 했다.

소림사에는 온통 굉장한 것 투성이였다. 촌구석에서나 살다가 천하의 명승지로 꼽히는 소림사에 와보니 손환희의 눈이 휘둥그레질 수밖에.

결국 손환희는 호기심을 참지 못하고 일행과 떨어져서 이곳저곳을 기웃거렸고 몇 차례 소림사의 지객승들한테 제지를 받기도 했다.

"하지 말라는 행동은 하지 좀 마!"

법을 잘 지키지도, 지킬 생각도 없는 나일이지만 사람들의 시선은 견디기 어려웠다. 그렇게 말을 하는데도 손환희는 꿋꿋이 소림사의 금지 구역으로 발걸음을 옮겼고 참지 못한 지객승들이 나일에게 손환희를 만류해 줄 것을 하소연까지 한 덕에 사람들의 시선이 모두 나일에게 쏟아졌다.

"쪽팔리잖아."

　주위를 바라보며 나일이 손환희를 제지한 결정적인 이유는 바로 이 것이었다.

“제가 뭘요.”

“자꾸 이런 식이면 나도 방법이 있지.”

음침한 웃음을 보이며 나일이 검지손가락을 펴자 손환희가 재빨리 손바닥을 저었다.

분명 나일이 말한 방법이라는 것이 혈도를 점해서 움직이지 못하게 하고는 짐짝처럼 끌고 다니려는 것임을 알아차린 것이다. 이렇게 해서 일단 일차 이탈은 실패로 돌아간 듯 보였다.

“알았어요. 제발.”

애처로운… 그러면서도 호소력있는 눈으로 금방이라도 눈물을 떨구려는 손환희의 연기에 나일이 순간 흠칫거렸다.

“좋아, 기왕 여기까지 왔는데…….”

폈던 손가락을 구부리며 나일이 따라오라는 시늉을 하고는 일행이 모여 있는 곳으로 향했다. 그러나 그 순간 나일이 손환희에게서 눈을 떼자 손환희는 일행의 반대 방향으로 뛰어가서는 제법 큰 전각 안으로 들어가 버렸다.

“어디 갔어!”

나일의 눈을 이리저리 굴렸다. 저 멀리 손환희의 얼굴이 보였다.

“메롱.”

혀를 낼름거리며 도망치는 손환희의 모습을 본 편봉타 등은 걱정스러운 듯 그녀를 쳐다보았지만 반대로 한순간 자신이 놀림감이 됐다는 생각에 나일의 콧구멍에서는 김이 모락모락 났다.

“내 저 계집애를……!”

경내에 사람들이 제법 있는 관계로 나일은 평범한 사람들의 뜀박질 속도로 손환희를 맹추격하기 시작했다.

"저… 저……."

둘의 열띤 추격전을 보며 사람들이 수군거리자 남았던 일행의 얼굴이 오히려 화끈거렸다. 공공장소에서 소란을 부리는 무식한 사람들의 일행이라는 사실을 다른 사람들이 눈치 챌까 봐 딴청 부리며 뒷걸음치면서 나일을 외면했다.

"이 못된 계집애! 잡혀봐라. 이박삼일 동안 싸돌아 다니지 못하게 만들어 버릴 테다!"

나일은 입으로는 손환희를 겁주며 그녀가 숨을 만한 곳을 들쑤시지만 손환희도 산속에서 갈고닦은 '이리 숨고 저리 기척 내기' 등등 온갖 수법으로 나일의 손에서 벗어났다.

"후우… 여기까지는 못 쫓아오겠지."

천불전(千佛殿)에 잡초로 우거진 담벼락 사이 개구멍을 통과한 손환희는 두 손을 허리에 붙이고는 득의양양한 웃음을 지었다.

그러나 그것도 잠시,

잊고 있었지만 지금 자신의 보호자는 나일이었고, 결국 오늘 나일을 만나서 호남성으로 가야 한다는 운명을 망각하고 있었다는 사실을 깨달았다.

"흑."

자신도 모르게 두려운 현실을 직시하자 절로 울음이 흘러나왔다.

"이걸 어쩐다? 지금이라도 되돌아가서 빌어?"

손환희는 고개를 저었다.

"그래도 고통이 줄지는 않을 거야."

나일이 일행에게 얼마나 가혹한지는 함께 다니며 경험했다. 지금 돌아가더라도 자신이 감내해야 하는 고통은 줄어들지 않을 것이다. 아니, 오히려 화가 많이 난 나일에게 더 큰 고통을 받을지도 모른다.

"휴우, 이제 다 왔군. 그나저나 사부님께는 뭐라고 말한다?"
우람한 덩치에 찬권운룡이라는 별호를 가진 영웅학관의 기재 혜진은 산 구릉 너머로 보이는 천년사찰 소림사를 바라보며 한숨을 쉬었다.
"죽었다."
생각해 보면 자신의 실수였다.
무관사 하동구가 진미의 일로 자신을 주시하고 있었는데 딱 걸린 것이다.
"에잇. 태사백이 개고기의 맛을 가르쳐 주지만 않았어도… 어쩐다… 우선은 태사백께 가서 도움을 요청해야겠다."
혜진이 고개를 떨구었다. 자신의 사부인 범인 대사를 대할 면목이 없었다. 자신을 그동안 자식처럼 여기며 아껴주었던 사람에 대한 배신과 같은 짓을 저질렀으니… 길길이 화내시는 모습이 눈에 선했다.
이럴 때는 사부에게 하늘 같은 태사백의 도움을 받아야만 한다. 사부는 태사백의 말이라면 죽으라면 진짜로 죽을 사람이니까. 따지고 보면 퇴관을 당한 이유도 태사백이 어렸을 때 억지로 개고기를 권한 것 때문이지 않은가? 태사백이 그러지 않았다면 어디 감히 중이 개고기 먹을 생각을 언감생심했겠는가.
"그래, 살아날 수 있는 방법은 그것뿐이야."
멀리 보이는 소림사의 편액을 돌아서 혜진은 소실봉의 가장 윗부분이 달마동부로 향하는 수풀 속으로 발길을 돌렸다.

혜정은 울적한 자신의 심사를 달래기 위해 무심코 돌멩이 하나를 걷어찼다.

쉬~ 빠악.

"누구야!"

나일은 그렇지 않아도 기분이 심란했다.

아직까지도 손환희를 잡지 못한 것이다. 게다가 지금 있는 곳이 어딘지도 모르고 있었다. 손환희를 쫓다가 헤매다 보니 일행과도 떨어지고 인적이 드문 곳까지 오게 된 것이다.

"야! 너, 이리 와봐!"

오줌을 싸고 있는 동안 날아온 돌멩이 하나가 나일의 등짝에 부딪쳤다. 평상시라면 나일이 물론 그것을 감지 못하고 맞을 리는 만무. 그러나 문제가 있었다. 오랫동안 참았던 오줌을 막 터뜨리고 있을 때 다시 끊는다는 것은 불가항력이었다.

"으윽."

더구나 나일은 엉겁결에 피하려다 자신의 오른발에 세찬 오줌 줄기를 흘리고 말았다.

그리하여 당황했고 또한 분노했다.

새하얀 백의에 오줌이라니… 오줌은 말라도 그 특유의 지린내와 색깔로 인해서 감추어질 수 없다.

"이런 썅!"

"왜 그러십니까, 시주?"

혜정은 내심 뜨끔했지만 속마음을 감추며 합장했다.

"왜 그러나고? 그걸 몰라서 물어!"

붉으락푸르락해진 나일의 얼굴을 들여다보며 혜정은 잠시 침묵했다.

'이걸 어쩐다? 저 사람의 성품이 보통이 넘는 것 같은데.'

그런 생각을 하다 문득 이곳에 왜 사람이 있는 것인가 하는 것에 생각이 미쳤다.

이곳은 외인이 들어올 수 없는 소림사의 금역인 바로 달마동부가 눈앞에 보이는 곳이었다.

"시주는 이곳에 어떻게 들어오신 겁니까? 이곳은 소림의 금지 구역입니다."

은근히 목소리에 힘을 주며 추궁하듯 혜정이 물었다. 자신의 잘못을 모면할 마땅할 말을 찾은 것이다.

"그래서?"

나일은 얼굴에 띠껍다는 표정을 한껏 지으며 고개를 좌우로 흔들었다.

"그러니까 시주께서 이곳에 발을 들여놓아서는 안 된다는 말씀입니다."

"그래서 돌을 일.부.러. 차셨다 이 말이지."

일부러란 말을 강조하며 나일은 우두둑 소리가 나도록 주먹을 꺾었다. 손환희 때문에 마음이 불편했던 것을 풀 만한 상대를 발견한 것이다. 보통 사람이라면 아무리 화가 나도 스님에겐 예의를 갖추건만 나일에게는 애시당초 그런 것이 통용되지 않았다. 애나 늙은이나 거지나 스님이라도 자신이 화가 났으면 그것을 풀 도구로 사용할 뿐이다.

"시주, 그 무슨 말씀을. 제 말은… 그러니까 저는 아무도 없는 줄 알고……."

"쬐그만 게 어디서……."

그 순간 혜정의 검미가 꿈틀거렸다. 자신이 세상에서 제일 싫어하는 소리를 들은 것이다.

어려서 몸이 약한 덕에 혜정은 십육 세가 된 지금도 몸이 부실하고 키도 작았다. 다만 얼굴만이 정상대로 나이를 먹었을 뿐.

"……."

부르르.

혜정의 작은 주먹이 떨려왔다.

주먹이 쥐어졌을 뿐 아니라 눈까지 시뻘겋게 충혈되었다.

"시주, 방금의 무례를 사과하시오. 그렇지 않으면……."

화가 나서 제대로 말을 잇지 못하는 혜정의 주먹으로 나일의 시선이 모아졌다.

"어쩌겠다고?"

건들거리면서 나일이 혜정에게 조금씩 다가섰다.

자신의 옷이 이 지경이 됐는데 가만히 있을 나일이 아니었다. 자신보다 머리 두 개는 작은 혜정의 어깨를 툭툭 밀면서 성질을 돋우기 시작했다.

"내가 왜 사과를 하냐고!"

"에잇."

먼저 주먹을 휘두른 것은 혜정이었다. 혜정은 나일의 도발에 넘어간 것이다. 나일의 모습에는 사람을 열받게 만드는 무언가가 있었다. 그것을 참지 못하고 자신도 모르게 순간적으로 혜정의 손이 나간 것이다.

빽!

혜정의 주먹이 정확하게 나일의 어깨에 꽂혔다.

“사람 치네.”

고수는 절대 평상심을 잃지 않는다.

평상심을 잃은 그 순간이 바로 자신이 죽는 순간이라는 것을 알기 때문이다. 하찮은 건달 싸움에서야 그런 일이 비일비재하지만 고수는 아무리 하수라 해도 가볍게 보지 않는다.

최고의 상대라 여기고 냉정한 마음을 가지려고 노력한다. 그러나 모든 것에는 예외가 있는 법이다.

나일은 자신의 어깨를 후려갈기는 혜정의 연약한(?) 주먹을 내버려 두었다.

그러나 한편으로는 상대가 눈치 채지 못하게 오른발이 하늘을 향해 올라가는가 싶더니 혜정의 얼굴로 향했다. 자연스럽게, 그러면서도 정확하게 자신의 오줌이 묻은 오른쪽 발목 부근으로 혜정의 입술을 가격했다.

마치 혜정이 때린 반동에 의한 것처럼.

“에퉤퉤.”

나일의 목적은 오줌을 혜정에게 묻히는 것이었다.

이대로 백의를 입고 사람들 앞에 나설 수는 없는 노릇 아닌가?

입술에 묻은 노란색의 액체를 닦으며 혜정은 우악스런 얼굴이 되었다.

“이놈!”

달려드는 혜정의 손놀림은 그 유명한 소림의 나한권이었다. 얼마나 유명한지 강호의 시정잡배들도 한두 수는 익히고 있다는 나한권. 하나 혜정의 나한권은 절도가 있었고 강맹했으며 날카로웠다.

“헛!”

나일도 혜정을 다른 눈으로 보았다. 아니, 소림사의 중이란 존재를 다시 보았다.

뻗어오는 주먹 속에서 또 하나의 주먹을 감추는 위력을 보이는 혜정은 어리숙하고 약해 빠진 중이 아니었다.

'소림사의 중은 이렇게 형편없이 약해 보이는 놈들도 이 정도는 할 줄 아는가?'

나일의 오른 팔뚝이 혜정의 뻗은 주먹 앞으로 나와서 투로를 차단하고 밀려오는 힘을 다시 되돌려서 오른발로 혜정의 다리를 옭아맸다.

그 덕에 혜정의 승복에는 나일과의 접촉으로 인한 지린내가 옮겨갔다.

"내가 누군 줄 알어!"

온몸이 압박당해 옴짝달싹 못하는 혜정이 목소리를 높였다. 이만저만 화가 난 것이 아니다. 자신의 안방에서 깔보이고 있다는 생각이 들자 울컥 감정이 치밀어 오른 것이다.

"누군데?"

혜정의 하는 꼴이 재밌어서 나일도 움찔하는 척 물었다. 이럴 때는 그렇게 행동을 해야 상대도 신이 나서 말을 하게 되어 있다.

"나랑 가장 친한 사형이 바로 영웅학관에서 영웅칠룡에 꼽히는 찬권운룡 혜진 사형이다!"

"푸억!"

나일의 입에서 참았던 웃음이 터져 나왔다.

'맞아. 여긴 소림사였지.'

나일은 잠시 어떻게 표정을 바꾸어야 할 것인가에 대해 고민했다.

"아~ 찬권운룡 혜진. 그 유명한……."

말을 줄이며 나일은 혜정의 머리에 알밤을 매겼다.

꼬당!

"꼴통 중."

순간 찬바람이 혜정의 머리 속으로 들어왔다.

혜진이 누군가? 난다긴다하는 기재들이 모인 영웅학관에서도 영웅칠룡에 끼일 정도로 출중한 능력을 가진 자신의 자랑스러운 사형이 아니던가?

그런데 감히 자신의 우상을 우롱하다니…….

"말 다 했냐? 내… 내…….”

말을 더듬거리며 혜정의 눈이 뻘게져 갔다.

'혜진 사형, 제가 못나서 저런 망나니 같은 놈에게 사형을 욕보이는군요.'

혜정은 분했다. 맞은 것이, 아니, 오줌이 묻은 것이 분한 게 아니다. 자신이 못나서 자신의 우상이, 하늘 같은 사형이 불한당 같은 놈에게 무시당하는 게 분한 것이다.

"말을 해."

이곳이 어디인지 이미 잊었다.

"더듬거리기만 하고, 소림사의 땡중들은 무공은 가르치면서 말하는 것은 안 가르치나 보지?"

지금 나일은 그저 자신의 옷에 오줌 묻은 것에 대한 화풀이를 하고 싶었다.

"으악!"

혜진 사형을 넘어 자신의 소림사까지도 싸잡아 무시하는 나일의 얼굴에 박치기라도 하고 싶어서 머리를 바동거렸지만 나일의 얼굴에 닿기에는 혜정의 키가 너무 작았다.

"그러면 너는 내가 누군 줄 알고 까부는 거냐?"

다시 나일이 한참을 혜정의 뺨을 이리저리 조물거렸다.

"흐… 흐… 어디서… 이런… 불한…….'

혜정의 말은 이어지지 않았다. 나일의 주먹이 혜정의 입을 막아버린
것이다.

"우어억…….'

"모르면 모른다고 하면 될 일이지 까불기는."

듣기 싫은 말은 어떡해서든 안듣는 것이 나일이 어렸을 때부터 가졌
던 사고방식이다.

"항상 사람이 앞에 있는지를 조심하고…….'

빡!

"그 사람의 기분을 잘 파악하고…….'

빡!

"혜진의 사제라는 것을 원망해라!"

나일이 지금까지 때린 것 중에서 가장 강하게 혜정의 머리에 알밤을
때리고 나서야 풀어주었다. 그 덕에 혜정의 머리가 빨갛게 부어오르는
것이 볼 만했다.

"참, 우물이 어디 있지?"

나일은 혜정이 타당하게 맞았다고 생각하고 이제는 옷을 빨기 위해
우물의 위치를 물었다.

"저기…….'

부어터진 머리를 부여잡던 혜정은 그 순간 머리 속으로 하나의 음모
를 떠올렸다.

절대금역의 중심부 달마동부가 있는 그곳.

'죽어봐라. 태사백에게 잘못 걸리면 꽤나 고생할 것이다.'

속으로 온갖 욕을 하면서 자신이 봐도 능청스럽게 태사백이 살고 있는 동굴 방향으로 손가락을 가리켰다.

"정말이야? 확실해?"

인상을 일그러뜨리며 을러대는 나일의 눈동자를 피하지 않으며 어디서 나온 깡인지 혜정은 고개를 끄덕였다.

피식.

나일이 그런 혜정을 보며 잠시 어이없는 웃음을 지었다.

"뻥치지 마!"

이래 뵈도 나일은 강진 땅에서 건달로 명성이 자자했던 몸이다.

맞은 상대가 겁에 질려 그러는지 앙심을 품고 그러는지는 육감으로 알 수 있다. 게다가 혜정의 연기는 어딘지 모르게 어색했다. 거짓말을 해보지 않은 어색함을 한눈에 알아본 것이다.

"진짠데……."

"믿어주지."

입으로 우물거리는 혜정을 보며 나일은 주저없이 혜정이 가리킨 곳으로 발걸음을 옮겼다. 갑자기 고분고분한 것이 무언가 음모의 냄새도 났기에 한바탕 또 할까도 했지만 저 멀리서 누군가가 이쪽을 향해오는 기척이 느껴졌기에 그냥 넘어간 것이다. 괜히 사람들과 부딪치면 일만 커지고 혹시라도 옷에 오줌을 묻은 것을 알아보면 창피함만 더할 것이기에.

"누구야!"

나일은 혜정이 가르쳐 준 동굴로 향하다 자신의 귓속으로 파고드는 음성에 귀가 멍멍했다.

“누구냐니까?”

혜광심어(慧光心語).

실제로 자신에게 묻는 것이 아니라 뇌에 자극을 주어 음성처럼 느끼게 하는 최상승의 절기. 전음과는 차원이 다른 것으로 거리에 제한이 없이 자신의 의사를 전달하는 수법이다.

보통 사람이라면 두리번거릴 만도 한데 나일은 전혀 그러지 않았다. 다만 전신을 그저 극도로 긴장시켰을 뿐이다.

“어따 대고 반말이야!”

나일도 음파로 창룡후를 토했다. 상대가 어디 있는지 모르기에 삼십육 방위로 오십 장 반경 곳곳으로 모두 보내었다.

“아가야, 제법이구나!”

샤르르.

바람이 날리는 소리와 함께 사람의 목소리가 들리며 나일의 앞에 내려선 사람은 갈 날이 머지않아 보이는 노인이었다. 그것도 빡빡머리의. 특이한 점이 있다면 개고기라도 먹었는지 턱밑에 개기름이 좔좔 흘렀다.

“턱 좀 닦으시죠.”

스윽.

“험… 험…….”

잿빛 수염에 늘어질 대로 늘어진 피부를 가진 노인은 바로 이곳 달마동부의 주인 광미 대사였다. 개고기를 열심히 뜯고 있던 중 멀리서 들리는 발걸음을 듣고는 그 사람에게 음파를 보냈다가 갑자기 창룡후가 들리자 나와본 것이다.

“고얀 것!”

광미 대사가 기분이 상했는지 나일의 온몸을 연신 훑어보았다. 그럼에도 나일은 전혀 주눅 들지 않았다. 오히려 뚫어지게 광미 대사를 쳐다봤다.

“이곳이 어딘 줄 알고 들어왔느냐!”

대뜸 호통 치는 광미 대사를 멀거니 쳐다보며 나일은 고개를 저었다.

“내가 소림사를 처음 왔는데 여기가 어딘지 어떻게 알겠소.”

“이곳은 소림의 금지인 달마동부이다. 잘못을 알았다면 당장 나가거라!”

“싫소!”

순간 고승의 칭호를 받고 있는 광미 대사의 얼굴이 살짝 일그러졌다. 설마 이런 대답이 나올 줄은 예상치도 못했다.

한 문파의 금지인 곳에 발을 들여놓으면 본래 죽임을 당한다 해도 할 말이 없는 것이다. 그런데 오히려 배 째라는 식으로 나오는 청년의 모습에 당혹감을 느낀 것이다.

나일도 물러설 수 없었다. 인적이 드문 곳에서 얼른 옷을 빨아야 하는데 이곳보다 더 좋은 곳은 없으리란 판단 때문이었다.

“나가라니까!”

“싫소. 그나저나 여기에 우물이 있다고 하는데 그게 어디에 있소?”

한술 더 떠서 우물까지 찾는 나일의 모습에 광미 대사가 슬쩍 발을 들어 올렸다.

‘매운맛을 봐야 정신을 차리겠구나.’

경험하지 못하면 깨닫지 못하는 중생을 계도하는 것도 자신의 임무.

휘유융!

발이 땅에 다시 내딛는 것과 함께 전광석화 같은 손놀림이 이어졌다.

일체의 허식이 배제된 고요한 가운데 빛살 같은 속도는 광미 대사가 평범한 중늙은이가 아님을 일깨워줬다.

"어… 뭐야!"

나일의 입에서도 부지불식간의 공격에 절로 비명이 터져 나왔다. 혜광심어를 펼쳤을 때부터 대단할 거라는 것은 짐작했지만 생각보다 더 대단했다.

땅!

나일의 손목이 날아오는 광미 대사의 손을 막아내자 쇠와 쇠가 부딪치는 소리가 났다.

'제법이군. 오랜만에 재밌는 상대를 만났군. 내 몸이 마음대로 움직여주면 좋으련만.'

이제 광미 대사는 그저 손을 놀리고 싶을 따름이었다. 수련을 핑계로 그동안 마음을 수양하고 육체를 움직이는 것을 게을리 해왔는데…….

더군다나 죄목은 충분했다. 절대금역에 발을 들였으니 죽이지 않고 혼내주는 것만으로도 상대는 감지덕지해야 할 판이었다.

부르르.

나일은 오줌이 묻은 오른발은 들어 빠르게 연환각을 날렸다.

눈앞 노인의 숨결이 가까워져 오고 있다고 느낀 순간, 또 한 번 취한 행동이다. 덕분에 아직까지 남아 있는 오줌 찌꺼기가 광미 대사의 얼굴을 덮쳤다.

우수수.

하나 광미 대사는 알지 못했다, 이슬 방울이 무슨 액체인지를.

두 사람의 격돌은 서로를 혼내주는 선에서 타격을 입히려 했기에 움직임은 현란함의 연속이었다.

쉬이잉.

소실봉 아래에서 바람이 불어오기 시작했다.

바람은 상쾌했다. 난데없이 나타난 청년과 어울려 두 손을 섞은 지 어언 반 식경. 간만에 느끼는 삶의 활력에 광미 대사는 저절로 입가에 미소가 지어졌다.

'대단한 놈이야!'

자신이 아끼던 초대 영웅학관의 총관주였던 막내 제자 범진조차 저 나이 땐 이 정도의 실력을 갖추지 못했다.

"아이야, 너를 가르친 사부가 누구시냐?"

문득 이는 호기심. 일체의 사욕을 끊었다고 생각했는데 무심코 광미 대사는 나일에게 묻고 말았다.

'아직 내게 호기심이란 감정이 있었나? 다 늙어서 주책이군.'

혼자서 그런 생각이 들자 손을 맞대고 있는 자체에 의구심이 들었다.

"무슨 상관이람."

기껏 재미있어지고 있는 판국에 손을 거둬들이는 광미 대사를 보며 나일은 입술을 씰룩였다. 편봉타도 대단하다 생각했지만 눈앞의 노인보다는 못했다.

나일에게도 이런 대련은 태어나서 두 번째였다.

자신의 사부 황생, 그리고 눈앞에 있는 바로 이 중늙은이.

"아이구, 허리야······."

손을 뗀 광미 대사가 허리를 두들기고는 땅에 떨어뜨린 지팡이를 집어 들었다. 그만 싸움을 멈추고 싶은 것이다.

파바박.

하나 나일은 그런 것에 신경 쓰는 종류의 사람이 아니었다. 자신이 하고 싶은 일은 우선 하고 보는 극히 위험한 인간이었다.

"좀 더 놀아봅시다!"

오른손을 휘둘러 노스님의 얼굴을 찌르며 왼발로 지팡이를 쓰러뜨리려 했다.

'쯔······.'

못마땅한 기색을 지으면서 광미 대사도 지팡이를 휘둘러 대기 시작했다.

그들은 때로는 거칠게, 때로는 느리게 손을 휘둘러 갔다.

제45장

광미 대사와의 대련

나일이 달마동부로 걸음을 옮기는 것을 보고 혜정은 날듯이 산 아래를 향해 달리기 시작했다.

"혜정아!"

하나 달리는 도중 자신을 부르는 목소리를 듣고 발을 멈췄다. 고개를 옆으로 돌리니 자신의 우상인 혜진이 머쓱한 표정으로 자신을 바라보고 있었다.

"혜진 사형!"

"그래, 나다."

혜진도 감회가 새로웠다.

"이게 얼마 만이에요. 보고 싶었어요!"

"그래, 나도 그랬다."

꼭 삼 년 만에 보는 사형제였다. 둘은 격정적으로 서로를 얼싸 안았다.

혜진은 영웅학관에서 퇴관당한 것이 면목없어서, 그리고 혜정은 못난 자신 때문에 이유없이 우롱당한 혜진을 만난 것이 반가워 서로를 껴안았다.

'아직 그놈은 달마동부 앞에 있겠지?'

혜정은 지금이라면 그놈을 잡아서 직접 혼내줄 수 있겠다 싶었다.

"사형, 보고 싶었어요."

"혜정아, 한데 얼굴이 왜 그 모양이냐?"

"그것이… 이쪽으로 와보세요."

차마 좀 전에 일어난 일을 떠벌릴 수 없어 혜정은 혜진의 손목을 끌고는 자신을 때린 그놈이 향한 곳으로 발걸음을 옮겼다. 그놈은 달마동부로 들어가는 길목에서 태사백과 무언가 대화를 나누고 있었다.

"저놈이……."

말을 제대로 하지 못하고 자신의 말뜻을 그저 이해해 주기를 바라며 혜정이 혜진을 바라보았다.

"왜? 저놈이 저곳에……?"

혜진은 눈을 감았다 떴다. 바로 그놈이다. 영웅학관에서도 피해 다녔던 나일!

두 번 다시 마주치고 싶지 않았고, 눈에 보이지 않자 그 기쁨에 개고기를 먹게 만들어 영웅학관에서 짐을 싸게 만든 원흉. 재수없는 놈은 뒤로 넘어져도 코가 깨진다더니 자신의 집인 소림에까지 와서 저놈을 볼 건 또 뭐람!

"엎드려!"

혜진은 혜정의 허리를 잡고는 다짜고짜 바닥에 엎드렸다.

"왜요, 사형? 저놈이……."

“쉿!”

혜진이 혜정의 입을 막았다.

나일은 이제 태사백과 손을 부딪치고 있었다. 저놈과 마주쳐서 득을 본 적은 한 번도 없었다. 게다가 지금 녀석은 소림 최고 고수인 태사백과 비교해도 조금도 처지지 않았다.

‘저 정도였나?

저것이 놈의 본래 실력이리라.

산을 부수고 바다를 가르는 모습은 보여주지 않고 있었지만 태사백과 나일의 대결은 보는 것만으로 무학의 깊이를 느끼게 하고 있었다. 언뜻 보면 한없이 느리게 보이는 손과 발의 움직임은 수많은 잔상이 흘려놓은 또 하나의 신기!

반 식경이 흐를 무렵 혜진은 절로 한숨이 나왔다.

“휴우.”

우물 안 개구리였다. 보잘것없는 실력으로 주위의 떠받듦에 익숙해서 찬권운룡이라는 별호에 자만했던 개구리!

“누구냐!”

싸우던 두 사람이 손을 멈추고 혜진 쪽으로 시선을 돌렸다.

혜진은 어쩔 수 없었다. 모습을 드러내야만 했다. 달리 피할 곳도 없었으므로.

“너, 중대머리!”

나일은 혜진을 보며 반가운 표정을 지었다. 아무리 사이가 좋지 않더라도 전혀 예상치 못한 장소에서 아는 얼굴을 만나는 것은 반가운 일이었다.

“나일!”

혜진의 두 주먹이 바르르 떨렸다. 당장이라도 어딘가로 사라지고 싶었다.

하나도 반갑지 않다. 혜진에게 이것은 곤욕스러운 상황일 뿐이었다.

"사형?"

이어 일어난 혜정이 토끼눈을 했다.

"아는 사람이에요?"

자신을 이 지경으로 만든 놈과 사형이 아는 사이라니……. 고개를 끄덕이는 혜진에게 혜정은 말로는 표현할 수 없는 비애감을 느꼈다.

"하하……."

"아까 저놈이 너를 믿고 까불어서 손을 봐줬는데… 불만있나?"

위압적인 분위기의 나일을 보며 혜진은 말없이 고개를 돌릴 뿐이었다. 나일은 생각 이상의 고수다. 더군다나 성격은 개차반이다. 나일의 악명은 영웅학관 내에서도 유명했다.

'달려들어서 결판을 내? 아니야 지금은 참을 때야.'

방금 태사백과의 일전을 직접 눈으로 확인했지 않은가.

혜정은 그 분위기를 아직 눈치 채지 못했다. 달려들 듯하는 혜정의 어깨를 혜진이 잡아끌었다.

"왜요, 사형! 설마……."

혜정은 차마 혜진에게 나일에게 지냐고 물을 수는 없었다. 혜진의 모습은 왠지 나일에게 기가 죽어 있는 것처럼 보였다.

혜진이 말없이 고개를 흔들었다. 달려들었다가는 어딘가 골병들 것이 뻔하다. 나일이란 놈의 성질이 얼마나 고약한지는 자신이 더 잘 안다. 맞았다고 달려들었다가는 또 맞을 것이다. 적당히란 게 없는 놈이지 않은가.

“고얀 놈들… 왔으면 인기척이라도 내야지. 도둑고양이처럼 그게 무엇이냐!”

나일과 혜진의 모습을 보며 광미 대사가 묘한 표정을 지었다.

“이 늙은 몸이 심장 마비로 극락왕생하기를 바라는 게냐!”

광미 대사의 일갈에 혜진과 혜정이 무릎을 꿇었다.

“소림 삼십이대제자 혜진이 태사백님을 뵙습니다.”

“허허… 그동안 잘 있었느냐? 그래, 좋은 사람들과 인연도 많이 맺었고?”

늙으면 감정의 기복이 심해지는 것인가? 금방이라도 잡아먹을 듯 호통 치다가 지금은 간이라도 빼줄 듯 부드러운 광미 대사의 태도에 나일은 고개를 저었다.

‘젠장, 성격이 뭐 저러냐?’

혼자서 구시렁대고 있을 때 광미 대사가 혜정과 혜진에게 축객령을 내렸다.

“내 지금은 손님을 맞고 있으니 혜진은 금일 밤에 다시 나를 찾아오거라.”

혜진은 광미 대사와의 오랜만의 해후를 미루고 물러났고 그런 혜진을 따라 나가며 말없이 혜정은 나일을 잠깐 째려보았다. 오히려 혜진에게 광미 대사의 말은 다행이었다. 있어봤자 불편할 뿐이다.

“다시 한 번…….”

다가서는 광미 대사의 손을 나일이 막아섰다.

“왜 이래요!”

“자네는 아주 굉장한 재능을 지녔어. 혜진과는 비교도 할 수 없을 만큼.”

입으로 계속 떠들며 광미 대사는 나일을 압박해 왔다.

"속도와 힘, 그리고 순간적인 판단력… 모든 것이 조화롭군!"

광미 대사의 손이 몸으로 다가오는 것을 막느라 나일의 어깨가 차츰 좁아졌다. 그럼으로 인해 상체를 뒤로 물리려는 것이다.

"그럴 수는 없지."

"흥, 질 줄 알고."

거리를 두려는 나일과 거리를 좁히려는 광미 대사 사이에 공간의 간격이 눈에 보이지 않게 좁아졌다 늘어났다를 반복했다.

"허엇!"

그만큼 두 사람의 속도가 빨라진 것이다.

"나는 사람들이 흔히 말하는 현경의 고수라네. 엄밀히 말하자면 현경을 넘어선 무천에 근접한 고수지."

진지함 속에 웃음을 섞어가며 광미 대사가 나일은 몰아붙였다.

"흥, 잔말 말고 내 주먹이나 받아보시오!"

일거에 모든 것을 부술 듯한 나일의 기세에 광미 대사가 움찔 놀랐다.

"자네 지금 무슨 짓을……."

"무하신공 천지창조(天地創造)!"

나일이 입으로 초식을 외치며 몸 안에 남아 있는 모든 진기를 끌어올리려는 찰나, 광미 대사가 그런 나일의 등 뒤로 시선을 가게끔 발끝으로 등을 차면서 왼손으로는 어깨의 견갑혈을 눌렀다.

"엇!"

이 모든 게 한순간에 일어난 일이라 나일은 자신의 진기를 토해낼 기회조차 잡지 못했다.

“자네 바본가?”

물끄러미 나일의 눈동자를 바라보는 광미 대사의 손아귀에서 나일은 꼼짝도 할 수 없었다.

“무공은 피상적인 것이지. 자네나 나나 지금의 경지에서는 마음이 이끄는 대로 몸도 움직이고 생각에 따라 누구를 죽일 수도 있네.”

광미 대사가 나일의 어깨에서 손을 떼었다.

‘이런 빌어먹을……!’

나일은 속으로 비명을 질렀다. 과연 강호에는 기인이사가 즐비했다.

이백 년이나 수련한, 그것도 고금제일인을 사부로 두고 최고의 무공을 갈고닦았는데 쭈그렁 중에게 제압을 당하다니…….

“무슨 짓을 한 것이오!”

나일의 목소리가 커졌다. 그 속에 숨을 것은 분명 당혹감이리라.

“무공은 피상적인 것이라 했다. 그것은 실전만을 추구하는 강호낭인들이 경지에 오를 수 없는 이유이네.”

“그게 뭔 소리요?”

광미 대사의 뚱딴지 같은 말에 나일이 되물었다.

“감정의 흐름을 제어하지 않고는 아무리 뛰어난 재능을 가졌더라도 한계는 있다는 말이네.”

광미 대사가 다시 한 번 견갑혈을 눌러 굳어 있던 나일을 풀어주었다.

머슥.

나일이 자신도 모르게 뒤통수를 만졌다. 무공을 익히고 세상에 다시 나와 이렇게 궁지에 빠진 적은 한 번도 없었다.

‘몸을 움직이는 무공이 피상적인 것이라…….’

점점 모를 소리만 하는 광미 대사를 보며 나일은 기이한 열기에 휩싸였다.

"내공은 닦는다는 것은 진기를 충만하게 하는 이유도 있지만 감정을 제어하기 위해서이기도 하네."

광미 대사가 나일에게서 등을 돌리며 느릿하게 움직여 지팡이를 집어 들었다. 이렇게 보면 광미 대사는 몸을 제대로 움직일 기력이 있는지도 의문일 다 늙은 중일 뿐이었다.

"자신에 맞는 옷을 입어야 몸에 어울린다네. 그것이 가장 자신에게는 아름다운 옷이 되는 것이지. 지금 자네가 익힌 무공은 감정이 없는 존재에게나 어울릴 법한 무공이네. 누군지 몰라도 엄청난 기세절학을 만든 것이지. 그러나 자네의 무공은 너무 피상적이네."

"그러면 노인장, 아니, 대사의 말씀대로라면 감정을 제어한 존재만이 최고의 경지에 이르게 된다는 것입니까?"

나일이 멀어지려는 광미 대사의 등 뒤로 고함을 질렀다.

"그런 말 한 적 없네. 인간이라면 누구나 칠정오욕을 가지고 있지. 다만 그것을 자신의 의지와 생각대로 절제해야 한다는 것이지. 내가 너보다 강한 이유가 그것이니까."

말을 들으면 들을수록 나일은 머리가 아파왔다. 뒤죽박죽 도통 무슨 얘기인지 이해가 가지 않았다. 단 하나 알 수 있는 것은 광미 대사가 자신보다 강하다는 것.

"누가 당신이 나보다 강하다고 했지? 난 나일이라고! 와룡채의 천하무적 채주 나일! 다시 한 번 진지하게 해볼까?"

나일이 광미 대사의 등 뒤로 질풍같이 달려들었다.

"그래, 당신 말이 맞을지 모르지. 지금 나는 사부의 무공을 펼치고 있으니까. 그래도 당신에게 질 정도는 아니야!"

나일이 소리치자 근방의 공기가 차가워졌다.

씨익.

광미 대사가 돌아서며 웃었다.

"그렇지. 그래야지. 한번 다시 붙어볼까?"

광미 대사의 발놀림이 다시 한 번 변했다. 무당의 도사들이 밟는 팔 쾌를 소림의 거두가 밟은 것이다.

이미 자신의 존재도, 소속감도 뛰어넘어 무의식이 스스로를 이끄는 경지인 무천에 접근한 무위를 펼치는 것이다.

"우웃!"

나일도 그것을 방어하려고 입술을 꽈악 물었다. 노도와 같은 기세를 맞닥뜨리자 달려가던 몸이 반탄력에 의해 하늘로 팅겨져 올라갔다.

"허엇!"

광미 대사도 상황은 비슷했다.

나일과 맞닥뜨리자 그 충격에 교묘히 방향을 틀어 하늘로 뛰어올라 공중에서 접전을 펼치기 시작했다.

'이따위 대머리영감탱이에게 질쏘냐!'

나일은 끓어오르는 진기를 잡으며 손발을 휘둘렀다.

광미 대사 역시 마찬가지로 주먹을 휘둘렀다. 상황은 이전 싸움과 비슷한 전개였다. 한 치의 양보도 없는 불꽃 튀는 접전. 다른 것이 있 다면 주변을 파괴하지 않으려고 진기를 조절했던 아까와는 달리 지금 은 마음껏 진기를 터뜨려 댄다는 거였다. 그리하여 광미 대사가 손수 오십여 년 동안 가꿔왔던 달마동부 앞의 조경은 엉망이 되어갔다.

"헛… 헛……."

접전이 길어지면서 두 사람의 이마에 땀방울이 맺히기 시작했다.

'진기를 모아서 신공절학을 펼치다가는 당한다. 큰 것을 하려 하면 그만큼 틈이 많아진다.'

아까의 경험을 교훈 삼아 나일은 큰 진력이 드는 무공을 펼칠 시간을 벌기보다는 접전을 계속 유지시키려 했다. 체력은 저 노인보다 자신이 우세하지 않은가.

"호~ 가르쳐 주었더니 이제 미련한 짓은 안 하는구나."

하지만 아직까지 기력이 충만한지 광미 대사가 입을 열었다.

"두고 봅시다."

나일도 지지 않으려 입을 열었다. 아무리 고수라 해도 격전 중에 입을 여는 것은 금기시되어 있다. 입을 열면 신경이 분산되어 내공이 흩어질 우려가 있기 때문이다.

하나 나일은 또 금방 발끈해서 지지 않고 싶다는 감정을 표현한 것이다.

"크헉!"

나일은 기혈이 역류하는 것을 느끼곤 두 눈을 감았다. 돌릴 대로 돌려 버린 진기가 사라질 리는 없지만, 지금까지 일주천시켰던 진기가 너무 빨리 몸 안을 돌면서 그것에 신경을 분산시키느라 광미 대사가 발산한 내력에 가슴을 얻어맞고 말았다.

쾨당탕.

"바보 같은 놈!"

광미 대사가 두 발을 앞으로 딛으며 나일의 등에 손바닥을 갖다 대려 했다. 기혈이 역류하는 것을 막아주려고 자신의 진기를 소모할 심산이다.

“비켜요! 이까짓 건…….”

광미 대사의 손을 뿌리치며 나일이 잠시 몸을 흔들고는 털썩 주저앉아 가부좌를 틀었다.

“그래 가지고는 무천의 벽을 넘을 수 없다. 고작 현경을 넘을 뿐이지. 나는 방금 너의 화를 돋우게 부추겼고 자존심을 상하게 했다. 하지만 속으로는 지난 백 년 동안 늘 명경지수를 유지해 왔던 것처럼 고요한 마음을 가지고 있었다.”

광미 대사가 자신이 수련한 과정을 이야기했다. 마음을 수련하는 것은 매우 힘들다. 겉과 속을 일치시키기 위해 수련을 했지만 진전이 없자 광미 대사는 수련 방법을 바꾸었다. 겉으로는 감정의 기복을 모두 토해내어 사람들에게 성격이 변덕스럽다고 할 정도로 그때마다의 감정을 표현했다. 하나 실제로의 마음은 늘 고요했다.

‘인간이 어떻게 그럴 수가 있단 말인가?

나일은 한마디를 하지 않을 수 없었다.

“이 이중인격자!”

“그래, 그렇게 말해도 할 말은 없지. 난 겉과 속이 다른 사람이다. 겉으로는 칠정오욕에 물들어 남보다 더 기뻐하고 더 슬퍼하지만, 속으로는 아무런 감정을 지니지 않고 있다. 이것이 내가 발견한 무천에 이르는 길이지!”

“흥.”

광미 대사는 한눈에 나일을 알아본 것이다. 무천의 경지에 다가가려는 미지의 청년이라는 것을.

무언가에 막혀 전진하지 못하고 있는 모습을 같은 길 가는 선배로서 조언해 주고 싶었던 것이다. 콧바람과 함께 나일이 벌떡 일어났다.

"헛!"

경악할 만한 치유력. 오히려 광미 대사가 기겁했다.

"그 말대로라면 냉정한 성격의 사람만이 무천에 오른다는 것이오?"

"그렇다."

광미 대사가 고개를 끄덕였다. 지금껏 무공을 익히며 참선을 통해서 느낀 것이다. 아무리 생각해도 그것이 정도(正道)였다.

"나는 그렇게 생각하지 않소. 아무 감정도 없는 그런 상태에서 엄청난 무공을 가진다 해도 그것은 단지 무공 기계일 뿐이지 어찌 동경하는 무림고수일 수 있소. 흥!"

나일의 말에 광미 대사의 눈썹이 잔뜩 찌푸려졌다. 일리있는 말이다.

불가에서는 해탈을 삶의 궁극적인 목적으로 생각한다. 업으로부터의 해방, 그것은 감정을 제어하는 것으로부터 오는 것이 아니다. 자유로움에서 오는 것이다.

"그렇다면 내 방식이 잘못됐단 말이냐?"

광미 대사가 먼 하늘을 바라보았다.

한 마리의 독수리가 숭산 소실봉 위로 거슬러 날아갔다.

'자유로움은 어디서 오는 것일까?

멍하니 하늘을 바라보는 광미 대사를 보며 나일이 그 곁으로 다가갔다.

"그런 것은 내가 원하는 게 아냐!"

나일이 몸을 추스르며 다시 손을 놀렸다.

혼이 살아 숨 쉬는 모습. 나일의 얼굴에는 웃음이 보였다. 무공을 좋아하기에 배운 것이 아니다. 그저 가르치기에 배웠다. 그리고 지금은 최고의 산적이 되기 위해 무공을 수련하는 것이다. 무공이 인생의 전부가 될 수는 없다. 최고의 무공고수가 되기 위해 험난한 과정을 밟아 온 것이 아니다.

최고의 고수! 그런 것 따위는 안중에도 없다. 그저 즐기는 것이다. 무공은 자신에게 자유로움을 느끼게 하는 힘 중 하나일 뿐이다.

집착하지 않는다는 것… 강해지기 위해 집착하지 않는 마음을 지닌다는 것조차도 무공에 대한 집착일 뿐이다. 그것조차도 감정을 제어하지 못한다는 증거가 아닌가? 최고의 산적이 되기 위해 달려가는 순수함! 그것이 스스로의 혼을 깨우는 것이다.

"무하신공 천지무한(天地無限)."

마음은 항상 존재하지 않는 것인지도 모른다. 그러기에 순간을 즐겨야 한다.

지금, 방금 전, 그리고 앞으로… 그것은 모두가 현재인 것이다. 미래도 과거도 모두가 현재를 기준으로 삼는다. 과연 현재는 언제인가? 바로 지금이다.

살아 숨 쉬고 있는 지금! 나일의 두 손에서 주체할 수 없는 힘이 솟구쳤다. 미증유의 힘.

광미 대사는 결코 막을 수 없는 거대한 힘을 느끼곤 멀찍이 떨어졌다.

쾌쾌쾅!

실로 인간의 힘이라고 볼 수 없을 만큼 거대한 회오리가 천년소림의 성지인 달마동부 앞을 휩쓸었다.

"무극태천신공(無極太天神功)!"

나일의 무공을 견식하던 광미 대사가 감탄성을 발했다.

유(柔)와 강(剛)이 공존하면서 감히 맞받을 엄두가 나지 않는 신공절학. 무공의 최상승인 강유상제(剛柔相制)를 보여주는 그것은 바로 무당파에서도 초대 조사인 장삼봉 이후로 익힌 자가 없다는 무극태천신공과 같은 효과를 발하고 있었다.

"무슨 소리요."

나일의 왼손이 다시 하늘을 갈랐다. 청명한 하늘이 반으로 갈라지는 환상 속에 희미하게 전설 속의 영수인 용이 발길질을 하는 현상!

다시 한 번 그 공간 속을 이형환위(移形換位)의 재간으로 몸을 빼내며 광미 대사가 고개를 갸웃거렸다.

"설마 전설 속의 파천광마신공(破天狂魔神功)?"

이번에는 아까보다 더욱 조심스럽고 자신없는 목소리였다.

그도 그럴 것이 나일의 무공에는 한 가닥의 마기도 깃들어 있지 않았다. 고금을 통틀어 광미 대사는 자신이 모르는 무공은 없다고 자부하고 있었다. 그런데 그는 나일의 무공이 도대체 어디서 기원한 건지 감이 잡히지 않았다. 정심한 무당의 신공인 듯하다가 마교의 초대 교주인 천마 치우천왕이 미치면서 터득했다던 파천광마신공 같기도 했다.

'파천광마신공을 펼치면 전설상의 영수인 백호의 모습이 비치면서 하늘이 어두워진다고 했으니 그것은 아닌 것도 같군.'

"너는 혹시 마교의 무리냐?"

광미 대사의 안색이 무거워졌다. 나일의 무공을 보며 언젠가 장경각의 비고에서 읽었던 책의 내용이 떠올랐기 때문이다.

그 책에 의하면 무당 초대 조사인 장삼봉의 고향은 요동 의주의라고 한다. 그곳은 마교의 또 다른 이름 중 하나인 오두미도의 창시자 장릉의 후손인 장창의 고향이었다. 이 책의 내용이 사실이라면 무당의 장삼봉도 마교의 일원이라는 이야기이다.

옛부터 요동 의주의는 마교가 꾸준히 발호했던 지역이었다. 책에서는 장삼봉이 아버지에게 장백산파에서 내려오는 내공심법을 익혔는데 그 당시에 장백산파는 마교의 지파(支派)로 내공심법 또한 마교에서 전해 내려오던 것이었다고 한다.

후일 장삼봉이 소림사에 가서 권각법을 수련하던 중 마교의 내공심법이 그에게 깃들어 있는 것을 알아본 무명노승에 의해 소림사로 나오게 되었다. 그 후 소림사를 나와 그는 낭인 집단인 통비천에 들었고 내, 외공을 모두 겸비한 후 무당산에 터를 잡았다고 한다.

"마교는 무슨… 난 산적이라니까!"

말과 함께 나일의 손이 다시 움직였다. 그것을 막기 위해 광미 대사의 손도 움직이기 시작했다.

'하긴 위력은 그것들에 비해 많이 처지는군.'

광미 대사는 나일이 펼친 무공이 기세는 자신이 열거한 무공과 비슷했지만 드러난 위력은 그것들에 한참 못 미치다는 것을 알아봤다.

스스슥.

둘의 공방이 치열해지며 문득 광미 대사는 눈앞의 청년의 무공이 절대적 무공의 진리를 향해가려는 것을 깨달았다. 아마도 청년의 무공은 그것을 추구하는 것이리라. 변하지 않는 무공의 끝……. 그것은 형식을 정립한 상태에서 깨달음을 부어 넣는 작업이었다.

"핫!"

광미 대사가 두 손에 힘을 불끈 주며 나일의 양손을 잡아채 갔다.

"내 무공은 무아심공에 기초한다네."

　뜻 모를 말을 하면서 광미 대사의 눈이 자신의 눈을 바라보자 얼떨결에 나일도 움직임을 멈추었다.

　"무아심공(無我心功), 즉 내가 없는 것이네. 가장 강한 무공을 익히고 있다고 그가 가장 강한가? 그렇게 묻는다면 대답은 분명 '아니다'일 걸세. 무공의 수준은 대단한 무공을 익혔느냐가 아니라 얼마나 그것을 자신의 것으로 만들었느냐일 테니까."

　나일은 무언가로 머리를 맞은 듯한 둔탁한 느낌을 받았다. 최고의 무공을 최고의 스승에게서 배웠음에도 무언가 미진하다고 생각했던 것들이 조금씩 눈에 보이는 듯했다.

　"자네의 무학은 절대의 진리를 만들어놓고 그것을 성취하려고 하는 듯 보이네. 그렇지 않은가?'

　말없이 나일이 고개를 끄덕였다. 무천을 넘어 반무의 경지라는 미지의 한계에 다가가는 것이 무하신공의 수행 과정이다.

　"나는 그 시작이 조금 다르네. 나는 내 안에 그것이 있다고 생각하네. 일체유심조(一切唯心造). 지금의 나는 털어내고 털어내어 인위적인 지식과 삶을 다 비워두어 언젠가 홀연히 찾아올 깨달음을 기다리는 것이네. 인간은 대우주의 주인이요, 무한한 가능성을 가진 존재. 창조는 신이 하는 것이 아니라 인간이 하는 것이지."

　일체유심조는 불가에서 인간이 스스로의 노력으로 마침내 진리를 발견하는 것을 의미하는 단어이다. 점진적으로 깨달아서 최상의 깨달음을 얻는다면 그것이 바로 부처라고 했다. 광미 대사는 그것을 기초하여 수련하고 있었다. 이것은 깨달음을 얻으면서 나머지 형식을 붙이는 것이라 볼 수 있다. 불가에서는 인간이 바로 부처이다. 신이란 존재도 결국은 인간이 깨달음을 얻어서 만들어진 존재라고 본다.

“그럴 수도 있겠군요.”

광미 대사와 나일의 대화는 무학을 뛰어넘어 삶에 대한 통찰이 어디에서 오는가에 대한 근본적인 탐구였다. 나일도 곰곰이 생각하면서 광미 대사의 말을 받아들였다.

“어쨌거나 나는 불가에 사람이니까. 나무아미타불.”

두 손을 모아 하늘을 향해 합장하는 광미 대사를 보며 나일이 한 걸음 다가왔다.

“모든 것은 마음에서 나온다……. 허면 그 마음은 어디서 나옵니까?”

나일의 얼굴에 진지함이 가득했다. 정중한 말투로 물어오는 나일을 보며 광미 대사가 곤혹스러운 표정을 지었다.

“마음이 온 곳이라… 그건 나 역시 모르네.”

소림에서 수행을 하며 아직 찾지 못한 대답이었다.

“흐음…….”

광미 대사의 얼굴을 물끄러미 바라보던 나일이 다시 하늘을 보았다.

“아마도 마음은 털어내야 할 대상이 아니라 담아내야 할 대상이 아닐런지요.”

털어내고 털어내도 남아 있는 것이 마음이다. 차라리 그럴 때는 열망으로 그것을 부풀려서 한없이 크게 만드는 것도 한 방법이리라.

“차앗!”

나일의 기합성이 터져 나왔다. 공기의 진동이 느껴지며 한순간 모든 것이 정지하는 듯했다.

무언가 엄청난 것이 밀려온다는 느낌에 광미 대사가 자신도 모르게 고함을 질렀다.

"그만 멈춰!"

다급한 광미 대사의 음성에 나일의 두 손이 멈췄다.

마치 환상처럼. 도저히 감당할 수 없는 거대한 장력. 아직 용이 되기 전의 이무기인 줄 알았는데 그것이 아니었다.

나일은 감정이 드러나지 않을 정도로 절제하는 방법은 몰랐지만 자유로웠다.

'어쩌면 진정한 해탈의 모습이 바로 이런 것이 아닐까?'

한순간 광미 대사는 자신도 모르게 이 말을 속으로 내뱉고 말았다.

"고마웠습니다."

나일이 광미 대사를 향해 정중히 포권했다.

"나야말로 고마웠네."

광미 대사의 음성이 잔잔하게 달마동부 안으로 퍼졌다.

제46장

소림사를 떠나며

"두목은 도대체 어디 간 거야?"

제일 먼저 투덜거린 것은 노진이었다.

"글쎄 말이야."

말없는 마협지도 노진의 말에 동조했다. 소림사는 마협지에게는 바늘방석 같은 곳이다. 입장을 바꿔놓고 생각해 봐도 자신만 해도 소림사의 땡중이 마교의 십만대산에 들어왔으면 가만두지 않을 것이다.

"하여간 사고는 혼자 다 치고 다닌다니까."

나일이란 인간이 눈앞에 있을 때야 욕을 못하지만 듣지 못할 때는 무슨 말을 못하겠는가?

나일이 쫓아갔던 손환희는 이미 일행에 합류한 지 두 시진이나 됐는데 나일은 아직까지도 코빼기도 보이지 않았다.

"올 때 되면 오겠지."

편봉타가 대청에 느긋하게 누우며 말했다.

벌써 소림사 관람은 끝난 지 오래다. 게다가 몇 번 이곳을 드나들었던 편봉타에게 소림사는 새로울 게 없었다. 외인 금지 구역까지도 구경했던 그였으니 말이다.

"에잇, 모르겠다."

노진도 편봉타를 따라 신성한 소림사의 대웅전 대청에 두 발을 쭉 펴고 누웠다. 그러자 마협지마저 말없이 누워버렸다. 그 모습에 지객승들은 스쳐 지나가면서 눈치를 줬건만 그들은 전혀 아랑곳하지 않고 서로의 팔을 베며 다정히 누워 있었다.

"에잇, 정말 골칫거리라니까."

누워서 연신 나일을 씹어대는 노진 등에게 손환희가 다가왔다.

"저는 어떻게 될까요?"

손환희는 자신이 저지른 일이 걱정이 되는가 보다.

"음… 내 생각에는 차라리 지금 죽는 게 나을걸. 누나도 그놈이 얼마나 악독한지 알잖아."

"그건 나도 동감이야. 모르긴 몰라도 꽤나 고통스러울걸."

편봉타마저 노진의 말에 동의하자 손환희의 안색이 창백해졌다.

"설마… 저는 여자인데요."

"에이, 그놈은 여자라고 봐주고 그러는 거 없잖아요. 몰랐어요?"

노진이 마협지를 돌아보며 동의를 구했다.

"하기는… 처음 만났을 때도……."

손환희는 나일을 처음 만났을 때를 떠올렸다. 그러자 그가 어떤 사람이었는지 새삼 떠올랐고 자신이 얼마나 무모한 짓을 했는지 깨달았다.

"휴우… 그럼 이제 어떡해야 하지?"

혼잣말을 중얼거리는 손환희를 보며 노진이 몸을 일으켰다.

"그래도 누나의 눈물에는 조금 약한 것 같으니까 눈물로 밀고 나가. 안 되면 하는 수 없지만."

노진의 위로인지 약 올리는 것인지 모를 말을 듣던 손환희는 가만히 무릎 사이에 얼굴을 묻었다.

"엉, 엉, 엉……."

생각만으로 온몸에 소름이 돋을 것 같았다.

"지금 울어봤자 소용없으니까 그놈이 오면 울어요."

울고 있는 손환희에게 노진이 다가가 등을 두드렸다. 맞는 것도 얼른 맞는 게 낫지, 지금처럼 기다리는 시간이 길면 그 긴장감 때문에 더욱 고통스러울 뿐이다.

"그런가?"

울던 것도 잠시, 쉬어서 기운이 났는지 아니면 벌써 자신의 잘못을 다 잊었는지 손환희가 재잘거리기 시작했다.

"밥은 어떡하지요?"

"산 아래 내려가면 주루가 수두룩하니까 그건 걱정하지 마라."

편봉타가 손환희의 말에 대꾸해 주며 고개를 돌리다가 무언가를 발견했는지 소실봉의 정상을 바라보았다.

"어… 저건 뭐지?"

편봉타가 소실봉의 반대 편에서 올라오는 연기를 보고 기겁했다. 까만 연기가 둥실둥실 춤을 추었다.

'저쪽은 분명 달마동부!'

예전의 기억을 더듬으며 편봉타는 내심 사단이 일어났어도 단단히 났음을 느꼈다. 가본 적은 없다. 그곳은 금역 중에서도 소림사 경내에서 가장 멀고 소림사의 초대 조사인 달마가 면벽수련으로 깨달음을 얻은 성지였다.

개방의 장로인 펀봉타가 그곳을 모를 리가 없다. 그리고 또한 지금은 소림제일인 광미 대사의 거처가 있는 곳이다. 모두의 시선이 그곳으로 향했다.

"빨리빨리 움직여라!"

벌써 소림사 경내의 승려들은 그것을 알아챘는지 모두 그곳으로 지게를 지고 달리고 있었다.

나일은 달마동부 앞의 우물에서 바지를 빨아 널었다. 그리면서 주변의 나뭇가지를 모아서 불을 피웠다. 조금이라도 빨리 말리기 위해 취한 행동이다.

"아아, 오늘 일진 진짜 사납네."

누군가 지금 자신의 모습을 보면 얼마나 창피할 것인가.

나일은 손가락에 불꽃이 일으키면서 나뭇가지에 불을 붙였다.

"여보게, 바둑이나 한 수 두겠나?"

간만에 마음에 드는 인물을 본 광미 대사는 달마동부 안으로 나일을 초청했다.

"옷 말려야 하는데요."

"에이, 그거야 바둑 한 수 두는 동안 마르겠지."

광미 대사가 나일의 손을 끌었다. 달마동부에서 혼자 수련하느라 적적한 참이었다. 그렇다고 소림사의 중들과 대화를 하자니 배분의 차이가 너무 커서 다들 어려워만 할 뿐이고 자신도 썩 내키지 않았다. 늙으면 사람이 그리워지는 것인데 자신의 대화 상대를 해줄 만한 사람들은 저마다 바쁘다고 하니… 게다가 나일과의 만남에서 자신도 깨달음을 조금 얻었기에 나일에게 무척 호의적이었다.

"이 모습으로요."

나일이 자신의 하체를 가리키자 기다렸다는 듯이 광미 대사가 가사를 던졌다.

"자, 이거라도 입고 있게."

"나보고 이걸 입으라고요!"

기가 막히다는 표정으로 나일이 쳐다보자 광미 대사의 어깨를 으쓱했다.

"그럼 절간에 다른 옷이 있을 줄 알았나."

나일이 고개를 떨궜다. 하기사 평생 입을 것도 아니고 잠깐 자신의 옷이 마를 동안이니…….

주섬주섬.

나일이 가사에 몸을 넣는 모습을 보며 광미 대사가 혀를 찼다.

'쯔쯔, 저렇게 승복이 안 어울리니…….'

아닌 게 아니라 건들거리는 표정에 승복을 입혀놓았더니 그 모습이 어찌나 우스꽝스러운지 혀만 찬 게 다행이었다.

"뭘 그렇게 봐요?"

나일이 하체를 비틀었다. 안에 입는 바지는 주지 않고 걸치는 장삼만을 몸에 걸친 탓에 바지 안이 썰렁했던 것이다.

"아니, 이리 와서 바둑이나 두세."

"하하… 그럴까요. 나도 옷이 마를 동안 할 일도 없는데……."

나일도 광미 대사가 웃어 보이자 자신도 웃으면서 금방 둘은 나이를 떠나 친밀감을 느끼고 있었다. 그것은 서로가 서로를 마음으로부터 인정하기에 가능했다.

"흠… 저 바둑 잘 두는데……."

나일이 목을 좌우로 흔들며 조금은 건방진 태도로 광미 대사의 앞에 앉았다.

"그건 나도 마찬가질세."

반상 위의 혈투. 한참을 투닥이며 그들은 무공이 아닌 바둑에 서로에 대한 전의를 불태웠다. 선기는 나일이 잡았다. 노련한 행마로 광미 대사의 진지를 흔들어댔다. 어찌나 곤욕스러운지 광미 대사의 이마에 식은땀이 맺혔다.

"끄음."

나일이 그런 광미 대사를 보며 비아냥거리듯 툭 한마디를 던졌다.

"축하합니다. 바둑 두는 사람 득도(得道)했나 보네요."

"끄응……."

광미 대사는 한마디도 대꾸할 수 없었다. 나일의 바둑 두는 솜씨는 자신의 상상을 뛰어넘었다. 그 덕에 장고를 거듭하며 시간을 끌게 되었던 것이다.

그때 어디선가 그을음이 나면서 타는 냄새가 코를 자극하자 나일이 무의식적으로 바지를 널어둔 쪽을 쳐다보았다.

"어?"

나일이 외마디 비명을 지르고 일어서려 했다. 자신의 옷이 타고 있었다. 무엇이든지간에 경지에 오르면 그것을 하는 동안에는 고도의 집중력을 발휘하기 때문에 다른 것은 눈에 들어오지 않는다. 지금 나일의 경우도 그래서 평소라면 금방 눈치 챘을 일을 옷에 불이 붙고 나서야 뒤늦게 눈치를 챈 것이다.

"어딜 가는가? 일어서면 그 순간이 항복을 의미한다는 걸 모르진 않겠지."

나일의 손을 덥석 잡으며 광미 대사가 의미심장한 눈빛을 지었다.

"졌으면 졌다고 곱게 인정할 것이지."

나일이 투덜거리며 살짝 든 엉덩이를 다시 바닥에 밀착시켰다.

승리에의 집념. 별것 아닌 바둑에서도 지고 싶은 생각은 전혀 없었다.

따악.

장고를 거듭하던 광미 대사가 반상 위에 돌을 얹었다.

"겨우 도망치는 수요."

나일이 입술을 씰룩였다. 광미 대사로서는 오기의 한 수였다. 그 수만이 반상의 삶을 연장하는 길일 뿐이다. 시간을 끌어 나일의 옷에 불을 활활 붙여 태운다면 분명 나일은 흥분할 것이고, 그때 다시 기회를 얻을 수 있을지도 모른다. 그것이 광미 대사의 생각이었다.

"도망치는 것이 아니라 기회를 엿보는 것일세."

노안에 어울리지 않게 광미 대사가 씨익 웃어 보였다.

나일도 그 꿍수를 모를 리 없다. 옷에 불이 옮아 붙기 시작했지만 나일은 묵묵히 바둑판을 쳐다보았다. 최소한의 피해! 그러기 위해서는 최대한 빨리 끝내야 한다. 꼼짝할 수 없는 수로 패배를 자인하게 만드는 것이 최선의 방법이다.

"자, 이제는 어떻게 할 것입니까?"

나일의 손이 움직였고 그 순간 말라 버린 옷은 불이 붙어 활활 타오르기 시작했다.

"으악!"

나일의 얼굴이 처참하게 일그러졌다. 반상 위에서는 마지막 한 방을 우겨 넣었지만 반상 밖의 피해는 막을 수 없었던 것이다.

"허허."

싱글거리며 광미 대사가 반상 위에 돌을 얹었다. 좀 더 시간을 끌어 보려는 수작이었다.

활활 타오르는 옷.

불 구경을 하는 게 재미있다는 것을 모르는 이가 없다.

"잘 타는군!"

흐뭇하게 웃던 광미 대사는 그러나 그 수가 반상 위뿐 아니라 반상 밖에까지도 뼈아픈 패착(敗着)임을 아직 깨닫지 못한 상태였다. 나일의 옷을 태운 불길은 주변의 나뭇가지에 옮겨 붙었고 급기야 그 일대를 모두 삼키려 하고 있었다.

"젠장. 졌다!"

광미 대사가 벌떡 일어서며 소리쳤다.

"앉으시죠. 아직 바둑은 끝나지 않았습니다. 바둑은 예(禮)에서 시작해서 예로 끝나는 법이라는 걸 모르지는 않으시겠죠. 돌을 던질 기회가 있는 사람은 오직 저뿐입니다."

아까와는 정반대의 상황. 광미 대사는 뻔히 불이 번지는 것을 보면서 입맛을 다실 수밖에 없었다.

"이놈! 졌다니까 왜 이러는 게냐!"

좌불안석(坐不安席). 뻔히 눈앞에서 불이 자신의 거처를 삼키려 드는데 누가 가만있으려 하겠는가.

"아직이란 말이오. 아직 항복을 할 수 없는 상황은 아니지 않습니까?"

끈덕지게 광미 대사를 붙잡으며 나일이 씨익 웃었다.

"휴, 어떤 수가 좋을까?"

겉으로는 바둑의 묘수를 찾는 척 골머리 썩고 있었지만 나일의 두 눈은 활활 타오르는 불길로 향해 있었다. 과연 불 구경은 보고 있는 것만으로도 속이 시원했다.

우당탕!

멀리서 소림의 승려들이 물지게를 들고서 이쪽으로 달려오고 있었다.

"흐음… 이 수는 어떨까? 아니지."

아직까지 광미 대사를 약 올리듯이 나일은 여유를 부리고 있었다. 천년소림의 금역이 화재로 인해 대재앙을 겪고 있는 판국에.

떠억.

"이쯤이면 되겠군."

드디어 나일의 손이 움직였다. 반 시진가량 시간을 끌다가 던지는 한 수.

"자, 두시죠. 아니면 패배를 자인하시던가."

나일의 말에 광미 대사는 기나긴 침묵을 했다.

이미 불길은 달마동 내에까지 미쳤다. 더 이상 탈 것도 없을 지경이었다. 불은 탈 만한 것들은 모두 태웠고 점점 스스로를 태우며 사그라들려는 기미가 보였다. 나일과 광미 대사가 대국을 하는 곳과 일 장의 거리를 남긴 곳에서 불길은 진정되고 있었다.

"사백님, 괜찮으십니까?"

나한당의 당주인 현진 대사가 불길 너머에서 고함을 질렀다.

슈우욱.

소림의 승려들이 하나둘씩 지고 왔던 물동이로 불길 위에 힘차게 뿌려댔다.

불이 꺼지고 나서 소림사의 승려들이 달마동부에 들어왔다. 그때까지도 광미 대사는 아무런 말 없이 눈을 감은 상태였고 나일은 꺼져 가는 불길을 보며 안타까워하고 있었다.

"커억! 이 무슨 소란인가?"

얼굴이 붉으락푸르락해진 광미 대사가 목소리를 가다듬으며 소리쳤다.

"불 때문에 혹여라도……."

현진 대사의 말끝이 잦아졌다.

"흥! 그것 때문에 나의 수행을 방해했단 말인가?"

오히려 화가 잔뜩 난 목소리로 광미 대사가 바둑판을 치며 일어섰다. 그 바람에 바둑판이 엉망이 되었다. 노련하면서도 어떻게 보면 전형적인 '진 바둑 흐트러뜨리기'였다.

"뭡니까?"

나일도 일어섰다. 분명 광미 대사가 노린 것은 이것일 거라는 생각이 들었다. 생각보다 쪼잔한 노인네라고 욕이라고 한마디 하고 싶었지만 소림사의 중들이 많은지라 일단 참았다.

"어라, 왜 이렇게 됐지?"

"정말 이런 식이라면……."

한동안 두 사람이 서로의 눈을 보면서 눈싸움을 했다.

"다시 원래대로 두면 되죠."

두 손바닥을 올리며 발뺌하는 광미 대사를 보며 나일이 바둑알을 원래대로 반상 위에 올려놓기 시작했다. 복기(復棋). 방금 둔 바둑을 원래대로 만드는 것은 바둑을 웬만큼 두는 사람이라면 어렵지 않다.

"에이, 뭘 그렇게까지 하나. 생사가 걸린 것도 아닌데."

옥신각신하는 나일과 광미 대사를 보며 가장 먼저 들어온 현진 대사는 아연실색했다.

소림의 금역을 불태우면서까지도 미련이 있는 바둑이라니… 그렇다고 뭐라고 할 수도 없는 것이 위계질서가 엄정한 소림사에서 광미 대사의 배분은 가장 높았다.

"훙."

나일이 코웃음을 쳤다.

"좋습니다. 바둑이 끝났으니 난 떠나야지. 나야 옷가지만 탔지만 이곳은 잿더미니. 후훗."

나일이 웃자 그제야 이곳이 불탄 이유가 청년의 옷가지에서 비롯된 것을 안 승려들이 어처구니없는 표정을 지었다.

"가긴 어딜 가?"

광미 대사 나일의 손목을 잡아챘다.

"왜 그러세요?"

"남의 옷을 빌려 입었으면 돌려줘야지!"

회심의 미소를 짓는 광미 대사의 얼굴을 보며 나일은 자칫 잘못하면 쪽팔린 일을 당할 것 같은 예감이 들었다.

"떠날 때 떠나더라도 내 옷은 돌려주게."

바지가 타버린 나일에게 광미 대사의 그 말은 속옷만 입은 채 소림사를 떠나라는 말과 같았다.

"뭐, 뭐라고요!"

"잘 못 들었나! 옷은 돌려주고 떠나게!"

‘이걸 어쩐다. 에잇! 이럴 때는 뺑소니가 최고다!’

나일이 몸을 휙 돌렸으나 광미 대사의 손은 가사를 잡은 채 놓지 않았다.

“내 옷은 벗고 가래도.”

우거지상이 된 나일이 그런 광미 대사의 팔을 옷에서 떼려고 발버둥을 쳤다.

“놔요!”

“못 놔!”

찌이익!

둘의 실랑이로 인해 가사가 찢어지자 나일이 그 틈을 이용해 몸을 빼냈다.

“잘 놀다 갑니다!”

달려가면서 소리치는 나일의 음성에 소림사의 중들이 허탈한 표정을 지었다.

달마동부를 다 태워놓고는 겨우 잘 놀고 간다니…….

“뭐 해! 빨리 잡아와!”

넋을 잃은 듯한 소림사의 중들에게 광미 대사가 호통을 치자 그들은 그제야 정신을 차리고 나일을 쫓아 산을 내려갔다. 그러나 나일의 모습은 이미 눈에서 멀어진 지 오래였다.

“저거 채주 아니야.”

편봉타가 화재 사건이 발생한 곳에서 뛰쳐나오는 나일을 발견하고는 말을 던졌다.

“그러면 이 화재도…….”

“모든 사건 사고의 원흉은 늘 저 사람이라니까.”

뛰어나오던 나일도 그들을 발견하고는 손을 휘저었다.

“빨리 도망치자!”

‘맞는가 보군.’

일행은 자신들의 짐작이 맞자 부산하게 몸을 움직였다. 방화범이 같은 일행이니 잡히면 어떤 꼴을 당할지 모른다.

“어디로요.”

“무조건 산 아래로 멀리 내빼야지.”

나일의 음성을 들으며 일행은 아래를 향해 전력질주했다.

“아앗!”

자신의 속도를 감당하지 못하고 비탈길을 뛰던 손환희가 넘어졌다.

“이그, 나한테서 도망칠 때는 안 넘어지더니 이럴 때는 잘도 넘어져요.”

뒤를 돌아본 나일이 손환희를 부축했다. 얄미워도 이렇게 얄미울 수 없다. 꼭 자신이 뭐 좀 하려면 공교로운 건지 일부러 그러는 건지 걸리적거리는 손환희.

“자, 이리 와봐!”

나일이 손환희를 품에 안고는 다시 달음질하기 시작했다.

“나를 고생시켰겠다.”

철썩. 철썩.

말 한마디와 함께 나일의 손바닥이 손환희의 엉덩이를 두들기기 시작했다. 나일이 손환희를 부축한 것은 호의가 아니었다. 자신을 농락한 것에 대한 보복을 하기 위해서였다.

“으악!”

"이 말썽꾸러기!"

다시 손환희의 엉덩이를 두들겨 가며 그들은 계속 소림사와 멀어져 갔다.

일행은 아침 일찍부터 호골채로 발길을 재촉했다.

"빨리 밥 먹어야지."

편봉타가 또 밥타령을 하자 나일이 힐끔 편봉타를 쳐다봤다.

"누가 거지 출신아니랄까 봐… 하는 일도 없으면서……."

"쩝."

나일의 눈총에 편봉타는 딴청 부리며 하늘을 올려다봤다.

호남성에 들어와서 호골채까지는 이제 열흘이면 도착할 지점에 왔다.

꼬르륵.

손환희의 배에서 소리가 들려오자 나일이 눈에 힘을 주었다가 이내 다시 풀었다. 지금까지 괴롭혔지만 얼마 후면 손환희는 일행을 떠날 것이다. 손가채에서 데려올 때부터 손환희를 호골채에 데려다 주는 것만을 부탁받았기 때문이다. 그 후에 손환희는 그곳에 온 그녀의 친척에게 인계하기로 되어 있다. 물론 그녀의 친척도 산적이다. 괜히 안 좋은 기억만 심어두는 것도 서로에게 좋지 않을 거라는 판단에 나일도 자신의 배를 쓰다듬었다.

"하기사 나도 슬슬 배가 고프군. 가자, 밥 먹으러."

끼니를 때우려고 주점에 들어서는데 주점 안이 이상하게 술렁거렸다. 주점이야 온갖 정보가 모이는 곳인지라 항상 소란스러웠지만 이곳의 주점은 소란스럽기보다는 이상한 긴장감에 휩싸여 있었다.

"뭐야, 이 분위기는?"

나일이 자리를 잡으며 점소이에게 물었다.

점소이가 살살 주위의 눈치를 보다가 나일의 귀에 대고 소곤거렸다.

"녹림 서열 육위인 혈웅채(血熊寨)의 혈악패부(血握敗斧) 진욱 채주께서 곧 이 길을 지나신답니다."

살짝 귀띔하고는 점소이가 잽싸게 물러섰다.

"흐음……."

나일의 눈빛이 살짝 반짝였다.

이것은 일행에게 좋은 공부가 아닌가? 진정한 산적의 위풍을 보면 그들도 나름대로 성장할 수 있을 것이다.

"헤헤. 손님, 그런데… 뭘 주문하시겠습니까?"

무언가 잘못 먹은 것처럼 점소이가 연신 헤헤거린다.

"아흠… 뭘 먹지? 이봐, 여기서 제일 잘하는 게 뭐지?"

나일의 말에 점소이보다 더 반색한 것은 노진 일행이었다. 상황을 보아하니 나일이 거하게 시킬 것 같았기 때문이다.

"저희 집에서는……."

"그만!"

점소이가 입을 열기도 전에 나일이 점소이의 입을 막았다.

"헤헤… 그러면 혹시 미리 생각하고 오신 것이라도……."

고개를 조아리는 점소이의 모습은 세상에 둘도 없는 간신의 모습과 비슷했다.

장사꾼은 슬프다. 그리고 비굴하다. 힘이 없어서, 돈이 없어서 그런 것은 아니다. 그렇게 손님의 비위를 맞춰줘야만 수입을 얻을 수 있기 때문이다.

"소면 네 개랑 오리 구이 하나."

점소이의 표정이 일그러졌다. 행색은 부잣집 도련님 같은데 주문은 거의 피난민 수준 아닌가?

"빨리 안 만들어오고 뭐 해! 참, 죽엽청도 한 병."

노진 등도 질렸다. 벌써 일주일째 같은 음식. 그것도 달랑 소면 하나. 자기는 먹고 싶은 대로 시키고 먹으면서도 나머지 일행은 오직 소면만을 먹으라는 나일에게 좋은 감정이라고는 눈곱만치도 없었다.

그러나 투정 부리기에는 나일의 주먹이 너무 무섭다.

"채주, 이제 슬슬 산적들과 마주치기 시작하는군요."

노진이 주문한 음식을 기다리며 입을 열었다. 벌써 풍성한 음식에 대한 기대는 저버렸다. 기대를 오래 가지고 있어봐야 기대로만 그친다는 것을 뼈저리게 경험한 것이다. 이럴 때는 오히려 자신의 신세를 잊고 새로운 것에 몰두해야 한다. 어린 나이답지 않게 노진은 세상 사는 이치를 하나둘 깨달아가고 있는 중이었다.

"이놈! 산적이 뭐냐? 식구들이라고 해야지."

"네, 알겠습니다."

잽싸게 노진이 자신의 잘못을 인정하며 말을 이어가자 나일이 고개를 한 번 끄덕이고는 주변을 두리번거렸다.

"이봐, 점소이!"

다시 나일이 부르자 점소이가 반색을 했다.

'그럼 그렇지, 추가로 비싼 음식을 시키려는구나.'

점소이가 언제 얼굴을 구겼냐는 듯이 달려오자 나일이 손바닥을 입 앞에 갖다 대고는 점소이의 귀를 빌리자는 시늉을 했다. 그러나 귀를 가까인 댄 점소이는 다시 인상을 구길 수밖에 없었다.

"볼일 보려면 어느 쪽으로 가야 하냐?"

"저쪽입니다."

점소이가 손가락으로 가리킨 곳을 보고는 나일이 일어서서 그쪽으로 향했다. 그리고 곧 이어 점소이가 주문한 음식을 가져왔는데 그때 나머지 일행은 주렴을 열고 들어서는, 한눈에 보기에도 살벌한 기색을 물씬 풍기는 산적 패거리를 볼 수 있었다.

"이봐, 주인장! 음식 가지고 와!"

패거리 중에서도 유난히 팔다리가 길고 몸집이 우람한 사내가 탁자에 도끼를 꽂으며 소리쳤다.

혈악패부 진욱.

방금 피를 마시고 온 것 같은 붉은 입술과 긴 혀, 그리고 잿빛이 도는 도끼로 자신을 표현하는 녹림 서열 육위의 거물.

"예, 갑니다!"

점소이들이 다른 탁자에서 주문을 받다 말고는 모두 진욱에게로 달려갔다. 돈보다 중요한 것이 바로 생명이다. 혈악패부 진욱의 악명을 모르는 점소이는 아무도 없었다.

"이 집에서 제일 맛있는 걸로 빠르고 많이! 이상."

간결하면서도 모든 것을 포함한 주문을 마친 진욱이 느긋한 표정으로 앉자 졸개 하나가 진욱의 어깨를 주물렀다.

"뭘 봐! 다 죽고 싶어!"

'에구, 하필 이 주루냐.'

'빨리 먹고 나가야겠다.'

사람들의 시선이 모두 자신들의 음식으로 향하고 미친 듯이 먹기 시작했다. 오늘 흉악한 인간이 머문 이 주점에 들른 자신의 사나운 일진을 탓하면서.

"흐음, 좋아! 그런데 니들은 뭐야!"

진욱의 시선이 자신을 보고도 시선을 피하지 않는 일행에게 꽂혔다.

주루의 안을 장식하고 있는 것은 오래된 탁자와 거미들이었다. 주루의 매상은 위치와 규모에 달려 있다. 나일 등이 들어선 주루는 겉보기에는 위치도 나쁘지 않고 규모도 컸지만 비싸 보이지는 않았다. 하기는 그러기에 나일이 발을 들인 것이다. 예상대로 내부는 싼 티를 팍팍 풍기고 있으니.

'아 배고파!'

천장에선 거미들이 집을 짓고 있었다. 얼기설기 내려오는 거미를 보며 편봉타는 묘한 감흥에 젖었다. 예전에는 집 안에 거미가 없으면 허전했는데 한 달 동안 일반인들과 같이 생활하다 보니 거미를 못 보았다.

'예전에는 밥 먹다가 거미가 내려오면 같이 비벼서 먹곤 했는데, 간만에 그래 볼까?'

혼자서 찬란했던 옛 시절을 떠올리는데 그 감상을 깨는 고함 소리에 얼굴을 찌푸리며 편봉타가 다시 정신을 차렸다.

'어쭈.'

편봉타는 기분이 굉장히 나빴다. 비록 자신이 이렇게 나일이라는 인물에게 얽매어 있기는 하지만 한때는 중원에서 난다 긴다는 인물 중 하나였다. 진욱도 유명하기는 했지만 자신의 명성에 비하면 태양과 반딧불의 차이만큼이나 격차가 컸다. 그런데 감히 자신에게 저따위 말을 하다니…….

‘늙으면 죽어야지. 미치겠네.’

예전 같았으면 녹림 총표파자인 왕호에게 귀를 잡고 데리고 갔을 터이다.

힐끔 나일 쪽을 바라보던 편봉타가 양미간을 모았다. 나일은 아직 오지 않았다. 나일이 올 기미가 안 느껴지자 얼른 편봉타가 탁자 위에 놓여진 오리 고기의 껍데기를 표가 안 나게 뜯었다. 그러자 노진과 마협지도 눈치를 보면서 목 뒤쪽의 살과 다리 아래쪽의 살을 최대한 표가 안 나게 뜯었다.

쾅!

“이것들 봐라? 내 말이 말 같지 않은가 본데!”

진욱이 앉은 탁자를 치며 편봉타 등을 꼬나봤다.

“신경 쓰지 마.”

편봉타가 진욱을 향해 빙긋이 웃으며 말했다. 간만에 껍데기일망정 고기를 먹는 판이었다.

“뭐!”

기가 찬 표정으로 진욱이 편봉타를 씹어 삼킬 듯 흘겨보았다.

“밥 잘 먹고 똥 잘 싸라고.”

진욱의 표정에 편봉타가 그 표정을 뜯어 고쳐 주고 싶었지만 겨우 꾹 성질을 눌렀다. 괜히 나일이 없을 때 사고를 치면 뒷감당이 무서웠다. 하나 그렇다고 해도 불편한 기색을 숨기지도 않았다.

“어쭈, 이 늙은이가 죽으려구 환장을 했군. 안 그러냐, 얘들아!”

진욱이 일어서서 편봉타에게 걸어오기 시작했다.

뚜둑. 뚜둑.

진욱이 우선 손을 풀면서 느긋이 주위를 살폈다.

혹시 누군가를 믿고 저리 대담하게 나오는지도 모르는 일이었다. 강호에서는 모든 것을 조심해도 소심한 것이 아니다.

콰당!

"이것들이 눈 안 깔래!"

진욱이 걸어가면서 의자 하나를 쓰러뜨렸다. 노진 등의 시선이 모두 자신에게 향했기 때문이다. 이럴 때는 공포 분위기를 조성하는 것만큼 약발이 강하게 드는 것도 없다.

쉬익.

그 꼴을 도저히 못 참겠는지 앉은 그대로 편봉타가 젓가락을 던졌다.

"크억!"

진욱은 일순 자신의 눈앞에 무언가 희끄무레한 물체가 스쳐 가자 무의식적으로 비명을 질렀다.

파바박.

고개를 돌린 진욱은 하나의 젓가락이 자신을 스쳐서 천장에 매달린 거미를 죽이고 깊숙이 박혀 있는 것을 발견했다.

"헛!"

진욱의 걸음이 멈췄다. 앞뒤 분간 못할 진욱이 아니었다.

'어쩌지……?'

속절없이 시간이 흘러갔다. 난감했다. 분명 이 한 수로 상대가 자신과는 상대도 안 되게 강하다는 것을 알았다. 젓가락으로 거미를 죽이는 것은 웬만큼 암기를 다루면 가능한 일이다. 하나 나무젓가락이 돌로 만들어진 벽을 뚫고 그 끝을 드러내는 것은 절정의 고수가 아니면 불가능한 일이었다.

주점 안의 시간은 멈췄다. 열심히 음식을 먹는 척하던 다른 사람들과 점소이들마저 동작을 멈춘 채 진욱의 다음 행동을 주시했다.

일촉즉발(一觸卽發).

진욱이 천천히 고개를 돌려 자신의 부하들을 쳐다봤다. 인생은 괴로울 때도 있고 즐거울 때도 있다. 그리고 한 번의 실수로 인생을 조질 수도 있다.

주르륵.

진욱의 이마에서 식은땀이 흘러내렸다. 반면 젓가락을 던진 편봉타의 안색은 태연자약했다.

"한 발만 더 움직이면 죽는다."

편봉타의 입에서 나지막한 목소리가 흘러나왔다. 진욱은 잠시 갈등했다. 그리고 한편으로는 기억을 더듬었다. 자신이 알고 있는 강호의 고수들의 용모파기를 열심히 뒤적거렸다.

'저 늙은이는 누구란 말인가?

어딘지 모르게 처량하고 불쌍해 보이는 강호고수라…

진욱의 머리 속이 아득해졌다.

'혹시 무식한개 편봉타! 설마……'

실제로 무림사기 이십위에 올라 있는 그라면 자신 따위는 쳐다도 볼 수 없는 고수다. 진욱이 다시 한 번 편봉타의 모습을 보고는 얼굴이 노래져 갔다. 녹림인들이 행사를 나갈 때 가장 먼저 하는 것은 고수의 용모를 파악하는 것이다. 만약 고수라 불리는 이들을 잘못해서 건드린다면 자신 혼자만 죽는 것이 아니라 산채가 몰살당할 수가 있기 때문이다. 실제로 몇 년 전인가 절강성의 복지채가 그런 경우를 당하지 않았는가.

'맞는 것 같은데…….'

진욱도 무공은 게을리 하더라도 고수들의 용모를 알아보는 연습은 게을리 하지 않았다.

"살려주십시오!"

말과 함께 진욱의 무릎이 꺾였다. 산적에게 가장 중요한 것은 목숨이었다. 돈도 자존심도 그 다음이었다. 어줍지 않는 정파인들과는 다르다. 그래서 사파에 속한 녹림이다.

저벅저벅.

그때였다. 누군가 주방으로 통하는 문을 열고 나왔다. 그러나 사람들은 그쪽으로 시선을 돌릴 엄두도 내지 못하고 있었다. 까딱하면 녹림의 괴수 중 하나가 꼼짝없이 죽을 판이니…….

빡!

주방에서부터 터벅터벅 걸어온 발자국 소리는 편봉타의 뒤에서 멈추더니 그의 뒤통수를 사정없이 후려갈겼다.

"왜 때려요!"

편봉타의 외침과 동시에 주점 안의 사람들은 자신들의 눈을 의심했다. 녹림에서도 악명을 떨치는 혈악패부 진욱이 머리를 조아리는 사람이 웬 젊은 청년에게 뒤통수를 얻어맞으며 한다는 소리가 고작 '왜 때려요' 라니…….

"몰라서 물어!"

진욱의 눈동자가 더욱 커졌다.

'혹시 가짜 아냐?'

힐끔 벽에 꽂힌 나무젓가락을 보며 다시 자신의 눈이 틀리지 않았음을 확인한 진욱이 더욱 깊숙이 머리를 조아렸다. 분명 편봉타는 가짜가 아니었다. 강호의 절세고수 중 하나인 편봉타가 뒤통수를 맞고는 어린아이처럼 투정을 부리는 상대가 나타났으니 이럴 때는 쥐 죽은 듯이 가만히 있는 게 상책이다.

"내가 조용히 있으라고 했지!"

나일의 성격상 투정을 받아주는 사람이 아니다. 오히려 다시 한 번 편봉타의 뒤통수를 후려갈겼다.

"죄송합니다, 채주."

금방이라도 울 것같이 눈물을 글썽이면서 편봉타가 잘못을 빌었다. 잠시 그 모습을 보던 나일이 탁자 위의 음식으로 눈을 돌렸다.

"알았으면 됐고… 밥이나 먹자!"

"감사히 먹겠습니다."

언제 불쌍한 표정을 지었느냐는 듯이 편봉타가 노진 등과 함께 힘찬 구령을 외치고는 식사를 시작했다.

"어라? 이봐, 점소이."

나일이 오리 고기를 들고는 무언가 이상한 점을 발견했는지 점소이를 향해 손짓했다.

"왜 그러십니까, 손님."

방금 전에 벌어진 일 때문에 점소이가 잠시 멈칫거렸지만 이내 쪼르르 달려와서는 나일의 앞에서 부동 자세를 취했다. 아까가 비굴해 보였다면 지금은 겁에 질린 듯했다.

"이거 오리 고기가 여러 군데 쥐 뜯어먹었잖아. 음식을 이런 식으로 내와도 되는 거야."

"그럴 리가요."

점소이가 나일이 내민 오리 고기를 관찰하며 고개를 갸우뚱하자 찔리는 것이 있는 편봉타가 은근히 점소이에게 인상을 찌푸렸다.

타악.

"그럼 내가 억지라도 부린다는 거야! 장사 제대로 못하겠어! 확 뒤집어 버린다!"

나일이 탁자를 치며 일어서자 주루 안의 공기가 다시 급격히 냉각되기 시작했다. 인상을 쓰며 누군가를 협박할 때의 나일은 돈 뜯어내는 건달이 본업이라고 해도 손색이 없어 보인다. 하기는 이걸로 강진 땅에서는 '강짜 부리기의 대가 나일'이라는 악명을 떨치지 않았는가.

"아니, 그게 아니라……."

살벌한 기색에 점소이가 목을 잔뜩 움츠리며 한 걸음 물러섰다.

"저희 쪽에서 무슨 착오가 있었습니다. 죽을죄를 졌습니다. 다시 내오겠습니다."

오리 고기를 든 채 물러나려는 점소이에게서 오리 고기를 가로채며 나일이 씨익 웃어 보였다.

"그런 게 어딨어. 이럴 때는 우리 일행의 음식 모두를 공짜로 해야 하는 거 아냐?"

'날도둑놈.'

점소이는 그제야 이것이 계획된 연출이라고 오해했다. 하나 그렇다고 해도 달리 방법이 없다. 방금 전의 상황이 없었다면 목소리를 드높이며 멱살을 잡았을 테지만 이런 삭막한 분위기에서 그런 짓을 했다가는 곧장 저 세상으로 갈지도 모른다는 위기감이 엄습한 탓이다.

"저기……."

점소이가 황급히 계산대의 총관을 쳐다봤다. 잘못하면 오리 고기 때문에 목숨이 위태로운 어이없는 일을 당할지 모른다는 생각 때문이다.

점소이의 생각을 읽었는지 총관이 미미하게 고개를 끄덕였다. 그러자 점소이의 얼굴이 펴졌다.

"네, 그렇게 하겠습니다. 그러면 소인은 이만……."

점소이가 뒷걸음치며 물러나자 나일은 노진 등을 향해 어깨를 으쓱여 보였다.

"뭐, 먹고 싶은 거 있냐? 다 시켜. 오늘은 이 채주가 쏜다."

'저거 사람 맞아?'

나일의 행동에 노진 등은 다급히 주방으로 걸어가는 점소이를 애처로운 눈빛으로 바라보았다. 그러나 그것도 잠시, 이런 기회는 흔치 않다. 실제로 쏘든 억지로 협박해서 먹든지간에 소면을 벗어난 음식을 먹을 기회를 마다할 노진 등이 아니었다.

순식간에 노진 등이 점소이를 향해 쉴 새 없이 음식 이름을 외쳐 댔다.

"근데 저 사람은 왜 아직도 저러고 있냐?"

탁자 위에 한 상 가득한 음식을 거하게 먹은 후 나일은 탁자 아래에서 무릎을 꿇은 채 머리를 조아리고 있는 진욱을 보며 물었다. 화장실에 다녀왔을 때부터 보기는 했지만 잠시 후면 알아서 자기 자리로 돌아가겠거니 했는데 자신들이 음식을 다 먹을 때까지 그 모습 그대로 있는 게 궁금해 물은 것이다.

'그걸 이제 봤나?'

노진은 나일의 무신경함에 혀를 내둘렀지만 표현하지는 않았다. 대신 나일의 질문에 친절하게 답변해 주었다.

"그것이 저… 편씨 할아버지가……."

노진은 편봉타를 '편씨 할아버지'로 부르고 있었다. 존칭을 사용하던 노진에게 나일이 같은 녹림도끼리 무슨 존칭이냐며 겁을 준 이후로 그렇게 부르게 되었다. 개방의 장로를 이런 식으로 부르는 사람도 없을 것이다.

"편봉타가 뭐? 그리고 저 사람들은 또 뭐야?"

자신의 뒤에 앉아서 밥 먹는 것을 처음부터 끝까지 지켜보고 있던 산적 패거리를 가리키며 나일의 고개가 편봉타에게 향했다.

"저희의 무례를 용서해 주십시오."

기회는 이때다 하고 산적 하나가 나일의 다리를 잡고는 매달렸다.

"어이, 알았으니까 저리 가."

다리를 뿌리치며 나일이 말하자 그 산적이 이번에는 편봉타의 무릎을 잡고는 매달렸다.

"이거 왜 이러는 거야?"

밥 먹는데 신경이 거슬리기에 잠시 쥐어팼으니 원래의 상태로 알아서 돌아갈 것이라고 생각했는데 겁에 질려 울부짖듯 사과하는 사람을 보며 나일이 의아한 얼굴을 했다.

"뭐냐니까?"

나일의 눈길이 편봉타에게 향하자 그 순간 편봉타의 눈길은 진욱에게 향했다. 나일의 말을 듣고 고개를 들던 진욱은 사람을 절로 오그라들게 만드는 기광을 대하고는 다시 고개를 푹 숙였다.

"가라니까 참 말 안 듣네."

나일의 목소리에 다시 두려움을 참으며 진욱의 눈길이 편봉타의 입으로 향했다.

"아, 이 늙은이가 아직도 꽁해 있네. 솔직히 불어. 지금 저 사람한테

겹줬지?"

이런 부분에 관해서는 민감한 나일이 편봉타를 보며 인상을 일그러 뜨렸다.

"아니요. 제가 뭘… 거기 왜 서 있어? 자리에 앉아 밥이나 먹어."

나일을 향해 손사래를 치면 편봉타가 진욱에게 눈짓을 줬다. 그 모습을 보고는 진욱의 얼굴이 반색이 되었다. 사실 다리가 저린 것은 참겠는데 편봉타의 발에서 나는 악취를 참으려니 숨이 막혀오던 참이었다.

"휴우."

그제야 한숨을 돌린 진욱이 자신의 자리로 돌아왔다. 그리고는 탁자에 꽂은 도끼를 슬그머니 빼어서는 뒤로 숨겼다.

"에이, 그나저나 혈웅채가 이곳을 지나간다더니 언제쯤 오려나?"

자신의 눈앞에서 무릎을 꿇고 있던 사람이 혈악패부 진욱임을 모르는 듯 나일이 혼잣말을 했다. 그리고 그리 작지 않은 그 음성을 못 들은 사람도 없건만 주점 안의 사람 중 그 말에 대꾸하는 그 어떤 사람도 없었다.

제47장
절대자 마득풍의 고뇌

산림이 하늘조차 덮어 시커먼 그림자만 드리운 곳, 십만대산!

그곳에서도 가장 깊숙하고 은밀한 곳에 우뚝 솟은 전각.

마중천(魔中天)이라는 편액이 아스라이 멀리 보이는 곳으로 한 노인이 걸어가고 있었다. 일견 보이기에는 반백의 머리를 단정하게 뒤로 넘기고 백의를 입고 있어 노학사처럼 보였다. 그러나 가까이에서 본 노인은 마기로 온통 휘감겨 있어 사람의 마음을 절로 떨리게 하는 기운을 풍겼다. 특히나 왼쪽 어깨 부분부터 팔이 있어야 할 부분이 없다는 것이 그 노인의 모습을 더욱 냉막하게 보이게 했다.

"주군, 드디어 시작되었습니다!"

노인이 무릎을 꿇으며 소리치자 그 순간 노인의 몸에서 잔뜩 풍기던 마기는 씻은 듯 사라져 버렸다. 동시에 몸집이 장대한 중년인이 환상처럼 노인의 앞에 서 있었다.

실로 놀라운 일이었다. 마기를 숨길 수 있는 극마의 고수가 무릎을 꿇는다는 것은 상상하기 힘든 일이다.

"일어나라, 혁련종."

하나 그것은 당연한 일이었다. 모습을 드러낸 인물이 바로 마천신군 마득풍이니, 마교에 몸을 담고 있는 자 그 누가 경배하지 않을 수 있겠는가.

"명을 받듭니다."

혁련종이 몸을 일으켰다.

단수금마(單手琴魔) 혁련종.

벌써 마천신군 마득풍과 고난을 함께한 지 일 갑자가 넘은 전대의 거마이다.

과거 강호에 십대세가로 꼽히던 하북(河北)의 종리세가를 한 손으로 멸문시킨 오십 년 전의 '멸수(滅手) 종리세가 사건' 으로 아직도 강호에 회자되는 무서운 인물이다. 그 당시 혁련종은 종리세가의 식솔 오백여 명의 손을 모조리 잘라 버렸다. 무기를 들고 복수할 수 있는 손을 자르는 것에는 갓난 아기나 부녀자도 예외가 되지 않았다. 그 일을 기화로 혁련종의 이름이 더욱 널리 퍼진 것은 불문가지.

"그래, 그 아이는 어떻던가?"

한가로운 마득풍의 음성에 혁련종이 고개를 끄덕였다.

"예상하신 대로 혼천마공을 연성했습니다."

"그래. 그렇다면 아들 녀석은 죽었겠군."

마치 남의 일인 것처럼 담담하게 내뱉은 마득풍의 음성은 모든 것을 초월한 인상마저 보였다.

"그렇습니다."

혁련종은 슬픈 소식을 전함에도 오히려 안색이 밝았다.

'얼마나 이 시간을 기다려 왔던가!'

혁련종은 마음속으로 삼십 년도 더 된 기억을 더듬거리고 있었다.

마천신군 마득풍을 좇아 모신 지 삼십 년.

혁련종은 긴 폐관을 마치고 나올 마득풍을 기다리고 있었다. 마교인이 꿈에 그리던 경지, 천마지체!

주군은 과연 천마지체를 이룰 수 있을 것인가?

혁련종은 두근거리는 마음으로 곧 모습을 드러낼 마득풍을 위해 오리 고기와 죽엽청을 준비했다. 명교의 교주로서 온갖 기진이보를 소유한 마득풍이었으나 어렸을 때 고생했던 시절을 잊지 않고 늘 검소한 것을 좋아한 이였다. 그런 점이 혁련종의 마음에 와 닿았다. 그에게 오리 고기와 죽엽청은 최고의 축하연이었다.

콰르르.

눈부신 태양을 가로지르며 폐관하던 곳에서 나온 마득풍이 펼친 일수는 바로 마교의 초대 교주였던 천마의 마장(魔掌)이었다. 산을 쪼개고 바다를 가르며 하늘까지 멸하리라는 천마 본인 외에는 그 누구도 익혀본 적이 없는 경외의 무공이 펼쳐진 것이다.

"축하드립니다."

혁련종은 그 모습을 보며 감탄하고는 마득풍에게 술을 권했다.

꿀꺽. 꿀꺽.

마득풍은 한 잔의 술을 삼키고는 오히려 폐관 전보다 권태로운 목소리로 혁련종을 불렀다.

"이보게, 종. 정말 무학은 불가능한 것이 없구만. 인간의 힘으로 대

자연을 우습게 볼 만큼 커다란 힘을 가지게 되다니……."

마득풍은 얼굴 가득 허무한 표정을 지었다.

"이젠 더 이상 무학의 끝에 도전할 마음이 사라지는군. 그저 이제는 평범한 인간으로서의 삶을 살아보고 싶네."

혁련종은 가슴이 덜컥 내려앉는 기분이었다. 마교의 하늘이라는 마득풍이 폐관을 끝마치자마자 은퇴를 시사하는 것이 아닌가!

"아니 됩니다! 아직… 아직 주군은 고금제일이 아니시지 않습니까?"

자칫 주군의 심사를 어지럽힐지도 모르는 불충한 언사였으나 마득풍의 마음을 돌리기 위해서 해서는 안 될 말까지 꺼낸 것이다.

"그렇군. 그래, 아직 나에게는 무인으로서의 목표가 남아 있었어. 무천대협 황생! 그를 뛰어넘어야겠어."

그 후 마득풍은 자신이 아끼던 천마경상의 무학을 훔쳐 갈 수 있도록 사마세가에 배려했다.

세상사에 완벽한 비밀은 없다.

마득풍은 사마세가의 비밀을 어렴풋이 눈치 채고 있었다. 고금제일의 무인이었던 황생의 유학을 가보로 지니면서 그 비밀을 캐고 있다는 것 역시.

이왕이면 사마세가의 인물이 무천대협 황생의 무학을 뛰어넘을 수 있도록 천마경상의 무공을 넘겨주고 이 순간이 오기만을 기다린 것이다. 뛰어난 호적수가 있어야 그것에 자극받아 자신이 더욱 발전할 수 있다고 생각한 마득풍의 안배였다.

그것이 삼십 년 전의 일이었다. 기다림에 지쳐 갈 때 마신풍이 살해당했다. 그것은 슬픈 소식이지만 어쩌면 그토록 기다렸던 소식인지도 모른다.

"혼천마공이라고 했던가?"

"그렇습니다. 혈마 가루라의 무공에 천마경상의 역천대법을 조합하여 최강의 마공을 연성했다 합니다."

"허허허."

마득풍은 헛웃음이 나왔다. 아무리 최고의 무공을 조합하였다 하여도 그것이 무공의 상승으로 이어지는 지름길이 될 순 없다. 무공은 뼈를 깎는 수련과 실전, 그리고 고뇌를 이기고 나서야 얻는 깨달음이 동반해야만 정진되는 것이다.

그래서 줘버린 것이다. 무공의 구결은 지고한 경지가 되면 하나로 귀납된다. 이른바 만류귀종(萬流歸宗). 마득풍은 이미 삼십 년 전에 그것을 깨달은 것이다.

"그래, 그 위력은 어떤가?"

"제가 감당할 수 없는 강자로 컸습니다."

자신보다 강한 것에 대한 부러움이 은연중 묻어나는 것을 보면 혁련종도 천생 무인이다.

"정신적으로도 말인가?"

"예, 그렇습니다."

서슴없이 혁련종은 고개를 끄덕이며 대답했다.

"좋군, 좋아!"

마득풍은 자신의 허벅지를 치며 기쁨에 찬 표정을 지었다.

절대강자로서 살아온 지 수십 해. 은연중에 무인으로서 이룰 수 있는 것은 다 이뤘다고 생각했지만, 오직 하나의 소원이 있었다.

무인으로서 자신을 제대로 평가해 줄 무인을 만나는 것!

그것이야말로 생애 마지막 소원이었다.

"자네는 삼 년 전에 사마빈과 내가 만났던 것을 알고 있는가?"

옛일을 떠올리는지 마득풍에 입가에 웃음을 지었다.

"예, 주군께서 비밀리에 떠나셨지만… 알고 있었습니다."

마득풍이 혁련종을 향해 눈을 찡긋거렸다.

"나 역시도 자네가 시치미를 뚝 떼고 있는 것을 알고 있었다네."

등이 가려운지 왼손을 등 쪽에 갖다 대면서 마득풍이 먼 하늘을 바라보았다.

"천하제일이라… 숱하게 들어본 말이었지만 진정으로 내 마음에 와 닿은 적은 없었네. 왜 그런 줄 아나?"

고개를 돌리며 혁련종을 바라보는 마득풍의 시선엔 그리움이 묻어 있었다.

"역사는 아마도 나를 기억하지 못할 것이네. 진정한 강자는 호적수가 있음으로 해서 빛나고 또 기억되는 것이지. 오백 년 전 흡정마제 구양춘이나 이백 년 전 소수마희 화소옥처럼 단지 강했다고 구전될 뿐 잊혀진 추억으로 치부될 것이지."

마득풍이 한참 말을 아끼다 입술을 축였다. 방금 자신이 입에 올린 무인들은 그 시대에 가장 강했다는 무인들이었고 자신처럼 살면서 단 한 번의 패배도 겪지 않은 불패의 무인들이었다. 하나 그것이 오히려 그들에게는 약점이 되었다. 누구도 그들의 손에서 삼 초를 버티지 못하니 그들의 무위가 진정으로 어떠한 경지에 올랐는지를 가늠해 주는 무인이 없음으로 인해 역사에는 그들이 강했다고만 쓰여 있지 얼마나 강했는가에 대해서는 나와 있지 않았다. 그럼으로 인해 그들의 사후에는 철저히 잊혀졌다.

"게다가 나는 마교인이지 않은가?"

말없이 혁련종은 마득풍의 눈동자만을 바라보았다.

"소주에 있는 옥화루에서 녀석을 봤네. 자네도 알다시피 천마의 경지에 다가갈수록 기이한 예감이 발달한다네. 그것 중 하나가 앞일에 대한 짐작이 가능해지는 걸세. 문득 그때 나는 속으로 괘를 읊어보려고 했네. 녀석과 나와는 미래에 다시 만날 것 같은 예감이 들었지. 그래서 나이를 물어보았네."

무슨 생각을 하는지 마득풍에 입가에 웃음이 걷히지 않았다.

"그러나 곧 그 일이 부질없음을 깨달았네. 세상에는 다시 만날 사람과 두 번 다시 못 볼 사람이 있지. 하나 그것을 다 알아버리면 재미가 없을 것 같은 사람도 있네. 아마 나는 녀석과 재밌는 관계로 다시 만날 것 같은 예감이 들더군."

"그가 협지가 말한 주군의 아우군요."

"맞네. 믿기지 않게도 그 짧은 시간에 그렇게 커버린 것이지."

마득풍의 시선이 조금 흔들렸다.

사마세가에 첩자를 붙여놨듯이 나일에게도 첩자를 붙여놓았다. 마협지는 모르고 있었겠지만 바로 첩자가 마협지였다.

"내가 천마지체를 이뤘다는 것은 고금을 통틀어 세 손가락 안에 꼽히는 고수가 되었다는 것을 의미하네. 그러나 그렇다고 해도 내 이름이 영원히 남을 것인가? 그것은 아닐 걸세. 분명 흐지부지 사라질 걸세. 나는 마교인이니까. 정파의 인물이 사람을 죽이면 마인을 죽였다 하여 영웅으로 추앙받으며 역사에 길이 남는 것에 비해 마교의 인물은 그 반대로 무림공적이 되고 곧 잊혀지지. 참 우습지 않나?"

"……."

여전히 고개를 숙인 혁련종을 보며 마득풍이 의미있는 웃음을 지었다.

"그렇다고 해서 내가 사마세가에 보여준 무공을 부러워하지는 말게."

말을 멈춘 마득풍은 잠시 눈을 감았다.

"그것은 그들이 최강의 적수가 되기 위해서 필요한 일이었지만 나도 만약의 경우를 위해 대비해 놓은 게 있네. 자네 삼장법사가 천축에 불경을 구하러 간 이야기를 알고 있나?"

마득풍이 이야기는 서유기라는 제목의 책으로 삼장법사와 그의 제자들이 신마(神魔)와의 싸움과 고난을 극복함으로써 마침내 불경을 손에 넣어 돌아온다는 내용이었다.

"예, 알고 있습니다."

당연하다는 듯이 혁련종의 고개가 끄덕여졌다. 그 재미있는 이야기를 모르는 사람이 어디 있겠는가? 책뿐 아니라 경극으로도 몇 번 보았다.

"삼장법사는 불경을 가지고 돌아왔지만 불본행경의 마지막 장(章)이 돌아오는 도중에 실수로 찢겨져 날아가 버렸네. 그래서 다시 천축으로 돌아갈까 생각했지만 그냥 돌아오고 말았네. 이 이야기도 들어보았는가? 나도 그것을 써먹어보았네. 천마경의 마지막 장을 없애놓고는 그것을 베끼도록 방조한 것이네."

"……."

혁련종도 그 사실은 몰랐다. 치밀한 마득풍의 안배에 절로 말없이 고개가 끄덕여졌다.

"한 장의 종이는 별로 가치가 없을지도 모르네. 하나……."

눈을 반개한 마득풍이 혁련종의 어깨에 손을 올렸다.

"그 모자람으로 인해 완전할 수는 없는 노릇 아닌가?"

마득풍의 말은 결국 사마세가에서 만든 혼천마공까지도 불안전한 신공이라는 이야기였다. 그 말에 조금 안심이 됐는지, 아니면 사마세가를 골탕 먹인 것이 유쾌했는지 혁련종은 입가에 은근한 미소를 띠었다.

호남성에 다다를 무렵에는 한눈에 보기에도 범상치 않은 무리들을 자주 만날 수 있었다. 십 년 만에 녹림대회가 열린다는 사실만으로 호골채가 있는 곳의 근처 백여 리는 온통 산적 소굴이 된 듯했다. 그 길을 나일 일행이 걷고 있었다.

'어… 저건……!'

무엇을 발견했는지 마협지가 안절부절못하고 주변을 두리번거리며 걷자 나일이 마협지를 보며 인상을 찌푸렸다.

"똥이라도 마렵냐?"

끄덕끄덕.

말없이 마협지가 고개를 끄덕였다. 본 교에 무슨 일이 생기면 알려 주는 표식이 마협지의 길을 따라서 계속 보이고 있었기 때문이다.

"흠… 진짜냐?"

"네."

"그럼 갔다 와. 그리고 우리는 여기서 잠시 쉬었다 가자."

나일의 말에 나머지 일행이 짐을 풀고는 그대로 주저앉았다. 짐은 나일의 말에 따라 혹여나 있을 다른 산적들의 행사에 대비해서 돈이나 금붙이 등을 모두 나일에게 맡긴 덕에 가벼웠다. 하지만 오히려 일행의 얼굴에는 초췌함이 가득했다. 공공연하게 나일에게 돈을 갈취당한 것과 마찬가지라고 생각한 탓이었다. 나일의 주머니는 어찌 된 영문인지 한번 닫히면 다시 열릴 기미가 보이지 않았다. 그렇다고 다시 그 돈을 돌려받을 수 있는 현실적인 방법도 없었다. 차라리 돈 없이 살지 누가 맞고 살고 싶겠는가.

마협지가 일행에게서 떨어져 나오자 기다렸다는 듯이 마협지의 귀로 전음이 들려왔다.

"소공자, 사단이 났습니다."

눈앞에 장년인이 모습을 드러내고는 마협지를 향해 왼 손가락을 꼬아 보였다. 그것은 마교만의 독특한 수신호로 마교인임을 나타내는 것이었다.

"무슨 일입니까?"

마협지도 그 사내를 향해 전음을 날렸다. 가출했을 때 자신을 쫓아왔던 화악대의 대주 형가독이었다.

"급히 교로 돌아가셔야 합니다."

'무언가 잘못됐다!'

분명히 아버지는 자신의 뜻을 알고 삼 년의 기한을 줬는데… 순간적으로 불길한 예감이 마협지의 머리 속을 스쳐 갔다.

"전대 교주님께서 돌아가셨습니다."

격앙된 어조로 전음을 전한 형가독의 얼굴은 이미 붉어진 지 오래였다.

마협지가 그의 눈시울을 자세히 살펴보니 빨갛게 젖어 있었다.

주르륵.

마협지의 눈에서도 투명한 눈물이 흘러내렸다. 언제나 자신만만하게 교도들을 호령하던 불비철마 마신풍이 죽었다는 것이 믿어지지 않았다.

"말도 되지 않습니다!"

고개를 저으며 믿기지 않은 듯 마협지가 자신의 두 주먹을 꽉 쥐어 보였다.

"살해당하셨습니다. 그 일로 인해 은거하고 계셨던 노교주님께서도……."

마협지가 형가독의 얼굴을 빤히 바라보았다.

갑자기 모든 게 혼란스러웠다. 세상에 누가 있어 전대 교주인 자신의 할아버지를 죽일 수 있단 말인가?

"흑……."

마협지는 어쩔 줄 몰라 했다. 지금 이 순간, 그리고 앞으로 어떻게 살아가야 하는 것인가.

정신이 아득해졌다.

"노교주님도 오랜 은거를 깨고 나오셨습니다."

"고조부께서……."

마협지의 눈에 한순간 광채가 흘렀다. 고조부께서 세상에 다시 나온 이상 원수는 갚을 수 있을 것이다.

"흉수는 누군가요?"

"흉수는… 남마교의 매두노괴입니다."

마협지가 고개를 끄덕였다. 언젠가는 부딪칠 줄 알았다. 그리고 그 언젠가가 지금이 된 것이다. 할아버지의 무공을 능가할 만한 사람은 손에 꼽을 정도다. 그리고 그중에서 가장 그럴 가능성이 높은 사람이 매두노괴였다.

　'갈라져 나가는 순간 그들은 마교인이 아니다. 그들은 그저 더러운 배반자에 불과할 뿐이다.'

　마협지는 마른침을 삼켰다.

　"어서 교로 돌아가서야 합니다."

　"지금은 돌아갈 수 없습니다."

　마협지는 지그시 입술을 깨물며 형가독에게 자신의 단호한 의지를 비쳤다.

　'원수를 갚기에는 턱없이 부족하지 않는가.'

　마협지의 머리 속에는 그 생각만으로 꽉 찼다. 지금의 자신은 가보았자 도움이 되기는커녕 걸리적거릴 뿐이다.

＊　　　＊　　　＊

　영왕부에서도 가장 깊숙한 비지 설공각(雪珙閣).

　그곳에 흑의로 온몸을 덮은 사내 하나가 석상처럼 서 있었다.

　쏟아지는 달빛 아래 서 있는 흑의인의 목에는 길게 그어진 검상이 보였다. 마치 삶을 한번 잃었던 것처럼 느껴지는 끔찍한 상처는 너무나 독특해서 흑의인의 인상을 더욱 냉막하게 했다.

　두 눈을 지그시 감고 있는 사내는 검을 땅에 세우고는 상념에 빠져서 누군가를 기다리고 있었다.

　일각… 한 시진…….

　꼼짝도 하지 않던 흑의인이 문득 하늘을 바라보며 입을 열었다.

　"이번에는 무슨 일이오?"

자조적이면서도 한편으로는 쓸쓸한 기분이 느껴지는 흑의인의 음성이 울리자 설공각의 문이 열렸다.

"잘 지냈소?"

그제야 인기척이 느껴지면서 설공각의 장원으로 한 인물이 걸어 들어왔다. 중원의 실질적 지배자라고 불리는 연왕 주태! 그가 모습을 드러낸 것이다.

"몸이 아무런 불편이 없다 해도 혼이 누군가에게 묶인 삶인데 어디 잘 지내고 있겠소?"

"……."

흑의인에 대답에 연왕은 그를 물끄러미 쳐다보았다.

그는 한때 청성파(靑城派)의 장문제자로 무학의 재질에 관한 한 천하제일로 손꼽히던 기재였다. 무공을 익힐 때의 진전은 남보다 배는 빨랐고 다른 문파의 무공 역시도 한 번 보고는 자신에게 맞게 변형시켜 펼칠 만큼 뛰어난 재능을 가지고 있었다. 거기다 새롭게 무공을 창출해 내는 능력으로 인해 사람들은 머지않아 그가 장문인이 되어서 청성파의 위명을 강호에 빛낼 것을 믿어 의심치 않았다.

하나 하늘에 그를 질투하는 시샘이 닿았는가?

그를 시기하던 사형제들이 그의 출신 성분이 마교와 연이 닿았다는 사실을 밝혀냈다. 그의 외조부가 마교에서 보잘것없는 직책을 얻었었다는 것을 꼬투리 삼아서 관부에 밀고한 것이다. 당시는 주원장이 마교와 조금이라도 연관이 있는 자는 모두 무자비하게 숙청하던 시기였다. 새 왕조의 기틀을 세우기 위해 눈에 거슬리는 것은 하나라도 남김없이 없애는 데 혈안이 된 주원장의 뜻에 따라 관부에서는 자세한 조사도 하지 않고 그의 집안 사람들을 잡아들였다.

그가 소식을 듣고 청성파에서 내려왔을 때는 집안이 이미 거의 멸문 지화를 당하고 그의 형의 아들녀석 하나만이 감옥에 갇힌 상태였다. 대가 끊기는 것을 막기 위해 그가 찾아간 사람이 바로 연왕 주태이다. 본래 강호의 일에 관심이 많아서 그의 재능을 눈여겨보고 있던 연왕은 흔쾌히 그의 조카를 풀어주었고 그 후 그는 연왕의 개가 되었다.

그 당시 이미 청성파의 절기인 청운적하검(靑雲赤霞劍)을 대성하여 현경의 문을 두드리고 있던 흑의인의 이름은 임호죽.

한때는 무림사기 서열 십일위에 올랐던, 그러나 지금은 강호에서 잊혀진 사나이였다. 그리고 또한 현재는 연왕이 직접 황실의 동창을 본 따 만든 첩보 기관인 서창(西廠)에서 암살과 비밀 임무를 관장하는 흑비림(黑秘林)의 수장으로 살아가고 있는 사내.

그가 청성파를 떠나 연왕의 명령에 따라 구대문파 등을 위시한 정파를 향해 검을 들이댔을 때 그는 살수지왕(殺手之王)으로 불렸다.

"이번엔 누구요?"

연왕에 대한 존경이 전혀 담기지 않은 무미건조한 어조. 연왕은 그런 임호죽을 탓하지 않았다. 그에게 존경을 받는 것은 거의 불가능했다. 자존심이 강한 사람이기 때문이다. 그는 부탁을 하면서도 영혼을 맡길지언정 무릎을 꿇지 않는 사람이었다. 그리고 연왕이 임호죽을 믿고 더욱 좋아하는 이유가 바로 이 점 때문이었다.

"황제!"

임호죽의 동공이 서서히 작아졌다. 드디어 연왕은 자신의 야심을 실행하는 첫 보를 내디딘 것이다.

"미쳤군."

연왕은 비야냥거리는 듯한 임호죽의 말에도 아랑곳하지 않았다.

"그래, 미쳤네. 천하를 위해서… 태풍이 밀려오는 전조를 느끼고 숨죽여 있는 백성들! 그들도 알고 있을 것이네. 태풍이 크게 한 번은 불어닥쳐야 마음 놓고 자신들의 일을 할 수 있다는 것을."

"황제를 죽이는 것은 어렵지 않소. 하나 그리되면 명분에서 이미 질 수밖에 없소. 명분이 없는 싸움은 언젠가 커다란 화를 부르는 것이오."

무덤덤한 목소리 끝에 들려오는 임호죽의 얼굴 표정에는 이해할 수 없다는 표정이 곁들어 있었다. 마음에 들지 않는 사람을 암살한다는 것은 편리한 방법이다. 그래서 살수라는 직업은 먼 옛날부터 있어왔던 직업이었다. 마음에 들지 않는 사람을 돈으로 죽이는 쉬운 방법이 있으니 돈 있는 사람들은 남의 눈을 피해 그들을 애용해 왔다. 하나 지금 연왕의 상황은 달랐다.

'그것은 스스로의 목을 죄는 짓일 테지.'

임호죽은 혼자서 그 일의 결과를 생각해 봤다. 살인을 청부하는 이들이 가장 두려워하는 것은 청부자가 드러나는 것이다. 모두가 연왕에게 의심의 눈초리를 보낼 것이 뻔했다. 더군다나 연왕은 황제를 암살해서 득을 볼 사람이 아니다. 실질적으로 황궁을 움직이는 것은 황태자인 주성치였다. 차라리 황태자를 죽이는 것이 연왕에게는 더욱 이득이었다.

"마교의 인물이 황제를 죽인 것으로 하고 나는 그것을 명분 삼아 섭정(攝政)을 하면 자연적으로 황제가 되어 있을 걸세."

이미 모든 것은 계산되어 있었다. 황태자의 성혼식을 빌미로 자신을 자금성에 불러들여 죽이려 들 것이 뻔히 눈에 보였다. 반대로 자신도 성혼식을 기회로 삼으면 중원의 황제가 어렵지 않아 보였다. 지금까지는 자신을 도와주는 세력이 전면에 나서는 것을 꺼려해서 그저 독약을 풀며 죽을 때를 기다렸지만 이제는 때가 되었다.

"그래도 당신이 황제를 죽인 것을 천하인들은 다 알 것이오."

"자네는 그냥 내 부탁을 들어주기만 하면 되네. 명분은 만드는 자의 허울 짓기. 내 이미 생각해 둔 바가 있네."

권력을 잡으려 할 때 혼란한 시대만큼 편한 시기는 없다. 연왕은 이제 그 시기를 본격적으로 만들 것이다.

"황제가 죽는 날은 황태자의 성혼식 날이 좋겠네."

"……."

물끄러미 바라보는 임호죽의 시선을 피하며 연왕은 팔 소매에서 하나의 전서를 꺼냈다.

"그건 그렇고, 이 전서를 녹림총채의 호산도(虎山刀) 왕충에게 전해 주겠나?"

"이젠 자잘한 심부름까지 시키는군."

씁쓸한 얼굴로 임호죽이 연왕의 전서를 받아 들었다.

"자네는 아직까지 내 부하가 아닌가?"

"그렇지. 아직 일 년이나 남았지."

십 년의 주종 약속. 그러나 한 번도 진심으로 섬긴 적은 없었다. 자신의 인생에 주인은 오직 자신뿐이다. 그가 바로 살수지왕 임호죽이다.

"강해지고 싶다고?"

나일이 마협지의 등을 두드렸다. 마협지가 긴히 할 말이 있다고 해서 객잔에서 쉬다가 산책을 나왔는데 뜬금없이 하는 말이 강해지는 비법을 알려달라는 것이었다.

'이럴 때는 멋있는 표정을 지어 보여야 하는데…….'

마협지의 물음에 대답을 생각하는 대신 나일은 어떻게 하면 멋있어 보일지 나름대로 표정을 속으로 연구했다.

"글쎄, 강해진다는 것… 난 그런 것은 생각 못해봤는데."

나일이 먼 산을 쳐다보며 말했다. 이것이 나일이 생각한 가장 멋있는 모습이었다.

"음……."

머리에 검지손가락을 대며 하는 김에 나일은 고심하는 표정까지 지어 보였다. 사실 자신은 맞다 보니 강해져 있었다. 어쩌면 사부에게 괴롭힘을 당하면서 '탈출하기 위해서는 강해져야 한다'는 일념으로 무공을 수련하다 보니 강해졌다는 표현이 옳을지도 모른다.

"흑흑흑."

과묵한 모습을 보이던 마협지가 난데없이 흐느껴 울었다.

"할아버지가 돌아가셨습니다. 복수를 해야 하는데 저는……."

"복수는 복수를 낳는 법이지."

울고 있는 마협지의 귀로 나일의 음성이 들려왔다. 얼마나 어이가 없었는지 울던 얼굴 그대로 마협지가 나일의 얼굴을 쳐다봤다. 남은 진심으로 말하고 있는데 이 상황에서도 나일이 장난치고 있다 여긴 것이다.

'안 멋있었나?

나일이 그 낌새를 눈치 채고 헛기침을 했다.

"흠… 돌아가야겠지, 복수를 위해……. 그러나 이것 하나는 알아둬. 강하다고 복수를 할 수 있는 것은 아니다. 복수란 말이다……."

멋있는 척을 하고는 싶은데 마땅히 할 말이 떠오르지 않자 나일은 말을 멈추고 괜히 하늘을 다시 올려다봤다.

"복수는 사소한 것이다. 강함을 그런 데 써서야 되겠냐?"

나일은 스스로도 자신이 무슨 말을 하고 있는지 몰랐다. 입은 떠드는데 머리는 자신의 말을 이해를 못하고 있었다.

"자, 진정하고……."

나일이 마협지의 어깨를 두들기며 자리를 옮기려 했다. 딱히 더 할 말이 떠오르지 않았다.

"무공을 가르쳐 주십시오."

무릎을 꿇으며 두 눈을 크게 뜬 채 마협지가 나일을 향해 고개를 쳐
들었다. 웬만하면 자신도 이렇게까지 부탁하고 싶지는 않았다. 나일에
게서 어떤 반응이 나올지도 두려웠지만 그만큼 절박하기에 나온 말이
었다.

"안 돼."

"왜요?"

"그러니까… 그게 말이야… 아무튼 안 돼."

무공을 가르치는 게 하루 이틀로 되는 것이 아니다. 자신이 익힌 무
공을 마협지가 배우려면 적어도 오백 년은 걸린다고 나일은 생각했다.
그런 골치 아픈 일을 왜 맡겠는가.

"넌 자질이 너무 안 좋아."

마협지는 스스로가 무공에 대한 자질이 떨어진다고는 한 번도 생각
해 본 적이 없었다. 또래들, 아니, 기재라 불리는 사람 중에서도 자신
의 자질이 발군이라 생각하고 있었다.

"제 자질이 어디가 어때서요?"

무릎을 꿇은 마협지를 일으켜 세우려고 나일이 손을 내밀었다.

"내가 익힌 무공으로 네가 고수라 불릴 정도로 강해지려면 너무 오
랜 시간이 걸린다. 이해하냐?"

"이해 못합니다."

마협지도 결사적이다. 고조부를 제외하고 나일보다 강한 사람을 본
적이 없다. 그렇게 강한 사람에게 무공을 배운다면 자신의 진전이 빨
라지는 것은 당연하다고 여겼다. 그래서 이렇게 어렵게 말을 꺼냈는
데……

"난 왜 이리 약한 거죠. 왜! 왜! 왜!"

마협지가 울부짖었다. 화가 났다. 마지막으로 기대었던 것에 대한 희망이 사라진 것이 마협지의 화를 더욱 돋우었다.

"네가 약하다고? 넌 강해."

짐짓 위로라도 하려는지 나일이 생전 처음 마협지를 띄워주었다.

"아니요. 난 약해요. 채주님처럼 기연이라도 내게 내리지 않으면 난 이대로 성장을 멈출 거예요."

영웅학관에 들어가서도 마협지에게 더 이상의 무공 진전은 없었다. 나일을 좇아 여행을 떠나온 것도 어딘가 벽에 부딪친 듯한 자신의 한계를 부수기 위한 마음도 어느 정도는 있었다. 그런데 어느 순간부터 전혀 발전하지 않고 오히려 초라해져 가는 자신을 발견하곤 했다.

"기연… 기연이라……."

나일의 입술이 살짝 실룩였다.

"그럼 넌 기연이 너에게는 없었다고 생각하냐? 절벽 위에서 떨어져 은거기인의 무공을 익힌다거나, 어느 외딴 동굴에서 비급을 발견한다거나 그런 것만 기연이냐! 마교라는 너의 환경이 기연 그 자체가 아니었냐? 기연은 특별한 행운이지. 그렇게 말한다면 넌 기연을 타고 태어난 것이다."

나일의 말이 끝나자 마협지는 침묵했다. 나일의 말이 맞았다. 그렇듯 환경이 좋지 않았다면 기재들 중에서도 발군의 실력을 보이지 못했을 것이다. 아마도 지금 자신은 자신보다 더 큰 기연을 얻은 이에 대한 질투를 하고 있는지 모른다.

"채주님을 만난 것도 저에게는 기연입니다."

마협지가 긴 침묵을 깨고 입을 열었다. 마지막까지 기대보고 싶다. 나일이라는 강자의 지도를 받아 좀 더 크고 싶다.

"난 가르치는 재주가 없다니까."

"제발."

"저리 가!"

무릎을 붙든 채 애처로운 표정까지 짓는 마협지를 보자 나일의 눈빛이 가라앉았다.

'조금 가르쳐 봐? 아니야, 귀찮은 일은 떠안지 않는 것이 내 신조 아닌가?'

잘못은 한 번으로 족하다. 손환희를 떠안고 얼마나 후회했는가.

"그렇다면 깨달음이라도 조금 주십시오."

"그래, 그거야……."

마협지의 얼굴을 대하니 차마 그 말까지 외면할 수는 없었다.

"나도 요즘 들어 느끼는 거지만 흔히 사람들은 정신 수양이라고 깨달음을 얻는 수련을 한다. 한데 그런 것보다 불행한 순간을 겪을수록 깨달음은 성장한다. 참 이상하지 않냐? 마음을 늘 편안하게 하는 것보다 더욱 고통스럽게 할수록 깨닫는 게 더 크다."

"……."

"내 말은 지금이야말로 내가 더 성장할 수 있는 환경이란 말이다. 이해하겠냐?"

절레절레.

고개를 흔드는 마협지를 보며 나일은 할 수 없다는 듯이 어깨를 움찔거렸다.

"그런 것 말고요. 있잖아요, 빠르게 강해질 수 있는 평소의 마음가짐이라던가… 그런 것이오."

"그런 게 어딨어!"

그러자 마협지가 나일을 올려다보며 다리를 다시 붙잡았다.

"채주님이 평소에 가지시는 마음이오."

"그런 거 없어. 놔!"

"제발요."

"난 그런 거 모른다니까!"

마협지의 얼굴에 서운해하는 기색이 역력히 드러났다.

"정 그렇다면 원래 있던 곳으로 돌아가라. 아마 그곳이라면 네 질문에 대한 해답을 줄 것이다."

생떼를 쓰는 마협지에게 따끔하게 한마디 하고 나일은 돌아섰다. 잠시 후 마협지가 일어서서 저린 무릎을 구부렸다 폈다를 반복하고는 나일이 사라진 곳으로 눈길을 한 번 줬다.

"그럼 저는 이만 가보겠습니다."

그 일 이후로 마협지의 모습은 나일 일행에게서 찾아볼 수 없었다.

호남성의 호골채(虎骨寨).

'호랑이의 뼈'라는 이름의 호골채는 침엽수가 빼곡이 들어차서 햇빛이 잘 들지 않는 은밀한 곳에 자리 잡고 있었다. 호골채가 자리 잡은 호골산은 아주 옛날에는 호랑이들의 천국이라 불렸을 정도로 호랑이가 많이 살았다고 한다. 중원의 내로라하는 사냥꾼들이 그 소문을 듣고는 호골산에 들어가 대호 잡기를 꿈꿨지만 태반은 오히려 호랑이에게 잡아먹혔고 개중에 극히 실력과 운이 좋은 사냥꾼만이 호골산에서 호랑이를 잡았다고 전해진다.

그 당시에는 호랑이들의 소굴인 호굴산(虎窟山)이라는 이름으로 사냥꾼들이 잠시 쉬어가는 작은 암자 하나뿐이었던 산이 변한 것은 왕광이 이곳에 터를 잡은 이후부터였다. 후세에 녹림황제(綠林皇帝)라 추앙받으며 녹림오계를 만들기도 했던 왕광이 이곳을 녹림산(綠林山)이라 이름 짓고 사람을 끌어 모았다.

산채를 짓기 위해 사냥꾼들만이 드나들었던 곳을 많은 사람이 나무를 베고 길목을 만들면서 발견한 것은 당연히 호랑이들이었고, 수백 년을 그 호랑이들에게 잡아먹힌 사냥꾼들의 뼈도 상당히 많이 발견되었다. 그 이후 사람들은 호굴산이라는 이름보다 호골산이라는 이름으로 바꾸어 부르게 되었다.

산채를 지으면서 많은 호랑이들을 죽였고, 또한 많은 사람들이 호랑이에게 해를 입었다. 그러나 호랑이보다 더 무서운 관리들의 폭정을 견딜 수 없어 고향을 등졌던 사람들은 결코 호랑이에게서 물러서지 않으며 호랑이들의 터전을 빼앗아갔다. 그것이 녹림의 성지이며 전 중원 오십만 녹림인의 총채라 불리는 호골채의 탄생이었다. 호골채를 설립한 것은 전설적인 녹림의 영웅인 녹림황제 왕광이 칭송을 받는 업적 중 첫 손가락에 꼽히는 일이다.

지금 호골채에는 험악한 인상들의 사내들이 그들만큼 험악한 사람들을 맞느라 정신이 없었다. 그중에서도 십 년 만의 녹림대회를 개최하며 호골채의 얼굴 격인 행동대장을 맡고 있는 오십 줄의 사나이 호골귀도(虎骨鬼刀) 강유수는 몸뿐만 아니라 입도 바빴다.

"어서 오십시오, 마 채주."

"어이구, 호골귀도 강호걸은 몇 년 만에 봐도 하나도 변한 게 없습니다그려."

"무슨 말씀을… 마 채주야말로 오히려 점점 젊어지시는 것 같습니다."

험상궂은 얼굴과는 달리 예의를 갖춰 점잖을 떨면서 강유수는 녹림 대회에 참석한 인물들을 마중했다. 그러나 강유수와 인사를 나눌 수 있는 사람도 녹림에서 알아주는 위명을 지니지 않으면 불가능했다. 그 수래 봤자 칠십 남짓. 나머지는 호골채에 들어가기도 전에 정문에서 쫓겨나다시피 하고 있었다.

나일 일행이 호골채가 있는 호남성 견양에 도착한 날은 마침 녹림대 회가 시작된 날이었다. 십 년 만에 열린 녹림대회에 거는 녹림도의 기 대만큼이나 참가하기 위해서는 많은 절차가 그들을 기다리고 있었다. 녹림대회는 아무나 참가할 수 있는 것이 아니었다. 웬만큼 이름이 있 지 않으면 녹림의 거목들이 모이는 녹림대회가 마련된 호골채의 내청 에는 들어갈 수도 없었다.

"뭐요! 왜 내가 못 들어간단 말이오."

역시 시작은 나일이었다.

아무 명성도 가지고 있지 않는 명함만 '천하무적 와룡채의 채주 나 일' 은 기분이 상당히 불쾌했다.

"그러니까 너희 같은 잡배들은 저쪽 가서 술이나 처먹으라니까!"

상당히 거만한 말투로 나일을 쳐다보는 인물은 이번에 접객들을 맞 기 위해 배치된 호골채의 정예 산적 효판중이다.

"너희들, 실수하는 거야!"

나일이 다짜고짜 삿대질을 하기 시작했다.

"그 성질 어디 가겠어요, 또 사고치겠지."

노진도 나일이 하는 양을 지켜보며 편봉타에게 귀엣말을 했다. 아 닌 게 아니라 나일이 주먹을 말아 쥐고는 효판중의 목덜미를 붙잡은 것이다.

"야. 비켜! 내가 녹림대회에 참가하기 위해 이곳에 왔는데 감히 나를 푸대접해! 죽고 싶어!"

주위 사람들이 모두 몰려들기 시작했지만 여전히 효판중은 물러날 생각이 없었다. 여기서 물러서면 주변에 있는 사람들도 이 앞의 놈처럼 강짜를 놓으며 들어가려 할 것이다. 그렇다면 녹림대회는 아무나 참가할 수 있는 개판으로 변할 것이다. 그것을 막기 위해 자신이 접객 안내를 맡은 것이다. 호골채의 정예 산적 효판중이.

"이런 썩을 놈을 봤나! 여기는 너 같은 시정잡배가 들어갈 곳이 아니야!"

말로 하던 것에서 몽둥이를 뒤에서 꺼내 제재의 수위를 높이면서 효판중이 주위 동료들을 향해 눈짓을 보냈다. 그러자 같이 접대를 하던 동료들이 나일 일행을 둘러쌌다.

"저는 손가채에서 왔습니다."

호골채의 산적들이 자신에게 달라붙자 손환희가 품 안에서 손바닥만한 나무 명패를 꺼내어 효판중에게 들이밀었다. 녹림칠십이채를 뜻하는 칠십이(七十二)가 뒷면에 양각되어 있는 것이었다.

"손가채의 여걸이 오셨군요. 이쪽으로 드시지요."

대번에 입장 허락을 받은 손환희가 나일을 향해 혀를 내밀었다.

"저 계집애가… 왜 저 계집애는 되고 난 안 되는데!"

방금까지 제법 부드러운 웃음을 보였던 효판중이 나일을 돌아보며 인상을 썼다.

"손가채라면 녹림칠십이채 중에서도 상위 이십위 안에 드는 산채다. 감히 어디서 너랑 비교야!"

대놓고 나일을 무시하며 효판중이 나일의 어깨를 밀었다.

"꺼져라! 두 번 말하기 싫다. 빨리 꺼져라."

"쳤냐?"

"쳤다. 어쩔래?"

나일의 얼굴이 변했다.

오늘은 자신이 녹림의 역사에 전면으로 등장하는 기쁜 날이다. 그래서 화를 내려 하지 않았는데 도저히 못 참을 것 같았다. 나일이 막 주먹을 들어 효판중의 얼굴을 내려치려 할 때 멀리서 나일을 부르는 소리가 들렸다.

"나일아! 거기서 뭐 하는 짓이냐!"

나일이 등을 돌렸다.

풍귀채의 채주 나웅. 그렇다. 나일의 숙부이자 존경하는 선배 산적 풍귀도 나웅이었다.

"숙부님, 그게……."

나일이 겸연쩍은 표정을 지었다.

숙부에게는 못난 꼴을 보여 드리고 싶지 않았다. 더군다나 오랜만에 만났는데…….

"이리 오너라."

나웅이 나일을 향해 손짓했다.

"가자!"

나일이 자신의 부하 노진과 편봉타에게 소리를 쳤다.

나웅의 얼굴을 알아본 효판중이 얼른 자리를 피했다. 풍귀도 나웅이라면 녹림대회에 참가한 수천의 산적들 중 다섯 손가락 안에 드는 거물이다. 그런 사람의 조카라니…….

효판중이 잽싸게 문 쪽에 나 있는 방으로 숨어든 것은 자연스러운 일이었다.

"야! 너, 이따가 보자!"

하나 나일은 그런 것을 보고 그냥 넘어갈 인물이 아니었다.

사소한 일에도 보복을 하는 남자가 바로 나일이었다. 효판중을 향해 차후 이 일에 대한 보복의 약속을 한 것이다.

"이 녀석이 바로 내 조카 나일입니다. 이번 영웅학관의 영웅무제에서 준우승을 했지요."

자식 자랑은 팔불출 중 하나라고 했건만 어디서 어떻게 들었는지 나웅은 주변 사람들에게 나일을 장황하게 소개시켰다. 나일이 영웅무제에서 준우승한 것은 벌써 사천성에 소문이 쫙악 퍼졌다. 당문의 자식이 우승을 하고 대향표국의 자식이 준우승을 했으니 사천성에서 인물들이 났다고 난리가 난 것이다.

"이 녀석이 내 조카 나일입니다. 장래 녹림을 부흥시킬……."

입에 침이 마를 만큼 나일을 소개시키고 다니는 나웅은 그 위명 높은 풍귀도 나웅이라기보다는 한 사람의 평범한 숙부였다.

혈웅채의 채주 진욱도 오랜만에 만난 지인들과 일일이 악수하느라 바쁜 하루를 보내고 있었다. 물론 중원 곳곳에서 사람들이 몰려오다 보니 사이가 좋지 않았던 사람을 만나기도 한다. 반월형의 풍귀도를 어깨에 매단 풍귀채의 채주 나웅. 그와는 이십 년 전부터 흔한 말로 견원지간(犬猿之間)이었다. 무공 실력도 엇비슷, 세력도 비등한 존재. 그런데 나웅은 녹림 서열 오위고 자신은 육위다. 이것이 결정적으로 그들의 사이를 나쁘게 만드는 요인이었다. 자신이 보기에 나웅에게 전혀 꿀리지 않아 보이는데 밀리니까 미워하게 된 것이다.

그래서 산적의 정형이라고 볼 수 있는 호쾌하고 제멋대로인 나웅을 보기만 해도 화가 났다.

'산적은 이래야 한다!' 라고 보여는 듯한 모습이 역겨웠다.

"퉤."

'내 저 꼴을 계속 볼 것 같냐? 웃음거리로 만들어주마.'

진욱은 얼굴의 표정을 무표정하게 하고는 나웅을 아는 척도 하지 않고는 스쳐 지나갔다. 일부러 고개를 돌려 버린 것이다. 그 덕에 진욱과 나일의 며칠 만의 조우는 이뤄지지 않았다.

녹림대회가 개최되면 가장 먼저 회의가 있게 된다. 소집된 안건과 그것에 관한 토론이 벌어져 대략 삼 일 정도 일정으로 진행된다. 그 사이에 승급에 관한 심사도 있게 된다. 녹림칠십이채라 할지라도 그것이 항상 고정된 것은 아니다. 또한 칠십이채의 자리가 정해졌다 하여도 그 지위는 항상 변한다. 녹림대회 동안 칠십이채의 자리를 얻기 위해 산채 간의 시비를 벌이고 승리한 산채는 패배한 산채의 자리를 얻게 되는 것이다. 그것은 녹림만의 불문율이다. 사나이다운 호기와 능력만이 자신들의 지위를 결정한다.

곳곳의 인물들을 만나던 진욱이 이번에 손을 잡은 것은 대도채의 평강호 채주였다.

"평 채주도 이번에 녹림칠십이채에 들어야지."

"도와만 주신다면야……."

진욱의 손을 마주 잡으며 사람 좋은 웃음을 보이는 평강호는 감숙성에서 터를 잡고 사업을 하기 때문에 진욱과는 거의 얼굴만 알고 지내던 사이였다.

“도와주기는. 그나저나… 풍귀채의 나 채주를 어떻게 생각하나?”

“마음에 들지 않지만… 그야 저희도 어쩔 수가 없죠.”

나웅과 진욱의 관계는 녹림의 밥을 먹는 사람이라면 다 알고 있을 만큼 사이가 좋지 않았다. 평강호도 그런 풍문을 다 알고 있지만 나웅을 적으로 돌리기에는 그 위험이 너무 컸다.

“녹림칠십이채라고 다 같은 녹림칠십이채는 아니지. 왜 손가락이 다섯 개인 줄 아나? 무얼 하든지간에 다섯 손가락 안에 꼽혀야 제대로 대접을 받는다는 의미일세.”

사실이 그렇다. 녹림칠십이채라고 다 같은 것은 아니다. 엄연히 서열이 있고 상위 열 개의 곳에 들어오는 돈이 나머지 육십두 곳의 양과 맞먹는다. 하기는 그 칠십이채에 끼지도 못하는 산채들도 부지기수이기는 하지만.

“그래도… 풍귀채는 좀…….”

“내가 도와줌세.”

진욱이 입에 희미하게 웃음이 걸렸다. 자신도 들은 이야기가 있어서 많고 많은 곳 중에 대도채를 찍은 것이다. 요사이 대도채가 고수를 많이 영입했다고 한다. 개중에는 나웅에게 안 좋은 감정을 지닌 인물도 몸을 담았다는 이야기가 들려왔다. 자신의 앞에 있는 평강호가 겉으로 보기에는 소심해 보이지만 사실은 욕심이 크다는 것마저 알고 있다.

“생각해 보겠습니다.”

평강호의 얼굴에도 희색이 만연했다. 이제야 녹림칠십이채에 이름을 올릴 기회를 만난 것이다. 이번 녹림대회를 기대하고 있었지만 자신을 받쳐 주는 곳이 없다 보니 언감생심 꿈도 못 꿨던 것이다.

“자, 그럼 가서 술 한잔할까?”

"가시죠."

혈웅채와 대도채의 산적들이 그들의 뒤를 따라 걷기 시작했다.

나웅과 나일 일행도 호골채에서 마련해 놓은 주점 안으로 들어섰다. 직업이 직업이다 보니 녹림도들을 맞는 데 술보다 더 환영받는 것도 없다. 그래서 녹림대회 때면 어김없이 호골채에서는 주점을 연다. 생각보다 벌이도 짭짤하고 또한 없으면 녹림도들의 원성도 자자하기에 제법 크게 만들어둔 것이다.

"어? 무늬만 산적님이 납시었네!"

시비를 먼저 건 쪽은 대도채였다. 무식하게 큰 칼을 표식으로 삼으며 요사이 세력이 급격히 커진 곳이었다.

녹림칠십이채에 들어가는 것은 녹림도의 영광이었다. 중원 최고의 표국인 중양표국의 조사에 의하면 중원에는 오천여 채의 산채가 산재해 있고, 녹림도들의 숫자는 오십만 명에 이른다고 한다. 거기서 녹림칠십이채에 든다는 것은 그만큼 능력을 겸비하고 먹고 살기 편해진다는 말이었다. 칠십이채에 들기만 한다면야 표국들이 알아서 길을 통과할 때 통행세를 내니 이보다 더 편할 수 있겠는가. 하지만 이름이 없으면 실력이 있어도 일단은 무력시위를 벌여야 한다. 그래서 자신들의 식구를 서서히 잃게 되고 규모가 줄어 종내에는 산을 점거하지 못하고 떠돌며 밥을 먹게 된다.

대도채도 십여 년 전엔 인원수가 열을 헤아리는 소규모였다. 그래서 떠돌면서 표물을 훔치거나 강탈했는데 장강수로십팔채가 맹을 만들면서 소외된 수로의 고수들이 합류한 이후에 몸집이 커졌다. 하나 여전히 녹림칠십이채에 들기엔 고수라 불리는 이가 없었다. 몸집만 커졌을 뿐이다.

　그러다가 삼 년 전에 장강삼귀(長江三鬼) 중 셋째인 구로편(鷗鷺鞭)을 영입하게 됐다. 꿈에 그리던 고수를 영입한 것이다. 채주인 평강호는 그동안 녹림대회가 열리지 않은 터라 녹림칠십이채에 들 기회를 잡지 못했는데 이번에는 굳게 마음을 먹고 정예를 차출해서 녹림대회에 참가한 것이다.

　구로편은 사천에서도 알아주는 쾌도의 달인이었다. 그는 본래 관청에서 일하던 포두였다. 범인을 잡는 포두였으나 직분을 내세워 주루와 시장에서 돈을 받으며 호화로운 생활을 하다가 현재의 사천부병마사인 나천의 눈에 띠어 관직을 박탈당하게 되었다. 그것이 벌써 십 년이나 된 이야기이다. 그래서 나천은 물론이요, 나천의 숙부인 나웅에게도 앙심을 가지고 있는 터였다. 그 후 장강에 몸을 담은 후 명성을 얻다 보니 이곳까지 오게 되었다.

　"이런, 우라질. 장사가 잘되고 고급 관리랑도 짝짝꿍이 잘 맞고 세상에 부러울 게 없겠어."

　진욱과 평강호가 주점 내의 방으로 들어가 밀담을 나누며 술을 마시는 동안 밖에서 술을 마시고 있던 대도채와 혈웅채의 산적들이 나웅을 바라보며 입을 나불댔다.

　제일 먼저 비아냥거린 사람은 나웅을 보면 나천 생각 때문에 비위가 꼬이는 구로편이었다. 그래서 구로편은 맞은편에 앉은 대도채의 산적 장오복에게 술을 권하며 나웅에게 들으라는 듯 크게 소리쳤다.

　"글쎄 말입니다! 그 위명이 산하를 진동하는 풍귀채니 그럴 만도 하지요."

　찌릿.

나웅과 함께 들어오다 말소리를 들은 나일이 그들을 노려보았다.

"뭘 꼬나보는 거야, 대가리에 피도 안 마른 놈이!"

장오복이 술병을 탁자에 소리나게 내려놓으며 나일에게 삿대질을 했다.

"이크, 또 난리나겠네."

노진이 사태를 파악하고는 고개를 저었다.

그러나 나일보다 먼저 난리를 친 것은 다름 아닌 나웅이었다.

콰지직!

들고 있던 풍귀도를 두 사람의 탁자를 향해 내려치자 탁자가 두 조각이 났다.

"그것참, 흥미로운 말들이군. 계속해 보시지."

나웅이 구로편의 눈을 쳐다보자 구로편이 일어섰다.

"이거 왜 이러십니까? 술 한잔도 마음대로 못 먹겠네……."

구로편도 나름대로 이름을 떨치고 있는 인물이다. 그런데 이까짓 일에 쪼그라지면 더 이상 녹림에서 밥 먹고 살기는 힘들다. 지금은 녹림 외에 더 이상 갈 곳이 없다. 이럴 때는 오히려 더 강한 모습을 보여야 한다. 안쪽에는 자신을 지원해 줄 사람들이 있으니 시끄러워지면 그들이 나설 것이다.

"어디서 보도 못한 놈이 까불어대는 거야!"

나웅의 노호성이 터져 나왔다. 시퍼런 눈길에 금방이라도 잡아먹을 듯한 나웅의 기세에 앉아 있던 산적들이 저마다 눈을 피했다.

"한판 붙읍시다!"

사나이는 깡이고 주먹이다. 하물며 산적이야 더 말할 필요 있겠는가? 구로편은 나웅의 이름이 녹림에서야 높지만 무공은 결코 자신이 아래가 아니라고 생각했다. 자신도 한때는 장강에서 무공으로 이름을 날렸던 몸. 더 이상 무슨 말이 필요하겠는가.

"이런 후레자식을 봤나! 나 채주님이 너 같은 졸개와 손을 섞을 분으로 보인단 말이냐?"

나웅과 함께 온 풍귀채의 행동대장 소우면이 말과 함께 풍귀도를 뽑아 들었다.

"흥! 네까짓 것이……."

구로편이 코웃음을 쳤다. 나웅이라면 자신과 어울릴 만하지만 그 밑의 부하 정도는 어림없는 짓이다. 물론 시비가 꼭 일 대 일의 대결로 이루어지는 것은 아니다. 우르르 몰려들어 칼침을 놓기로 작정한다면 구로편도 위험하다. 한데 이미 그 점에 관해서는 혈웅채와 대도채에서 암묵적으로 밀어준다는 동의가 있었기에 이처럼 대담하게 나온 것이다.

"잠깐만요, 소씨 아씨~"

특유의 발음과 함께 나일이 소우면을 가로막았다. 이것을 기회로 자신의 와룡채도 이름을 날릴 수 있지 않을까? 하는 생각이 문득 든 것이다. 녹림대회에 참가했는데 문전박대를 당한 것도 모두 산채의 이름이 없기 때문에 당한 푸대접이다. 여기서 사건 하나를 치면 어느 정도 산적들의 입에 오르내릴 것이고 얼마간 도움이 되리라.

'최대한 강하고 멋있게 해치워야지.'

그런 생각을 품은 나일이 소우면을 향해 한쪽 눈을 깜박였다.

"저한테 맡겨주시죠"

"네가?"

놀란 눈으로 소우면이 나일을 바라보았다. 어느 정도 소문이야 들었지만 나일에게서 고수의 풍모를 기대하는 건 사실 힘들다. 산적들이 얼마나 험하게 사는지를 알려주는 흉터가 구로편의 얼굴과 온몸 가득 있는 데 반해 나일의 얼굴은 뽀얀 피부로 이루어져 대조를 이뤘다.

'영웅무제의 준우승자라면 실력이 꽤 되겠지. 하기사 예전에도 무공을 배워와서는 산채에서 한바탕 난리를 부린 적이 있었잖아.'

속으로 나일과 구로편의 강약을 따지던 소우면이 한 발짝 물러섰다. 나일이 혹여 위급해지면 다시 나서도 된다. 그런 소우면을 향해 나웅이 고개를 끄덕였다.

"본인은 와룡채의 채주 나일이오. 형제는 누구십니까?"

"흥!"

나름대로 법도를 갖춰 정중하게 구로편을 향해 말을 했건만 구로편은 코웃음만 쳤다.

들어본 적도 없는 산채의 애송이가 나왔으니 기가 찬 것이다.

"네가 나와 한판 붙겠다고? 관두자."

"아니, 왜 그러십니까?"

"내 나이가 마흔다섯이다. 아들뻘인 녀석과 어떻게 붙겠냐? 집에 가서 엄마 젖 좀 더 먹고 와라!"

나일의 고개가 숙여졌다. 하도 열받아서 귓구멍에서 열이 나오려고 했다. 더 이상 무슨 말이 필요하겠는가?

그때 나일의 모습을 어디서 본 듯하던 장오복이 고개를 갸우뚱거리다가 얼마 전 주루에서 자신들을 낭패시켰던 그 청년임을 알아봤다. 그 당시 혈웅채의 산적들이 모두 고개를 숙이느라 나일의 얼굴을 자세히 살피지 못했지만 나일의 뒤에 서 있는 편봉타의 얼굴은 잊을래야 잊을 수 없는 얼굴이었다. 그것을 알아본 장오복은 속이 덜컥 내려앉은 것이다.

"구 호걸, 잠시 귀 좀……."

다급하게 다가온 장오복이 구로편에게 상대하지 말고 물러나라고 말해 주었다. 자신의 채주가 당한 꼴사나운 일을 얘기하지는 않고 다만 어린아이와 다퉈서 남는 게 무엇이냐며 구슬렀다.

'하기사… 참자.'

구로편도 장복의 말에 공감하며 등을 획 돌렸다.

"어딜 가는 거야!"

순간, 등을 돌린 구로편의 어깨를 잡아 돌리던 나일의 주먹이 구로편의 배를 갈랐다.

콰당!

어떡해서든 사건을 일으켜서 와룡채의 이름을 드날리겠다는 데 골몰한 나일이 이 기회를 놓칠 리 없다. 물러나는 적이든 달려드는 적이든지간에 싸움을 일으키고 봐야 한다는 사명감에 불탄 것이다.

"이 자식이……!"

아픈 배를 움켜쥐며 구로편이 일어서서는 자신의 요대에서 채찍을 꺼냈다. 아니, 구로편의 채찍은 요대 그 자체였다.

쫘악!

구로편의 채찍이 주점 안의 기물을 부수기 시작했다. 한 번 휘두르면 아무도 못 말린다는 구로편의 채찍이 난동을 부리기 시작한 것이다.

"애개―"

자신을 향해 정면으로 날아오는 채찍 끝을 팔목에 감고는 나일이 입가에 비웃음을 띠었다. 겨우 이 정도 가지고 설쳐 댄 것이 우스웠던 것이다.

사실 구로편의 채찍이 녹림이나 장강에서는 유명했을지 몰라도 겨우 그 수준일 뿐이다. 일류고수 정도 되는 명문의 제자가 상대하면 도망치기 바쁜 것이다. 나일은 모르고 있지만 사실 구로편은 사천에서 포두로 있으면서 자신의 형인 나천에게 채찍을 휘두르며 달려들었다가 십 초식도 안 되어 용서를 구걸했던 적이 있었다.

"익!"

잡힌 채찍을 풀려고 구로편은 바동댔다. 몸을 비틀어 채찍 끝에 힘을 주어보았지만 채찍은 요지부동. 순간 머리 속으로 무언가 일이 잘못되었음을 느꼈다.

진욱과 평강호가 바깥의 소란스러움에 나왔다가 나일과 구로편을 발견했다. 칼을 뽑아 구로편을 위기에서 구해주려던 진욱에게 장오복이 다가와 귀엣말을 했다.

"뭐시라고?! 가자."

장오복의 이야기를 듣고는 잽싸게 몸을 트는 진욱과는 달리 무작정 돌진한 평강호는 나일에게 칼을 빼앗기고 발길질에 당해 삼 장은 족히 날아가서 탁자 하나를 부수고 말았다.

"죽여라!"

진욱의 손짓으로 이미 일단 몸을 피한 혈웅채의 산적들을 뒤로하고 대도채의 산적들이 달려들기 시작했다.

"죽여라!"

이쪽의 풍귀채의 산적들도 저마다 칼을 뽑아 들었다.

쾅!

몰려드는 대도채의 산적들을 보며 나일이 주먹으로 주점 안의 벽을 치자 벽이 우르르 무너졌다.

“좋다! 한번 해보자 이거지!”

그 위력에 놀란 대도채의 산적들이 주춤했다. 저 정도의 위력이라면 모두가 달려들어도 감당하기가 어렵다. 문득 평강호가 주위를 둘러보다 대도채의 산적들만 있고 혈웅채의 산적들은 멀리서 구경하고 있는 것을 눈치 채고는 진욱을 향해 고개를 돌렸다. 도와달라는 무언의 움직임이건만 진욱은 평강호를 외면하며 주점 밖으로 빠져나갈 뿐이었다.

“자! 덤벼봐! 이 와룡채의 채주 나일님께서 모조리 상대해 주지!”

호기로운 나일의 외침에 대도채의 산적들이 평강호에게 고개를 돌렸다.

‘당했다!’

막상 싸움이 벌어지자 몸을 피하는 진욱을 보며 평강호는 자신의 어리석음을 질타했다. 숫자 면에서는 상대가 된다 해도 서열 오위의 풍귀채와 비교해 볼 때 이쪽의 세가 불리한 것은 당연한 것. 그러기에 혈웅채의 도움만을 믿고 있었는데… 이럴 때는 물러나는 게 상책이다. 두 손을 공손히 모으고 평강호가 나섰다.

“나 채주님, 제 수하가 잘못을 저질렀다면 목을 베주십시오.”

이렇게 고개를 조아리는데 나웅도 녹림대회가 벌어지는 녹림도들의 축제에서 차마 목을 벨 수는 없을 거라는 계산이었다.

“좋소. 평 채주의 말도 있고 하니 팔 하나로 이 일을 마무리 지읍시다.”

나웅이 수염을 쓰다듬으며 평강호를 내려다보았다.

“그런……!”

평강호의 안색이 일변했다. 나웅이라면 자신의 입에서 나온 말은 어떡해서든지 관철시키는 걸로 유명하다.

'도저히 그냥 보내줄 기세가 아니구나.'

구로편이 자신의 수하이기는 해도 함부로 할 수 있는 위치에 있는 것은 아니다. 장강삼귀의 한 명으로 대도채에 몸을 담기는 했지만 강호 경험이나 무공으로 따지면 자신과는 거의 동등한 위치이다. 평강호의 이마에 주름이 깊어갔다.

"자르겠소, 채주."

구로편이 이를 갈면서 옆에 있던 사람의 칼을 들어 자신의 왼팔을 잘라갔다.

"읍."

구로편은 비명이 나올 법도 한데 신음성조차도 입 안으로 삼키며 나옹에게서 등을 돌렸다. 녹림의 밥을 먹고 사는 데 이 정도의 일은 대수로울 게 없다. 다만 그 언젠간 오늘의 치욕을 갚으면 그만이다.

손환희의 눈에 눈물이 고였다. 지금까지 얼마나 험난한 여정이었던가? 아직 어린 그녀로서는 감당하기 힘든 거리였고 더군다나 이끌어주는 동행마저 마음에 들지 않았다. 오직 자기만 아는 나일과 그를 추종하는 사람들로 이루어진 집단 속에서 나름대로 자신의 장기인 요리와 애교를 떨어보았지만 인정해 주는 사람은 전무(全無). 그저 천덕꾸러기로 여겨질 뿐이었다. 그것도 자신보다 어린 노진마저 그랬으니……

"숙부……."

그럴 때 자신의 피붙이를 만난다는 것이 이렇게 가슴 벅찰 줄은 몰랐다. 주점 안의 사건으로 사람들이 몰려들었을 때 멀리서 자신의 숙부인 손역의 얼굴을 발견한 것이다. 손가채를 떠나 호골채에서 잠시

산적으로서의 마음가짐을 익히며 더 큰 물에서 배우고 있는 터라 그를
못 본 지 일 년 정도는 되었음에도 손환희는 손역의 얼굴을 한눈에 알
아보았다.

"숙부!"

좀 더 큰 소리로 부르면서 손환희는 팔을 휘저으며 천천히 손역에게
다가갔다. 손역이 자신을 알아보고 반가이 맞아줄 준비할 시간을 주면
서.

"지금 경극하냐?"

나일이 어이없는 표정으로 손환희를 바라보았다. 혼자만 얍삽하게
정문을 통관한 후에도 손환희를 인계하기로 한 친척이 나오지 않아 아
직 함께 있는 중이었다.

"쯔쯔……."

노진과 편봉타마저 혀를 차며 고개를 저었다. 다른 사람들이 보았다
면 인신매매범에게 끌려 다니며 모진 고생 끝에 아비를 만나는 것이라
는 상상이 들 정도로 손환희의 얼굴은 환희로 가득했다.

손역은 튀는 손환희의 행동을 보고는 자신도 거리를 잠시 벌렸다가
달려들었다.

"환희야!"

손역의 행동 또한 눈물겨워 보였다. 피는 못 속이는 것인지, 아니면
단지 손환희의 장단에 맞춰주려고 하는 것인지 모르겠지만 달려드는
손환희를 향해 한껏 웃음을 보이며 두 팔을 벌리는 손역의 모습도 가
관이었다.

"헛!"

잔뜩 찌푸렸던 나일의 얼굴이 펴짐과 동시에 굳건히 땅을 밟던 오른

쪽 발이 손환희의 다리를 걸었고 눈물겨운 상봉을 맞이하던 손역의 코
와 손환희의 머리가 그대로 박치기를 했다.

쿠웅!

"웃!"

손역은 벌겋게 달아오른 코를 만지작거렸고 손환희도 머리를 감싸
쥐었다.

"돌코!"

"돌머리!"

맞부딪친 둘의 입에서 서로를 비난하는 말들이 이어지자 그제야 나
일이 노진 등을 향해 씨익 웃어 보였다.

너무나 교묘한 속도와 안배로 당사자들이 모르게 순식간에 반가운
표정을 잡아먹을 듯한 표정으로 바꾸어 버리는 수법. 그런 나일의 모
습에 노진 등도 멋쩍게 웃어 보였다.

제49장
다시 만난 개소주

늦은 밤.

모두가 술에 취한 밤이었다. 나일은 노진과 펀봉타를 떼어놓고 슬며시 일어났다.

산채의 밤은 언제나 기분 좋다. 열기가 가신 지 오래지만 아직도 남아 있는 산적들은 자신들의 산채에 대한 자랑을 늘어놓으며 그칠 줄 몰랐다. 나일은 달빛을 받으며 유년 시절에 그랬던 것처럼 남아 있는 그들에게로 걸어갔다. 그러다가 우물가에서 설거지를 하고 있는 한 사람을 발견하고는 이 좋은 날에 술도 못 마시고 일하는 게 불쌍하기도 해서 위로를 해줄까 하고는 다가갔다.

"어… 너는 나일!"

나일의 몸이 흠칫거렸다. 한눈에 자신을 알아본 사내, 그는 뜻밖에도 복지채에서 자신을 괴롭혔던 개소주 장석종이었다.

“개… 아니, 장 호걸님.”

산적들은 개나 소나 영웅 또는 호걸이라는 칭호를 붙여주는 걸 좋아한다. 설거지를 하면서도 마냥 일급거물들의 숙소에 있는 것이 좋았던 장석종은 나일을 보며 뜻밖이라는 표정을 지었다. 그러다가 이내 무언가를 눈치 챘다는 표정으로 얼굴을 바꿨다.

“이 녀석, 개구멍으로 넘어왔구나! 그래, 동경의 대상인 녹림의 거물들의 얼굴은 많이 구경했느냐?”

자연스럽게 나일의 어깨에 손을 올리며 장석종이 소곤댔다.

“엥…….”

나일은 장석종을 머리끝에서부터 발끝까지 훑었다. 예전에 그 크고 악질적으로 보이던 개소주가 아니었다.

“뭘 훑어봐!”

장석종이 나일의 뒤통수를 때리며 인상을 찌푸렸다. 피할 수 있었지만 나일은 인심 좋게 한 대 맞아주었다. 오랜만에 만난 한솥밥 먹던 녹림의 선배지 않은가.

“닦아.”

장석종은 자연스럽게 나일의 손을 자신이 닦던 솥 그릇으로 밀었다.

“어?”

당황스런 표정을 짓는 나일을 보며 장석종이 주먹을 쥐며 흔들었다.

“누가 이곳에 오라든!”

장석종은 오해하고 있었다. 경력이 일천한 나일이 거물들의 숙소에 몰래 숨어들어 온 것이라 지레짐작했다. 그래서 그것을 모른 척할 테니 자신이 하고 있는 설거지를 시키는 것이다.

‘이걸 나보고 하라고……?’

나일은 한 번 더 참기로 했다.

지금은 초라한 몰골의 장석종이지만 한때는 자신의 위에 있던 사람이었으니. 그렇게 생각하니 간만에 설거지를 하는 것도 나쁘지 않다는 생각이 들었다.

"할게요."

나일의 뒤통수를 향해 가던 장석종의 손이 밑으로 내려갔다.

"암, 그래야지."

나일에게 자신의 일을 맡긴 장석종이 곁에 쭈그려 앉았다.

"그런데 채주님은?"

다른 사람들의 소식을 물으며 설거지에 정신을 집중하는 나일의 귀에 장석종의 이야기가 들려왔다.

"아, 그 양반은 이미 죽었지. 꽤 됐어."

나일의 얼굴에 놀란 기색이 역력했다. 복지채가 사라졌다는 이야기는 들었지만 채주까지 죽었으리라고는 상상도 못했다. 감산왕 구양호의 무공은 녹림에서도 알아주는 것이었다.

"그러니까… 그 미친년들이 너를 쫓아가고 일주일쯤 지난 후에 관군이 들이닥쳤어. 뭐, 그런 일은 한두 번이 아니었지만, 그중에 엄청난 고수가 있었지 뭐야."

장석종은 나일에게 그날의 일을 이야기해 주었다.

"보기만 해도 등골이 얼어버릴 정도의 살기를 내뿜는데 겁에 질려 도망치다 보니까… 난 살아 있더군. 운이 좋았던 거지."

나일은 장석종의 뒤죽박죽인 말들이 통 이해되지 않았다. 의리있고 죽음을 두려워하지 않는 깡다구를 가진 산적들이 몰살당했다는 게 장석종의 요지인데 관군 중 그 정도의 고수가 있던가?

"그가 누군지 아십니까?"

깍듯한 나일의 음성에 그제야 장석종의 안색이 퍼졌다. 나일에게 말을 하는 동안에 그때의 일로 자신도 모르게 공포에 질린 얼굴이 되었던 것이다.

"아니, 모르겠어. 도무지 그가 누군지 모르겠어. 우리 형제들은 그날 이후로 그의 정체를 밝히려고 사방팔방으로 헤맸지만… 도저히 못 찾았어. 다만 그가 연왕부와 줄이 닿아 있는 것은 확실해."

두 눈 가득 울분이 담긴 모습으로 장석종이 땅바닥을 걷어찼다. 능력도 자신들과는 상대가 되지 않는 데다가 그 뒤에는 연왕이라는 커다란 배경이 있으니 복수는 요원한 일이었다.

"왜 그렇게 생각합니까?"

나일이 잠시 뜸을 들인 후 물었다. 장석종이 그렇게 생각하는 근거가 궁금했다. 복지채 있을 때 장석종이 뻥이 얼마나 심한지를 겪었기 때문이다.

"그것이… 전날 광동성으로 가는 남경의 질풍표국의 표물을 털었지. 보통 때라면 서로 타협을 했을 터인데… 그날따라 질풍표국의 신참 표사 하나가 다짜고짜 칼을 휘두르더군. 그래서 결국 싸움이 벌어졌지. 물론 엄청난 피해를 입었지만 우리는 승리했다."

"그래서요?"

손으로 그릇을 닦으면서도 입을 쉬지 않는 나일의 모습은 마치 어린 시절 자신의 숙부 나웅에게 재미있는 이야기를 해달라고 하던 모습과 같았다.

"문제는 그 물건이 연왕부에서 광동의 작은 문파인 광제문으로 옮겨지던 것이었다는 것이지. 그 사실을 알고 채주는 산채를 옮길 것을 명령했네. 내가 아는 것은 이것뿐이지만, 이것만으로도 어리버리한 관군과 같이 온 고수가 연왕부와 줄이 닿아 있다는 것쯤은 예상하지 않을 수 없지. 게다가… 억!"

무언가를 봤는지 장석종이 갑자기 외마디 비명을 지른 후 넋이 나가 버렸다. 나일이 급히 장석종의 어깨를 잡아갔다.

"왜 그래요?"

늦은 시간이기는 했지만 잔치의 여파로 이곳저곳에는 주흥을 더 즐기기 위해 술병을 차고 다니는 사람이 있었다.

"저놈이야… 저놈……."

손가락을 부들부들 떨며 인적없는 곳으로 조용히 걸음을 옮기는 흑의인을 보며 장석종이 겨우 목소리를 짜냈다.

'말도 안 돼. 이런 우연이 어디 있냐! 잘못 본 거겠지.'

나일은 낯빛이 흑색으로 바뀐 장석종을 보며 심상치 않은 기색을 느꼈다. 그러나 말하고 있는 순간에 그 당사자의 모습을 봤다는 것은 백 번을 생각해도 있을 수 없는 일이었다. 그것이 사실이라면 그것은 우연이 아니라 기적이다.

"도망쳐야 해! 빨리!"

뒷걸음치는 장석종을 보며 나일이 의아한 표정을 지어 보였다. 게다가 그 엄청난 고수라는 사람이 녹림인이라니… 그것도 말이 안 된다. 이 안에 있는 사람은 모두 녹림대회에 참가하러 온 산적들뿐이다. 그 중에 그런 엄청난 고수가 있을 수 있겠는가? 산적들의 무공은 불을 보듯 뻔하다. 그런 무공을 가지고 있으면서 왜 산적 짓을 하겠는가.

"도망치라니까!"

'개소주가 미쳤나.'

장석종의 말에 나일이 고개를 저었다. 약자에게는 강하고 강자에게는 약한 것이 인간이다. 그러나 산적은 아무리 자신보다 약하고 별 볼일 없어도 선배라면 깍듯이 대접해야 한다. 그것이 산적의 운명이다. 그래서 지금까지도 나일이 설거지를 대신하며 곱게 이야기를 듣고 있었던 것인데 이것은 해도 너무하는 것 같다.

"방금 지나간 흑의인의 목에 있는 상처 자국… 그놈이 확실해."

장석종은 그날 복지채를 혼자서 전멸시키다시피 한 흑의인이 방금 지나간 흑의인이라 확신했다. 죽었다가 다시 살아난 듯한 그 끔찍한 상처는 상처투성이인 산적들에게서도 한 번도 본 적이 없는 끔찍한 것이다.

쨍.

나일은 도망치는 장석종을 쫓아가는 대신 들고 있던 그릇을 내던졌다.

"이런 쌍. 왜 이렇게 꺼림칙한 거야."

혼잣말을 중얼거리는 것과 동시에 나일의 신형이 사라졌다.

*　　　*　　　*

세상에 변하지 않는 것은 없다. 강산도 변하는 마당에 영원한 것은 없다. 그러나 굳이 하나를 꼽자면 사람의 마음이란 괴물이 있다. 고정관념을 가지고 바라보는 사람들의 인식은 바꿀 수 있다. 하나 일단 스스로가 가지고 있는 마음가짐을 굳게 닫아두면 그것은 영원히 변하지 않는다.

임호죽은 호골채의 흑귀당(黑鬼黨)으로 들어섰다.

이곳의 주인은 왕호연. 녹림인 중 사상 최초로 영웅학관에 입관해서 세인의 관심을 끌었던 녹림 총표파자 왕호의 첫째 아들이다. 흑귀당은 관부나 표국의 표물 동정을 살펴보는 곳으로 왕호연이 영웅학관에서 수련을 하고 녹림에 되돌아와 만든 집단이다.

"누구시오."

가만히 앉아 있던 왕호연은 순간적으로 자신의 목에 들어온 단검에 침착한 태도를 유지하며 물었다.

'고수다. 그것도 살수로서……. 살아남기는 힘들겠다.'

머리 속으로는 온통 의혹과 불안으로 흐트러져 복잡했지만 왕호연은 가만히 어깨를 펴서 등받이에 기댔다. 죽더라도 사정을 하지는 않겠다는 녹림인의 기개가 그 속에 녹아 있었다. 또한 등받이 깊숙이로 몸을 기대 발끝이 바닥에 내려둔 자신의 칼에 닿아 여차하면 동귀어진을 할 수 있게 준비해 두었다.

"괜찮군."

툭 던지며 검을 거두는 이는 임호죽이었다.

사람은 느닷없는 상황에서는 곧잘 당황하기 마련이다. 그것은 무공을 익혔다 해도 마찬가지이다. 아무리 무공이 뛰어나다 해도 방금과 같은 거리에서의 저항은 죽음만을 자초하는 것이다.

그런 면에서 왕호연의 행동은 대담한 행동임에 틀림없다. 불리하자 살아가려는 의지를 버리고 물음과 함께 여차하면 같이 죽자는 행동은 왕호연이라는 인물이 결코 녹록치 않음을 보여주는 것이었다.

"무슨 일이오."

자신의 목숨이 왔다 갔다 하는 순간임에도 전혀 기죽지 않은 당당한 태도. 과연 녹림에 떠오르는 신성인 호산(虎算)이라 불리는 왕호연다웠다.

"남경에서 왔네."

임호죽의 어조는 무미건조했지만 왕호연에게는 쇠뭉치로 뒤통수를 얻어맞은 듯한 기분을 느끼게 했다. 오랫동안 잊고 지낸, 그렇지만 한 편으로는 준비해 왔던 일이 드디어 결실을 보는 것에 대한 기쁨이 온 몸을 관통했다.

"오셨습니까."

자연스럽게 꺾여지는 무릎. 녹림의 미래는 남경의 연왕부에 의해 활짝 피게 되리라 기대하는 왕호연에게 임호죽은 반갑고도 어려운 사람이었다.

"자, 이것부터 받게."

임호죽이 꺼낸 전서를 받아 든 왕호연이 이내 소중하게 품 안에 갈무리해 넣었다.

"준비는 얼마나 됐나?"

"거의 다 됐지만 아직 몇 곳의 반발이 예상됩니다."

"얼마 남지 않았네."

"알고 있습니다."

"녹림이 없더라도 결과는 달라지지 않을 걸세."

"그것도 알고 있습니다."

왕호연의 말을 들으며 임호죽이 가만히 고개를 끄덕였다. 왕호연의 말대로 연왕이 마음을 먹은 순간 대륙은 연왕의 것이 될 수밖에 없다. 녹림이 그것에 반대하더라도 그것은 거스를 수 없는 대세이다. 왕호연으로서는 미력한 힘이라도 보태서 녹림이 살아남도록 하는 것이 좋을 것이란 것을 모르지 않을 것이다.

"나는 그만 가보겠네."

그런 임호죽을 잠시 눈으로 배웅하고 왕호연이 품속에 있는 전서를 꺼내어 읽었다. 전서에는 오직 두 글자만이 적혀 있었다.

칠석(七夕).

혹귀당에 들어갔던 흑의인이 나오자 나일은 말없이 흑의인을 따라 붙었다. 흑의인은 경공을 펼치지 않고 평보로 마치 이곳에 모인 산적들 중 한 명인 것처럼 움직였기에 의심스러울 만한 모습이 없었다.
'개소주가 보았다는 상처는……'
나일이 흑의인을 유심히 관찰했다. 흑의인의 그 상처는 한 번 보면 잊혀지지 않을 만큼 강렬한 상처 자국이었다.
'저것은 정말 흔하지 않은 것인데……'
그러다가 멀리서 숙부가 술 동이째 들이붓고 있는 것을 보고는 잠시 멈춰야 했다. 흑의인이 나웅 쪽으로 방향을 틀자 그 뒤를 따르던 나일은 나웅과 순간 눈이 마주 쳤고, 나웅도 나일을 보고는 놀란 듯 두 눈을 동그랗게 떠 보였다.
"이놈아! 이 밤에 어딜 그렇게 싸돌아다니는 거냐!"
"그게……"
"오라! 이 숙부와 술 백 동이를 나누고 싶어서 찾아온 것이로구나."
"에… 그게요……"
나일이 주춤 물러섰다.
술이라면 자다가도 벌떡 일어나는 나일이다. 그러나 그것도 상대가 누구고, 술이 무엇이냐에 따라 일말의 여지는 있다. 풍귀채 채주 나웅은 앉은자리에서 삼 일 밤낮을 쉬지 않고 술을 퍼붓는다 하여 주웅(酒雄)이라 불리기도 했다. 게다가 그 술도 술 중에서도 하급으로 치는 죽엽청.

'잘못하면 내가 숙부의 대작 상대가 되겠구나!'

나웅의 주변에 널브러진 산적들에게 잠시 눈길을 준 나일은 고개를 저었다. 다른 곳은 몇몇이 무리 지어 술을 마시고 있는 데 반해 이곳은 나웅 혼자만 살아남아 있다고 해도 과언이 아닐 정도였다. 나웅이 술을 먹는 속도를 따라가다간 모두가 이렇게 꼬꾸라질 수밖에 없다.

'그럴 수는 없지!'

나일로서도 꺼리는 바가 적지 않다. 한번 걸리면 삼박사일을 내리 안주도 없이 죽엽청만 마셔야 하니 속이 남아 날래야 남아날 수가 없는 것이다.

"숙부, 밤이 늦었습니다. 저는 그저 월광을 구경하는 것만으로 족합니다."

이럴 때는 어떤 핑계를 대서든 빠져나가야 한다.

"월광(月光)이라……."

술 동이를 끌어안은 채 나웅이 혼자서 중얼거리다가 갑자기 나일에게 고개를 돌렸다.

"니가 언제부터 그리 유식해졌냐?"

벌써 머리꼭대기까지 술이 취한 나웅이었다. 비위가 상한 표정의 나웅. 은근히 유식한 놈을 보면 배알이 꼴리는 나웅이었다. 그것은 자신의 조카라 해도 별반 다르지 않다.

"하하하."

어색하게 웃으며 이 자리에서 벗어나려는 나일.

나웅은 그런 나일을 한참 물끄러미 보다가 다시 술 동이에 얼굴을 파묻었다.

“산적은 너무 유식해도 안 된다. 끄윽……."

나일은 살금살금 뒤로 물러섰다. 이때가 기회다. 자연스럽게 사라지는 것이다.

“휴우! 죽을 뻔했네."

간신히 나웅에게서 벗어난 나일은 목덜미에서 흐르는 땀을 닦으며 아까 자신이 쫓던 흑의인을 찾았다.

그러나 이미 멀찌감치 사라진 흑의인을 이렇게 두리번거린다고 쉽게 찾을 수 있겠는가.

“에이, 어디 간 거야."

나일이 그저 흑의인이 사라진 방향으로 무작정 걸음을 옮길 무렵이었다.

쉬리릭.

어디선가 바람을 가르며 몸을 날리는 소리를 들을 수 있었다. 아주 작지만 무공을 펼치는 이질적인 소리가 들려온 곳으로 나일도 몸을 움직였다. 흑의인은 호골채의 울타리를 전광석화 같은 속도로 타넘고 있었다. 나일도 전력을 다해 그를 쫓아갔다.

“누구냐!"

호골채를 빠져나가려고 속도를 높이던 임호죽은 자신에게 다가오는 엄청난 공기의 진동을 느꼈다. 절세고수! 감히 범접할 수 없는 경지에 도달한 자만이 가질 수 있는 무음의 진동이 느껴졌다. 이것은 어쩌면 알아낸 자신이 대단한 것이다.

임호죽의 물음에 나일은 모습을 드러낼까 망설였다.

‘무슨 일이든 얼굴이 팔려서 좋을 일은 없지!'

나일은 항상 갖고 다니던 복면을 뒤집어썼다.

“나는 복면산선이다.”

복면까지 뒤집어쓴 마당에 정체를 사실대로 말할 수는 없지 않은가.

“귀하는 무슨 볼일로 나를 쫓는 것이오.”

상대가 모습을 드러내자 임호죽의 말투가 정중하게 변했다. 고수는 고수를 알아보는 법이다. 살수지왕이란 별호를 지닌 임호죽이 초상비(草上飛)의 경공을 펼치는 자신을 한 단계 위의 경공인 능공허도(凌空虛渡)로 쫓아온 복면인에게 함부로 대할 수는 없는 노릇.

“일? 볼일없는데… 그냥 물어보고 싶은 게 있어서. 혹시 몇 년 전에 복지채를 습격했소?”

나일도 장석종의 말을 믿는 것은 아니지만 단도직입적으로 궁금한 것을 물어본 것이다. 이것만큼 시간 적게 들어가고 간단한 방법이 어디 있겠는가.

‘누구길래 그 일을 알고 있단 말인가? 복지채의 잔당인가?’

하나 임호죽의 생각은 달랐다. 살수는 은밀하고 뒤끝이 없어야 했다. 지금은 비록 살행을 나서서 꼬리를 잡힌 것은 아니지만 개운하지 않았다. 게다가 예전에 자신이 벌인 일을 물어보니 기분이 좋을 리가 없다. 부인할 생각은 없다. 살수만큼이나 버러지 같은 놈들이 산적이라고 늘 생각해 왔다. 그래서 일단은 이유를 묻고 기회를 보아서 방심을 유도한 후 이 기분 나쁜 상대를 숲 속에 묻기로 마음을 다잡았다.

“그렇소. 그것은…….”

“뭐라고요?”

들릴 듯 말 듯하는 임호죽의 말이 들리지 않아 나일이 귀를 가까이 갖다 대었다.

“너희 버러지 같은 놈들이 남중(南中) 임가(林家)의 대를 끊어놨기 때문이다!"

조금 주춤거리다가 일순간 거리낌없이 짓쳐들어 가는 살검! 이것은 상대의 방심을 유도하는 동시에 자신의 온몸을 던져 한 초식에 승부를 가르는 살수무공의 정화였다.

임호죽이 혼을 팔아 살린 자신의 조카는 연왕이 구금하고 있었다. 자신이 십 년의 기약 동안 연왕의 개로서 일을 한다면 그때 풀어준다는 조건 하에 임호죽은 살수행을 마다하지 않았다. 그런데 재물에 눈이 어두운 산적들이 조카를 호송하던 표국과 마찰을 일으켰다. 그리고 조카는 그 싸움에서 희생된 것이다. 이것이 복지채가 멸망한 이유였다.

"어쭈!"

나일은 흑의인의 행동을 처음부터 주시하고 있었다. 수련하는 동안 사부에게 귀에 못이 박히도록 듣고 경험한 것이 방심의 대가는 엄청나다는 것이었다. 그것은 저절로 습득하는 것이기도 하지만 한순간의 방심은 자신도 모르게 할 수 있는 그런 것이다. 그래서 늘 의식적으로도 누군가를 대할 때면 상대의 행동을 유심히 관찰한다.

나일의 발이 조금 거리를 두는가 싶더니 물러나는 척하며 앞으로 전진해 갔다. 광미 대사와의 대련에서 얻은 경험이었다. 급할 때는 상대의 의표를 찌르는 행동만큼 이득을 보는 것은 없다.

'우측으로 찔러오면 나는 좌측으로 돌아간다.'

흑의인이 빠르게 다가오는 순간 이미 준비하고 있던 나일도 주먹을 들어 반격을 준비했다. 한데 준비를 했다고는 하지만 흑의인의 공격은 쉽게 막을 수 있는 것이 아니었다. 무림인들의 공격과는 완연히 다른 살수 특유의 행동인지라 흑의인의 행동은 한 자루의 검처럼 예리하고도 종적을 잡을 수 없을 만큼 표홀했다.

휙!

임호죽의 일검은 정확히 나일의 목젖을 향해 일직선으로 찔러 들어
왔다.

"뭐야!"

고함과 함께 나일은 무리하게 목을 뒤로 젖히느라 뒷골이 당기는 것
을 느꼈다. 손은 허공을 쳤다지만 그와 동시에 뻗은 자신의 오른발이
다행히도 임호죽의 명치를 갈랐다.

"크악!"

오 장여를 날아가면서 피을 뿜어내던 임호죽은 땅에 닿자마자 품에
서 마지막 힘을 짜내어 연막탄을 꺼내 던졌다. 살아생전에 자신이 이
연막탄을 사용하게 될 줄은 몰랐다.

"뭐야, 이거."

나일은 갑작스런 상황에 우선은 몸을 뒤로 물리면서 앞쪽 공격에 대
비했다. 그러는 동안 임호죽은 몸을 이끌고 도주하기 시작했다.

"어디 도망가 봐라!"

나일이 얼굴을 찌푸리고는 임호죽을 쫓기 시작했다. 살수의 도주를
막는 건 무공만 가지고는 안 된다. 무수하게 도주로를 헷갈리게 하는
전문적인 살수를 쫓은 것은 무공의 고수라 해도 어렵다. 저번에 혈우
삼마의 경우에서도 경험했다. 임호죽은 진만득보다 무공은 낮지만 도
주라면 몇 수 위였다. 게다가 뭐가 나일은 그리 길을 잘 찾는 편이 아
니었다.

"제기랄, 도대체 뭐가 보여야 말이지."

나일은 이내 돌아설 수밖에 없었다.

제50장

녹림대회 개막

"일어나세요, 채주님."

노진은 살그머니 나일의 어깨를 흔들었다.

매번 느끼는 거지만, 나일을 깨우는 것은 정말이지 두 번 다시 하고 싶지 않은 피곤한 일이다.

'젠장, 오늘도 쉽게 깨우기는 글렀군.'

"지금이 몇 시냐?"

처음은 늘 이랬다. 눈을 감은 채 가만히 시간을 물어보는⋯ 마치 금방이라도 깨어날 것 같은 말투.

"해가 중천입니다."

조심스럽게 대답하는 노진. 이렇게 대답했음에도 나일이 깨어날 거라는 기대는 하지 않았다.

"그래."

그 말을 끝으로 다시 잠에 빠져든 나일을 보며 노진이 속으로 한숨을 쉬었다.

'깨워 말어.'

깨웠다가 시끄럽다고 아혈을 제압당할 것이 뻔하기에 노진은 조금 인내심을 기른다는 생각으로 나일의 곁에 우두커니 서 있었다.

이윽고 일각 후.

"채주님, 일어나세요."

깊이 숨을 들이마시고 다시 나일을 흔들어보지만 이번에는 대답조차 없다.

"채주님, 일어나세요."

"에이, 시끄러워!"

나일이 눈 감은 채로 침상을 주먹으로 쳤다.

'에구, 무식한 자식. 침상 모서리가 쪼개졌잖아. 좀 더 기다려야겠구나.'

자칫 서투른 행동은 자신의 몸에 이상만을 가져온다는 것을 뼈저리게 경험해 온 노진은 고개를 숙이며 다시 반 각을 기다렸다.

"채주님……."

"왜? 밥은 차렸냐?"

여전히 눈을 감은 채 노진의 말을 자르며 나일이 물어왔다.

"예, 식사 준비 시켰습니다."

"그럼 준비된 거 보고 와서 깨워."

나일은 그 말을 끝으로 몸을 뒤척이며 다시 잠을 청했다. 늘상 이런 식이니 이 얼마나 피곤한 일인가. 이런 일을 계속하다 보면 정말 제 명에 못 죽는다. 사람을 깨우는 데 무려 반 시진이 걸리니… 노진도 이

일을 하고 싶은 것은 아니다. 말 많은 손환희는 나일에게 혈도를 찍혀서 나일보다도 더 늦게 일어나는 형편이고, 편봉타가 나일을 깨우면 나일은 일어나자마자 재수없는 얼굴을 아침부터 본다고 길길이 날뛰었고, 마협지는 원체 말이 없어 그저 한 번 깨우고 냅두기 일쑤였다. 결국 눈치있고 어느 정도 나일에게 면역된 노진이 이 일을 맡은 것이다.

비몽사몽.

꿈속을 헤매던 나일은 오늘도 한번 꾀를 부려본다. 일어날 수 있음에도 한번 부리는 꾀! 이것은 근래 들어 생긴 습관이었다. 어렸을 때부터 누군가가 나일을 깨운 적은 없었다. 그저 놓아둘 뿐이었다. 사부에게 무공을 배우던 시절에는 이런 행동은 목숨을 재촉하는 행동일 뿐이기에 한 번도 해보지 못했다. 그러나 지금은 평안한 분위기에 휩싸여 즐기고 있는 것이다. 어린 시절 해보지 않았던 투정을.

물론 나일은 잠을 적게 잔다고 해서 피곤하거나 몸이 무거운 상태를 겪을 일이 없는 무림고수이다. 게다가 누군가 자신을 죽이리라는 불안감에 잠을 못 이루는 소심쟁이도 아니다. 그저 나일은 자신이 하고 싶은 것만 하면서 살고 싶을 뿐이다.

"다 준비됐으니 나오세요."

실실 웃는 노진의 얼굴은 억지로 웃고 있다는 것이 역력히 느껴졌다. 그러나 나일은 그것을 뭐라고 하지는 않았다. 저만큼이나 교육을 시켜둔 게 어딘가?

아침 식사는 어제 먹다 남은 통돼지 구이였다. 산적은 아침이라고 부족하게 먹지 않는다. 언제 죽을지 모를 사람들이기에 적어도 먹는 것으로 한이 남지 않기 위해서 아침이든 저녁이든 푸짐하게 먹는다.

“끄윽… 잘 먹었다. 오늘이 기다리던 녹림대회지. 그런데 얘는 어디 갔냐?”

나일이 오른손을 입에다 갖다 대고는 떠벌거리는 흉내를 내었다. 한 순간도 입을 쉬지 않는 손환희를 찾는 것이다.

“그게…….”

그 순간 우악스럽게 방문을 박차며 철탑을 연상시키는 사내가 들어섰다. 어제 손환희와 쌍으로 경극을 선보였던 손역이었다.

“누구냐, 감히 내 조카을 괴롭힌 놈이!”

아마도 밤사이에 손환희의 눈물없이는 들을 수 없는 이야기를 듣고는 아침을 먹자마자 달려온 것이리라.

“어여 안 나올래!”

어깨에 매단 팔릉추(八稜錐)를 손으로 빙빙 돌리며 위협하는 사내를 보며 나일 등은 밥 먹다 말고 일제히 그를 보았다.

“어… 아직 식사를 안 했나보군. 흠흠.”

밥 먹을 때는 개도 안 건드린다는데 같은 녹림의 밥을 먹는 사람을 건드릴 수야 없지 않은가. 손역은 그제야 성미를 누그러뜨렸다.

“험험… 빨리 먹어.”

연신 밥 먹는 것을 흘겨보며 손역이 괜스레 팔릉추를 흔들어댔다. 팔릉추는 타격을 주로 가하는 망치의 일종이다. 특히 관군을 상대할 때 절묘한 위력을 발휘하는데, 외공을 익힌 사람이 팔릉추를 휘두르면 갑옷 자체를 찌그러뜨려 죽일 수 있는 살상 무기이다.

“…….”

아무 말 없이 나일들은 그를 바라보았다. 어색한 침묵… 밥을 다 먹었다고 생각했는지 손역이 다시 거친 음성을 토해냈다.

"그러니까… 누가 내 귀엽고 깜찍한 조카를 괴롭혔는지 말해. 너야, 아니면 너야. 저 꼬맹이는 아닐 테고 노인네도 힘이 없어 보이는데… 너지!"

정확히 나일을 가리키는 대단한 안목의 소유자는 침묵이 방 안에 가득하자 일일이 그들을 노려보았다. 나일 등의 짐작대로 손환희는 눈물을 흘리며 이곳까지 오는 동안 겪었던 고초를 이야기했고, 그에 감동(?) 받은 손역이 무작정 달려온 것이다.

"어디서 시끄럽게 떠드는 거야!"

나일은 밥 잘 먹고 이제 느긋이 차 한 잔 마시려는 찰나에 방 안으로 난입한 손역을 향해 눈을 부라렸다. 하도 어이가 없어서 두고만 봤는데 이제는 그것마저도 못 볼 지경이었다.

울컥!

손역은 언뜻 보아도 자신보다 열 살은 어려 보이는 놈이 싸가지없이 나서자 가슴속에서 노화가 치밀어 오르는 걸 참지 못했다.

"그래! 너야, 너인 게 틀림없어! 이 후레자식! 크악!!"

전후 사정 같은 것은 이제 필요없다. 손역은 무조건 돌진했다. 나일이 손환희가 가리킨 나쁜 놈이든 아니든 그런 건 안중에도 없었다. 오직 지금은 저 나불거리는 주둥이를 다물게 하는 것에 주력할 뿐.

쾅!

무식용맹하게 돌진하던 손역은 머리 위에서 바위가 떨어지는 듯한 충격에 일단 전진하던 발걸음을 멈출 수밖에 없었다.

"뭐, 이런 자식이 다 있어!"

나일이 어처구니없다는 표정으로 손역의 머리를 짓누르자, 지켜보던 노진은 웃음이 흘러나왔다. 노진이 보기에는 손역은 나일만큼 엄청난 힘만 없다 뿐이지 제멋대로의 성격은 완전히 나일이었다. 그런데 그런 나일이 어처구니없어하는 얼굴을 보이자 웃음이 흐르는 것은 당연한 것.

"젊은이, 웬만하면 물러나게, 괜히 피 보지 말고."

상황을 지켜보던 편봉타가 슬그머니 나서서 손역에게 충고했다.

"이런 젠장! 어떻게 된 거야!"

전혀 움직일 줄 모르는 몸과 견디기 어려운 무게가 머리통을 누르자 손역은 있는 힘을 다해 저항했다.

"누가 나서랬어! 밥 먹기 싫어? 그럼 굶어! 이 늙은이가 어딜 감히 나서는 거야!"

나일이 중재를 위해 나선 편봉타를 노려보자 편봉타는 이내 노진의 뒤로 숨었다.

"어라! 니가 나서는 거야?"

나일이 노진에게 고개를 돌리자 노진도 재빨리 몸을 피해 버렸다.

"아니요, 절대 아니에요!"

"안 되겠네. 기분도 그런데 모처럼 한바탕 할까?"

'나를 죽여라. 왜 별것도 아닌 것에 트집이야. 저 늙은이 때문이야!'

나일의 한마디에 노진은 편봉타를 노려보았다.

괜한 것에 참견해서 '오늘도 무사히!' 라는 자신의 신조를 깨뜨리려는 원흉이기 때문이다. 이 정도 나일과 함께 다녔으면 눈치 좀 늘 것이지… 정작 나일에 대한 원망보다 편봉타의 눈치없음이 더 화가 났다.

"아닙니다, 채주님. 그저 저는… 야, 이 개새끼야!"

편봉타가 노진의 원망스러운 눈초리와 나일의 무시무시한 눈길을 대하자 애꿎은 손역의 엉덩이를 걷어찼다.

“니놈은 예의도 없냐! 여기가 어딘데 감히!”

뺑. 뺑. 뺑.

온 힘을 다하지는 않았더라도 상당한 충격을 안겨주는 편봉타의 발길질을 피하고 싶었지만 손끝 하나 움직일 수 없는 손역이었다.

“으아아!”

덕분에 고스란히 맞은 엉덩이가 쑤셔왔다.

“그래, 그렇지. 이제야 늙은이도 무언가를 아는군.”

자신의 비위를 맞추며 손역을 두들기는 편봉타에게 칭찬의 한마디를 한 후 나일이 손을 떼었다.

털썩.

“끼야호!”

주저앉자 아픈 엉덩이가 땅에 닿는 바람에 다시 뛰어오른 손역은 가슴이 벌렁벌렁했다. 지옥으로 뛰어든 꼴이었다. 손환희가 강하다고는 했지만 이 정도로 강할 줄은 몰랐다.

‘내 이년을……’

잘 알아보지도 않고 달려온 자기를 탓하는 게 아니라 자신을 이 지경으로 내몬 손환희에 대한 원망이 일었다.

‘에구… 그나저나 어쩐다.’

잘 알아보지도 않고 건방지게 나섰다가 된통 당했으니 쥐구멍에라도 숨고 싶은 마음뿐이다.

“숙부.”

그 상황에 방 안으로 손환희마저 뛰어들었다. 숙질 간의 또 다른 의미의 눈물겨운 상봉.

손환희는 손역이 애처로운 한편 지금 상황이 불안했다. 나일이 주절 주절 지금까지 있었던 일을 나불어댄 자신을 가만놔 두지 않을 것이기 때문이다.

"너 이리 와봐!"

아니나 다를까, 손환희를 향해 손가락을 까닥이는 나일의 품새는 앞으로 겪어야 할 일이 남아 있다는 것을 느끼게 했다.

'숙부! 미안해요!'

손환희는 도주를 결심했다. 사실 손역이 나일을 어떻게 해줄 것이라는 생각은 애초부터 하지 않았다. 그저 속에 담긴 울분을 누군가에게 토해내고 싶었을 뿐이다. 그럼으로 인해 마음속의 울분을 조금 덜어내면 족할 뿐이었다. 그런데 그것으로 인해 이런 상황이 일어나고 말았으니…….

'잡히면 난 죽었다!'

그녀는 자신만이라도 이곳을 벗어나야 한다는 생각이 번쩍 들었다. 소림사에서처럼 '이리 도망가서 저리 숨기'를 하는 건 자신있었다.

"어딜 가!"

숙녀의 목덜미를 함부로 잡은 나일은 손환희를 거칠게 침상에 눕혔다.

"왜 이러세요!"

"이게 고자질을 해! 여기까지 무사히 온 게 누구 덕인데!"

철썩. 철썩.

나일이 손환희의 엉덩이를 손역의 팔롱추를 거꾸로 잡고 때리기 시작했다.

"아악!"

"조용히 못해. 뭘 잘했다고."

철썩. 철썩.

엉덩이가 부르트도록 때리는 나일의 얼굴엔 오랜만에 웃음꽃이 피어났다. 안 그래도 어제 정문에 들어설 때부터 기분이 상했는데 이렇게 풀 수 있다니 세상은 정말 새옹지마다.

"고자질쟁이는 혼 좀 나야 돼!"

나일의 고함에 왁자지껄 편봉타와 노진도 거들었다.

"맞습니다. 맞고요. 그것은 배반입니다."

"어떻게 그럴 수 있어요!"

"더 때리세요. 저도 때릴까요?"

번갈아가며 속을 긁어대는 편봉타와 노진의 과장된 언사에 손환희가 아픈 엉덩이를 감싸 쥐며 그들을 노려보았다. 그래도 한때는 같은 일행이었는데 어쩜 이럴 수 있는가.

"으… 으앙……!"

손환희도 마지막 수단을 꺼냈다. 그것의 이름은 눈물이었다.

벌컥.

그때 다시 한 번 방문이 열리면서 나웅이 들어섰다. 곧 있을 녹림대회에 나일을 데려가려고 찾아온 것이다.

"이 무슨 짓이냐!"

나웅이 손환희가 맞는 모습을 보며 고함을 질렀다. 그로 인해 자연히 나일의 손동작이 멈췄다. 나일은 나웅 앞에선 항상 고양이 앞의 쥐였다.

"그게요…….."

치켜든 손을 얼른 내리며 나일이 잠시 뜸을 들였다. 이 상황을 어떻게 설명한단 말인가.

“이놈이 감히 숙부의 절친한 친우의 딸을 함부로 때리다니!”

나웅의 몸이 부르르 떨렸다.

“으아앙!”

그제야 손환희가 본격적으로 울음을 터뜨리기 시작했다. 사실 방금까지는 울려고 했으나 아픔 때문에 눈물이 잘 나오지 않았는데 상황이 변하자 모아두었던 눈물이 한꺼번에 터진 것이다.

“이놈, 나일!”

나웅이 입술을 지그시 깨물었다. 이것은 나웅이 극도로 흥분하고 화가 났다는 것을 알려주는 전조였다.

철썩!

나웅의 솥뚜껑 같은 손바닥이 나일의 얼굴을 갈긴 것이다.

“헉!”

손환희는 깜짝 놀랐다. 곧 이어 머리 속으로 나일이 자신 때문에 뺨 맞은 것에 앙심을 품고 보복할 거라는 생각이 떠올랐다.

나일… 그가 누군가? 은혜는 쉽게 잊고 원한은 질기게도 기억하는… 다른 이유를 붙여서라도 보복하는 사람이었다.

손환희의 입에서 비명이 토해졌다.

“아악! 안 돼요! 모두 제 잘못이란 말이에요!”

그러자 순간적으로 나일이 맞은 것에 대한 불똥이 자신들에게 튈까 봐덜컥 겁이 난 편봉타와 노진도 달려들었다.

“이것 좀 놓고 말씀하세요. 제발요!”

마치 자신이 맞고 있는 것처럼 결사적으로 나웅을 잡아갔다.

“놓으시오. 내 이 녀석을……!”

“나 채주님, 저희 얼굴을 봐서라도 제발…….”

애처로운 표정의 편봉타와 노진이 나웅을 말리고 나섰기에 나웅도 더이상의 물리력은 행사하지 못하고 일단 나일에게서 물러났다. 그러나,

"이것 못 놓으시오! 숙부가 조카를 교육시키겠다는데 어딜 잡는 거요!"

휘익.

먼저 던져진 것은 노진이었다. 벽까지 날아가면서 노진은 나일의 더러운 성질머리가 어디서 나왔는지 확인할 수 있었다.

'역시 같은 핏줄이었어.'

물불 안 가리고 무조건 손부터 올라가고 당연하다시피 말리는 사람들도 한데 묶어 던져 버리는 나웅.

노진은 또 한 사람의 나일을 보는 것 같아 던져진 후 곧장 눈을 감았다. 차라리 말리다가 기절한 척하는 편이 속 편하다 여긴 것이다.

"이거 놓으시오!"

노진을 던진 후에 편봉타 또한 밀쳐 버리려고 힘을 써보았지만 나웅은 편봉타를 밀치지 못했다. 그도 그럴 것이 지금은 어쩔 수 없이 나일의 부하가 되었다지만 편봉타는 강호에서 알아주던 초절정고수가 아닌가.

"으악!"

온 힘을 짜내어 편봉타가 잡은 팔을 풀어보려 했지만 힘이 부족했다.

"나 채주, 고정하십시오."

쾅!

그 순간 분에 못 이긴 나웅이 벽에 자신의 머리를 부딪쳤다. 그러자 방 안의 모든 사람이 대경실색했다. 나일보다도 한술 더 뜨는 불 같은 성격 아닌가!

"에구머니나!"

편봉타가 놀라서 방 안쪽으로 나웅을 붙잡고 왔다. 사실 지금 편봉

타가 나웅을 붙잡고 있는 모습은 전혀 힘이 들어 보이지 않는다. 이것
은 개방에서 개를 잡을 때 자주 써먹는 견포술(犬捕術)이라는 무공이
다. 한 근의 힘으로 백 근의 힘을 지탱할 수 있으며 이 기술은 전신을
이용해서 상대가 힘을 쓰지 못하도록 신체의 일정 부분을 잡아두고 있
는 것이었다.

"이익. 이힉."

나웅이 거친 숨을 몰아쉬었다. 잠시 흥분하고 있어서 감지하지 못했
지만, 벽에 부딪친 충격으로 지금은 이성을 찾은 것이다.

"당신은 누구요!"

겉으로 보기에는 애처로운 몰골을 가지고 있지만 자신으로서는 추
측조차 할 수 없는 무공을 지닌 노인이었다.

"저는 보시다시피……."

편봉타의 눈이 나웅과 마주쳤다. 여기서는 최대한 나일에게 점수를
따두어야 피해가 오지 않는다.

"난… 아니 전… 나일님을 모시고 있는 무명소졸입니다."

얼떨떨한 표정으로 나웅이 나일을 쳐다봤다. 사실이냐고 묻는 것이다.

"네, 맞습니다."

그때 나일이 나웅을 잡고 있는 편봉타의 뒤통수를 때렸다.

"감히 누구를 막아선 거야!"

"예……."

"숙부가 나를 때리는데 왜 나서는 거야, 저리 안 비켜!"

어안이 벙벙해진 것은 오히려 편봉타였다. 이제껏 나일이 나웅에게
한 대라도 더 맞을까 봐, 그래서 혹시라도 자신에게 불똥이 튈까 봐 막
아선 것인데.

그것 가지고 때리다니 편봉타의 표정이 기괴하게 변했다. 보통 사람이라면 조금 서운하게 보일 표정이 편봉타에게는 금세라도 눈물을 흘릴 모습이었다.

"어쭈! 저리 안 비켜!"

편봉타를 밀치며 나일이 나웅 앞에 섰다.

"제 잘못이 큽니다. 속이 풀릴 때까지 때리십시오."

나웅이 손을 들었다 내려놓았다. 이런 상황에서 나일을 혼내는 것은 참으로 어려운 일. 나일이 잔머리를 굴린 것이다. 죄를 지은 놈을 벌하기는 쉽지만 자신이 죄를 인정하고 뺨을 들이대는 놈을 때리는 것은 무척이나 곤란한 일이다. 어렸을 때부터 나일이 사고를 치면 항상 이런 식으로 무마하곤 했다는 것을 나웅은 기억해 냈지만 마지막으로 한 번 더 속아 넘어가 주는 척했다. 이쯤 되면 손환희도 분이 풀렸으리라.

"흐음… 따라오너라."

가슴으로 숨을 한 번 들이마시며 정신을 새로 하고는 나웅이 나일을 데리고 나섰다.

"너희도 가자. 가서는 최대한 예의 바르게 행동하고… 즉, 사고 치지 말라는 것이다. 그리고… 음, 아니다."

나일이 손환희를 째려보다가 고개를 돌리고 나웅을 따라나섰다.

사람의 욕심은 끝이 없다. 욕심으로 파멸을 불러오는 것을 알아도 자제하기란 쉽지 않다.

하기사 그럼으로 인해서 세상은 돌아가는 것이 아닌가?

마음 같아서는 자신 대신 편봉타와 노진에게 손환희를 괴롭히라고 말하고 싶지만 그만둔 것이다.

           *   *   *

‘뜨아!’

진욱은 녹림대회가 곧 개회된다는 소식에 호걸들이 모여 있는 객청으로 걸어가다 며칠 전 주점 안에서 마주친 무서운(?) 청년을 또 만나게 되었다.

“어!”

무의식적으로 진욱이 나일을 의식하며 소리를 내자 나일이 그 인물의 얼굴을 유심히 쳐다보았다.

“누구신지요?”

나일이 자신을 알아보지는 못하는 듯하자 진욱의 얼굴에 화색이 돌았다.

“흠흠…….”

녹림대회에 모인 산적들의 대부분이 자신보다 선배이기에 나일은 처음에는 진욱을 숙부와 안면이 있거나 자신이 있던 복지채의 잔당쯤으로 여겼다.

“절 아시나요?”

“아, 아니오.”

하나 무심코 자신에게 존대를 하는 진욱을 보며 나일은 그가 자신에게 겁을 집어먹었음을 감지했다.

“나한테 맞은 적 있지?”

곧바로 하대가 나일의 입에서 튀어나왔다.

“없는데요.”

진욱은 사실대로 아무런 일도 없었다고 털어놓았다. 맞을 뻔하기는 했지만 맞지는 않지 않았는가.

"거기서 뭐 하는 거냐?"

"아닙니다. 갑니다."

나웅이 나일을 부르자 나일이 진욱의 얼굴을 몇 번 더 유심히 보고 는 이내 걸음을 빨리해 나웅의 뒤에 바짝 붙었다.

나웅은 그런 나일을 향해 의아한 얼굴을 했다. 혈악패부 진욱과 나 일이 언제 안면을 텄단 말인가.

"진욱을 아느냐?"

"그게 누군데요?"

"방금 네가 얘기를 나눈 사람 말이다."

나일이 고개를 절레절레 흔들자 나웅이 나일의 머리를 쓰다듬었다.

"알아봤자 좋을 것 없는 놈이지. 가까이 하지 마라."

"네에."

조금씩 속도를 빨리해 걸으며 나웅은 나일에게 이것저것을 주문하 기 시작했다.

"얼굴 표정 고쳐."

"네?"

"얼굴 표정을 좀 더 남자답게 하란 말이야. 정신 나간 어리버리한 표정 짓지 말고."

"네."

"이제부터 네가 갈 곳은 전 중원의 녹림도가 모여 있는 곳이다. 그곳 에서 그런 표정으로 모습을 드러내면 모두가 만만하게 본단 말이야."

"이렇게요?"

나일이 얼굴을 험하게 일그러뜨리자 나웅이 고개를 끄덕였다.

"산적은 얼굴로 모든 것을 말한다. 말보단 얼굴이 먼저야."
"알고 있습니다."
"그렇다고 예의없이 건방지게 구는 것은 안 돼. 위계질서를 함부로 무너뜨리다가는 쥐도 새도 모르게… 알지!"
"그럼요."
"자, 그럼 들어간다."
나웅이 호골채의 대청문을 활짝 열어젖히며 들어섰다.

"이제 우리 녹림은 시대의 조류에 발맞추어 일개 방파에서 발돋움하여 새로이 태어날 때라고 생각합니다."
상의에는 총채의 상징인 선명한 핏빛 호랑이가 그려진 짙은 녹의를 걸친 사내가 수많은 호걸들 앞에서 우렁차게 입을 열었다.
"변화하지 않으면 그 순간부터 뒤처지는 것입니다."
총채 흑귀당의 왕호연은 녹림대회를 초반부터 자신의 의도대로 끌고 나가기 위해 목소리에 힘을 실어 넣었다.
"지금의 우리는 음지에서 살고 있습니다. 우리는 그동안 너무 많은 고통을 겪으며 살아왔습니다. 이제 우리에게 양지로 진출할 수 있는 기회가 왔습니다. 손을 놓고 물러서시겠습니까, 아니면 같이 세상을 움직이시겠습니까?"
"잠깐!"
왕호연의 말을 제지하며 높이 손을 든 사람은 풍귀채주 나웅이었다.
"그건 누구의 생각인가?"
나웅이 왕호연의 눈동자를 노려보며 소리쳤다.
"그건 녹림 식구 대다수의 생각입니다!"

왕호연의 눈동자에서 기광이 넘쳐 흘러났다. 이번 녹림대회의 목적
은 녹림이 연왕의 힘이 되는 것을 결정하는 것이다. 이것은 녹림의 미
래가 걸린 일이다. 다소간의 반발은 고려하고 있었다.

"맞소. 이제는 우리도 떳떳한 삶을 살고 싶소!"

별안간 왕호연의 옆에 있던 진욱도 일어서서 왕호연의 말을 거들었다.

"진심이오?"

나웅의 눈동자가 진욱에게 향했다.

"음… 우리가 양지에서 생활할 수 있다는데 그것보다 더 중요한 게
어디 있겠소!"

진욱의 목소리가 좀 전보다 더 커졌다.

진욱은 나웅과 삼십 년 전부터 반목해 오는 중이었다. 비록 나웅의
조카가 무공이 고강하다고는 하지만 사소한 일도 나웅과 관련이 됐으
면 딴지를 걸고는 했는데 이런 일에 안 나서겠는가.

'난 무조건 당신의 반대야! 알고 있겠지!'

아까 전에 나웅의 조카에게 입은 마음의 상처도 있고 해서 진욱은
더욱 이를 갈고 있는 형편이었다.

"그렇다면 그것에 대한 대가가 크다는 것은 잘 알고 있으리라 믿소."

"그것이……."

진욱의 목소리가 다소 줄어들었다. 우선은 나웅의 의견에 딴지를 거
는 것은 만족스러웠지만 따지고 들자 한순간 머리를 굴리느라 기가 죽
은 것이다.

그 순간 회의장 안에 있는 사람들의 머리 속에 떠오른 글자는 단 두
글자였지만 그 파장은 컸다.

'역모!'

그렇다. 그들은 그제야 자신들이 얻는 이익에 대가를 지불해야 되는 것이 위험천만한 도박이란 걸 인지한 것이다.

"물론 알고 있습니다, 나 채주님."

주변에 냉랭해진 공기의 흐름을 바꾸며 왕호연이 다시 나섰다. 이 정도의 반응은 예상하고 말을 꺼낸 것이다.

"우리가 얻는 것이 있는 만큼 그러기 위해서는 우리는 연왕 전하를 전심전력으로 도와 이 나라를 새로이 만드는 데 일조해야 합니다."

"그것은 역모가 아니오!"

구석에서 누군가가 왕호연의 말을 자르며 소리치자 왕호연이 그를 향해 웃음을 보였다.

"녹림도가 관군에게 잡히면 어떻게 됩니까?"

"그것은 당연히 사형이지."

진욱이 왕호연의 말에 대답하자 왕호연이 의미심장한 눈빛을 했다.

"그렇습니다. 역모를 해도 사형이고 행사를 나가서 잘못돼도 싸우다 죽는 것이요, 관군의 산적 소탕에 잡혀도 죽음을 면하기는 힘듭니다."

"그게 그거네."

다시 한 번 진욱이 왕호연의 말에 토를 달았다. 그러자 다시 회의장 안의 공기가 따스해졌다. 따져 보니 이리하나 저리하나 죽는 것은 매한가지다.

"나는 반대요. 녹림은 우리가 지켜야 할 터전이오. 터전을 버리고 떠나는 것도 싫고 역모에 가담하는 것도 싫소."

나웅이 찬찬히 주위를 둘러보았다.

"나는 그저 풍귀채의 채주로서 녹림도로서 나의 터전을 지키며 살겠소."

"그렇다면 녹림대회의 결과를 무시하고 독자적으로 움직이겠단 말입니까?"

왕호연이 냉랭하게 소리쳤다. 한두 명의 반발이 있을 거라고는 예상했지만 그 파장이 커져서는 안 된다. 냉랭하게 소리친 것은 이것을 염두에 두고 한 것이다.

나웅은 한참을 침묵한 끝에 서서히 고개를 끄덕거렸다.

"녹림총채의 깃발을 보고도 말입니까?"

본래 녹림은 총채의 깃발이 명하는 것에 무조건 따라야 한다는 불문율이 있었다. 가령 원수지간인 표국과 생사대결을 벌이고 있다 해도 녹림총채의 깃발이 철수를 명하면 그 명에 따라야 한다. 말을 듣지 않으면 그때부터 녹림의 호걸로 인정받지 못하고 한낱 비적 무리로 치부되어 다른 녹림 식구들의 도움을 받지 못하기 때문이다.

"그렇네."

나웅의 입에서도 차분한 음성이 흘러나왔다. 그러자 대청에 모인 산적들이 웅성거리기 시작했다. 나웅이 한 말의 의미를 이해한 것이다.

"흠… 흠……."

단상 위에 있던 현 녹림의 총표파자 왕호가 고개를 절레절레 흔들고는 주위를 조용히 시키려고 헛기침을 한 후에 입을 열었다.

"나웅. 그래, 그렇게도 이 일에 가담하는 것이 싫은가?"

"그렇습니다."

무뚝뚝한 나웅의 음성에 왕호는 지난날의 나웅을 상기했다. 자신이 옳다고 생각하면 염라대왕이 와도 그 길을 고집하는 성품을 가진 이가 바로 나웅이었다.

"녹림대회에서 확정된 사안에도 불복하겠단 말인가?"

"그렇습니다."

"쯔쯔쯔… 그렇다면 자네는 더 이상 녹림도가 아닐세."

준엄하면서도 상대를 압도하는 일갈에 회의실 안은 정적만이 싸여갔다. 왕호도 자신의 아들인 왕호연의 계획을 알고 있고 또한 어느 정도 수긍하는 바였다. 불나방 같은 것이 산적의 목숨이라지만 조금이라도 안정적이게 만들어주고 싶은 것도 총표파자로서의 마음이었다.

"이의있습니다!"

나일은 자신이 가장 존경하는 산적인 나웅이 버림받듯이 일방적으로 '녹림도가 아니다' 라는 말에 화가 났다. 나웅만큼 녹림도의 본래 모습을 지키려는 사람도 드물지 않은가?

입술을 씰룩이며 자신도 모르게 자리를 박차며 일어선 것이다.

"자네는 누군가?"

나일은 왕호의 사람을 얼려 버릴 듯한 눈동자에도 전혀 위축되지 않았다. 그런 것 따위에 숨을 죽이기에는 나일의 화가 폭발 일보 직전이었기 때문이다.

"저는 와룡채의 채주 나일입니다."

"와룡채라……."

왕호는 고개를 갸우뚱하다 옆에 있던 자신의 아들 왕호연에게 넌지시 고개를 돌렸다.

"그런 산채도 있었나?"

"저도 처음 듣는 산채라……."

순간 주위의 산적들이 소곤거렸다.

"현재는 인원도 적고 생긴 지도 얼마 되지 않는 산채입니다만."

나일이 그들의 호기심을 풀어주기 위해 입을 열자 여기저기서 웃음이 터져 나왔다. 대도채와 풍귀채 간의 일전에서 나일이 그렇게 '와룡채'라고 강조했건만 아직 산적들은 와룡채의 이름을 알지 못했다. 어제 있었던 일은 그저 풍귀채와 대도채의 녹림칠십이채의 승급에 관련된 시비로만 알고 있기 때문이다.

"키키키."

"크하하하!"

산적들은 어이가 없어서 웃음을 참지 못한 것이다. 지금 이곳에는 내로라하는 산채의 산적들이 모여 있는데도 감히 입을 뻥긋 못하고 있는데 어디서 조무래기 하나가 분위기 파악 못하고 입을 연단 말인가.

"아이 쌍! 좀 조용히 합시다!"

나일이 귀에 거슬리는 웃음들을 참지 못하고 의자를 걷어찼다.

챙! 챙! 챙!

"감히! 무엄하다! 여기가 어디라고 행패를 부리는 거냐!"

대청 안의 거의 모든 산적들이 자신들의 독문병기를 꺼내어서 나일을 향해 겨누었다.

"아… 여러 영웅들, 잠시만 흥분을 가라앉히십시오."

급기야 나웅이 나일을 보호하기 위해서 앞으로 나섰다.

"이놈아, 그렇게 예의를 지키라 했건만……."

"숙부, 지금은 그런 게 중요한 게 아닙니다."

나일의 음성이 착 가라앉았다. 자신이 가장 존경하는 사람이 무시당하자 배알이 꼴린 것이다.

나일이 다시 나웅의 앞으로 나섰다.

"녹림에서 쫓겨나는 것은 당신들이오. 녹림은 과거에나 미래에나 지금처럼 숲에서 살아갈 것이오. 꺼억~"

가슴속에 있는 말을 모두 토해낸 것이 속이 시원한지 나일이 트림을 길게 했다.

왕호가 그런 나일을 매섭게 쳐다봤다. 그러다가 나일의 곁에서 앉아 있는 인물들의 얼굴을 잠시 훑어봤다.

그때 왕호의 귓속으로 한 가닥의 전음이 들려왔다.

"오랜만이다, 이 강도새끼야! 아직도 잘 먹고 잘살고 있구나!"

순간 왕호의 등에선 식은땀이 흘렀다. 어디서 본 얼굴이었다. 그러나 기억이 나지 않았다.

'무식한개 편봉타!'

그 순간 자신도 모르게 떠오른 한 사람의 명호에 왕호의 온몸이 떨렸다.

편봉타가 누런 이를 드러내며 왕호의 앞에 있는 음식을 가리켰다.

"좋은 음식 먹고 살아서 그런가, 얼굴에 기름기가 좌르르하네."

왕호의 눈이 어느 사이엔가 나일을 떠나 그의 옆에 있는 편봉타에게 맞춰졌다.

"뭘 보는 거야! 여기서 목을 따주랴!"

으스스하면서도 거침없는 말투.

왕호는 머리 속에 편봉타의 전음성이 들려오자 자신도 모르게 눈을 바닥을 향해 내리깔았다.

'저 늙은이가 왜……?'

머리 속이 멈춘 것 같았다. 비록 자신이 녹림 황제라 불리며 거들먹거리기는 했지만 그건 어디까지나 녹림 안에서일 뿐이다. 녹림을 떠나 강호에서 본다면 자신은 무림사기에 구십팔위의 강호인일 뿐이고 편봉타는 이십위의 고수이다. 감히 맞섰다가는 피떡이 될 것이 자명하다.

옛날에도 그런 적이 있지 않았던가.

왕호는 그 악몽 같은 기억 속으로 잠시 빠져들었다. 사십 년 전의 그 날로.

"한 푼만 줍쇼!"

"이 거지새끼가 어디서 손을 내밀어! 손모가지를 확 잘라 버릴까 보다!"

퍽!

지금도 그렇지만 갓 스무 살을 넘겼을 무렵의 왕호는 무서울 것 없는 정통 산적이었다.

대대로 호골채를 이끌던 왕씨 집안의 아들로 가끔 기루를 찾아 쌓아 두었던 회포를 풀기 위해 마을로 내려오곤 했다.

"너, 뭐라고 했냐?"

왕호가 걷어찬 거지가 벌떡 일어나서는 자신의 멱살을 잡았다. 젊은 날의 편봉타도 동냥질 할 때 자신이 맞으면 욱하고 손님에게 달려들기 일쑤였다.

"이 거지새끼가! 너 같은 놈들 때문에 세상이 더러워."

코를 쥐어 싸며 왕호가 어서 꺼지라는 시늉을 거지에게 보냈다.

그해에는 가뭄이 들었기에 목욕을 싫어했던 편봉타조차도 몸이 근지럽고 악취가 심해서 어디서 목욕을 했으면 좋겠다고 생각할 정도로 몸이 말이 아니었다.

"내가 더러운 것에 네가 조금이라도 보태줬냐? 나이도 어린것이 대낮부터 기루나 드나들려 하고."

"뭐라고! 이 거지새끼가! 거지 생활이 지겹다 이거지? 그래서 차라리 죽고 싶다 이거지!"

"그래, 죽고 싶다. 보아하니 돈이 많아 보이는 것도 아니고. 어디 보자, 흠… 산속에서 살다 온 촌놈같이 생겨가지고는."

편봉타가 입술을 이죽이며 왕호를 꼬나봤다.

"그래서! 너, 이리 와! 오늘 기분 잡쳤네. 어디 조용한 곳에 가서 이야기 좀 하자."

왕호가 편봉타의 더러운 옷을 툭툭 건드리며 따라오라는 시늉을 했다.

"하룻강아지가 범 무서운 줄 모르는구나."

편봉타 역시 소매를 걷어붙이고 왕호를 따라나섰다.

그 다음 벌어진 일은 다시는 기억하고 싶지 않았다. 왕호는 그날 복날의 개 두들겨 맞듯 맞으며 구르기에 바빴고 평생 맞은 것보다도 그 하루 동안 편봉타에게 맞은 것이 더 많을 정도로 모진 고생을 했다. 그리곤 사나이 대 사나이로 무릎 꿇으며 빌고 또 빌어서 겨우 목숨을 부지할 수 있었다. 그 후 무공 수련을 열심히 했다. 또한 그 일은 자신의 아들을 영웅학관에 보낼 정도로 영향을 미쳤다.

'삼 년 만인가? 섞으럴.'

더욱이 잊을 만하면 편봉타를 만나서 녹림 총표파자의 신분임에도 돈 뜯기고, 밥 뜯기고, 그것도 모자라서 얻어맞았기에 거지가 있으면 아예 밖을 나서지도 않는다.

"또 안 만나는 게 좋겠지. 기왕이면 네가 내 눈에 안 띄는 게 좋겠군."

삼 년 전에 편봉타가 실컷 때리고 나서 떠나면서 했던 말이 떠올랐다.

하지만 이렇게 만난 것은 자신의 잘못이 아니다. 일방적으로 편봉타가
자신의 영역 안으로 들어온 것이다. 그러니 조금은 당당할 수 있다.

"눈 안 깔고 뭐 하지?"

머뭇거리던 기색에서 고개를 빳빳이 들어 자신감을 보이는 왕호를
향해 편봉타가 다시 입을 열었다.

"왜 이곳에 오셨습니까?"

말을 딴 데로 돌리며 여전히 고개를 쳐들고 편봉타의 주위를 쓰윽
둘러보았다.

"그게… 그냥 내가 봐주는 아이 따라왔다. 꼽냐?"

편봉타의 눈길이 잠시 나일에게 향하자 왕호가 그제야 눈치를 챘다.

'저놈이 왜 그렇게 깝죽대는가 했더니 든든한 배경을 믿고 그러는구
나.'

"쩝."

하나 입맛을 다실 뿐 자신에게 있어서 편봉타는 어찌할 수 없는 존
재였다. 이곳의 산적들이 몽땅 다 덤벼도 승산이 있을까 말까의 무공
을 가진 고수가 편봉타다.

"녹림이 숲을 버리는 게 녹림입니까?"

아직까지 일어서서 웅변을 토해내는 나일을 향해 왕호가 고개를 돌
렸다.

짝, 짝, 짝.

"하하… 소두령! 정말 호쾌하군."

왕호가 엄지손가락을 곧추세워 보이고는 박수를 쳤다. 어찌 생각해
보면 연왕의 편에 붙는 것은 자신의 성미에도 맞지 않는 것이었다. 그
래도 많이 배운 자식새끼가 그것이 녹림을 위하는 길이라고 하는지라

그쪽으로 마음이 기운 것인데 또 생각이 바뀌었다.

"그렇지! 그래야지! 지금의 녹림이 살고자 숲을 버리는 것은 옳지 않네!"

왕호가 나일에게 잠시 눈길을 준 후 다른 호걸들에게 고개를 돌렸다.

"호연! 너는 지금부터 녹림을 떠나라. 너는 이곳에 어울리는 인물이 아니다. 새로운 곳에서 너의 꿈을 실현해라! 이곳은 너의 야망을 실현시켜 주는 장소가 아니다. 이곳은 우리가 앞으로 살아가야 할 터전이다. 너의 아비이기 이전에 나는 녹림도이다!"

쾌쾌쾅!

손바닥으로 탁자를 내려친 후 왕호가 등을 돌리며 퇴청했다. 모든 것을 순식간에 해결한 후 그날 왕호는 방문을 걸어 잠근 채 두문불출했다고 한다.

남을 자는 남고 떠날 자는 떠나라!

늘 그래 왔듯이 그것이 녹림에 율법이 아니었던가.

"이제는 무엇을 한단 말인가?"

소문난 잔치에 먹을 것이 없다더니 첫날 녹림대회 안건에 대한 토론이 있은 후 더 이상 녹림대회에서 자잘한 회의만 열리고 산채 간의 얼마간의 승급 시비만이 있을 뿐 모두들 자신들의 근거지로 급히 돌아가려는 모습이 역력했다. 산적들도 느끼는 것이다. 녹림대회가 난세의 한가운데에 열렸음을. 그리하여 대륙을 뒤흔들 일이 조만간 터질 것임을 직감으로 느끼는 것이다.

객청을 나와 숙소로 온 나일은 멍하니 앉아서 중얼거렸다.

"내가 여기를 왜 왔지?"

영웅학관을 자퇴하면서까지 참석한 녹림대회였으나 싱겁게 끝이 나 버려서 이곳에 머무르는 게 마냥 귀찮아졌다. 이젠 새로운 목표를 찾아야 한다.

“그래, 가자! 아니지, 만들자. 나의 산채를! 하루라도 빨리.”

나일이 다시 산채 구상에 골몰하고 있을 때였다.

후닥닥!

노진이 뛰쳐들어 오며 소리쳤다.

“큰일 났어요, 큰일!”

“에이 쌍! 무슨 소란이야!”

한참 미래를 설계하느라 머리를 쓰고 있던 나일은 짜증이 났다.

“당장 북경으로 가야 돼요!”

“그게 무슨 뚱딴지 같은 소리야.”

나일이 어처구니없는 표정을 지었다.

여기 오느라 얼마나 시간이 걸렸는가? 게다가 그곳에는 사형이 있을 지도 모르는데 북경으로 가자니…….

“쓰읍. 내가 미쳤냐!”

나일의 이마가 보기 흉하게 일그러졌다.

“그래도 가야 돼요. 북경이 초토화될지도 모른다구요!”

“그래서?”

무슨 상관이냐는 듯이 나일이 노진을 보며 반문했다.

“그곳에는 사람들이 있잖아요.”

나일의 반응이 영 시원치 않자 노진의 말소리도 작아졌다.

녹림대회를 둘러보며 여기저기를 돌아다니던 노진은 산적들이 떠드는 소리를 들었다. 연왕이 녹림뿐 아니라 장강의 수적들과 정도 연합 단체인 정의맹마저도 이미 끌어들였다는 소리를. 산적들의 소문은 제법 정확하다. 사업을 하기 위해서는 정보를 잘 주워들어야 하기에 나름대로 정확한 정보를 추려내는 데 익숙할 수밖에 없다.

노진도 사실 녹림대회에서 왕호연이 꺼낸 말을 듣고는 의아함을 느꼈다. 산적들이 힘이 되어봤자 얼마나 되겠는가? 그런데 산적들의 이야기를 들으니 나름대로 그 의도를 읽을 수 있었다.

연왕이 황위에 오르려는 움직임이 보이면 그에 반대하는 지방의 관군들이 북경으로 몰려들 것이다. 산적들의 임무는 그때 관군들의 움직임을 저지시키는 병력으로 사용되는 것이다. 산을 타면서 병력을 교란시키는 역할이야말로 산적들에게는 최적의 싸움법.

소문이란 것은 금방 퍼진다. 녹림도들이 저마다 각자의 산채로 가서 이곳에서 벌어진 일들을 알린다면 연왕의 입장은 난처해진다. 그것은 장강의 수적들도 마찬가지이다. 그러기 전에 거사를 결행할 것이다.

'그렇다면…….'

노진이 손가락으로 무언가를 꼽아보았다. 대충 날자를 가늠해 보는 것이다. 거사는 아마도 황태자 측에서 준비하고 있는 성혼식날이 될 것이다. 시기가 그 후가 된다면 연왕은 명분 싸움에서 지고 들어가기 때문이다.

'앞으로 한 달 안에 끝을 보려 할 것인데…….'

걱정이 앞섰다. 연왕이 이렇게 거대하게 그물을 짜고 있는 데 반해 황태자 측에서는 작은 그물로 연왕을 낚으려 하고 있을 뿐이다. 작은 그물은 큰 그물과 부딪치면 저절로 망가지는 것.

하루라도 빨리 달려가서 준비를 해야 한다.

"내가 왜 그래야만 하는데?"

"채주님은 무림의 일대 영웅이란 호칭을 충분히 가질 자격이 있습니다. 그리고……."

주저리주저리 떠드는 노진은 나일은 멀뚱히 바라보았다.

"난 싫어! 한 번만 더 그 따위 소리 해봐라!"

"아니, 그러지 마시고 부디 한 번만 더 숙고하시기를 간청드립니다."

나일에게 극상층의 언어까지 남용해 가며 노진은 북경으로 갈 것을 종용했다.

아마 황궁에서도 상황이 계속 이렇게 흐르면 꼼짝없이 당할 수밖에 없을 것을 감지하고는 반전을 꾀할 대책 마련에 고심할 것이다. 와중에 나일의 무공은 동창대영반의 말대로라면 능히 십만 명의 몫을 한다고 하지 않았던가.

그런 생각이 머리 속에 꽉 차자 노진은 대의명분과 구국의 영웅이라는 칭호로 나일을 꼬드겼지만 먹히지 않았다.

"근데 우리 거지새끼는 어딜 싸돌아다니는 거야. 너, 알아?"

나일의 물음에 노진이 고개를 저었다.

잔치가 연일 벌어지자 편봉타는 음식물 섭취에 여념이 없었다. 먹고 싸고 먹고 토하고, 그러면서도 또 먹어대는 통에 호골채의 유명인이 된 지 오래였다. 그것을 곧이곧대로 이야기했다가는 산채 망신 다 시킨다고 편봉타는 아마 나일에게 맞고 싸고 맞고 토하고 그러면서 또 맞을 게 뻔했다.

"그러지 말고 채주님, 빨리 가셔야 해요. 북경에는 미친… 아니, 구비화 소저도 있잖아요."

"설마 하니 정말 초토화가 될까?"

나일은 여전히 노진의 말에 시큰둥했다. 잘 있는 북경이 초토화가 된다는 게 상상이 가지 않았다.

"그럼요, 연왕이 녹림을 꼬시는 것 보셨잖아요. 게다가 장강의 수적들과 정의맹까지도 끌어들였다고 하더라구요."

"그래도."

"연왕의 사병이 십만입니다."

"헉!"

나일의 입이 크게 벌어졌다. 설마 하니 연왕의 병사들이 그렇게 많을 줄은 상상도 못했다. 역모라고 하기에 어느 정도 힘은 있다고 생각했는데 그 정도의 규모일 줄이야… 그러나 나일은 이내 벌려진 입을 닫았다.

"그래도 상관없는 사람까지야……."

"전쟁이 사람을 구분합니까?"

나이도 얼마 먹지 않은 노진이 오히려 나일에게 세상의 무서움을 인식시켜 주려는 듯 반문했다.

"그래도 난 못 간다."

"왜요?"

투정하듯 노진이 나일의 두 눈을 바라보자 습관적으로 나일은 손을 들었다.

"이 녀석이!"

"때려요, 차라리 때리란 말이에요! 그리고 우리 가요, 제발요!"

눈물로 호소하는 노진의 말에 나일은 마음이 약해졌다. 자신이 여자의 눈물에 약한 것은 알고 있었지만 남자의 눈물에도 약한지는 오늘에서야 처음 알았다.

"지금 나한테는 그것이 중요한 것이 아니다. 나도 이제 우리 산채의 이름을 드높여야 할 시기이다."

"그것은 옳지 않습니다."

"무엇이 옳지 않아!"

"채주님은 이기적이십니다. 일생 동안 남을 위해 일한 적없이 자신의 삶만을 고집한다면 그것은 평생 마음을 무겁게 할 것입니다."

"이놈의 시키가! 그게 뭔 소리야!"

퍽!

누가 영웅학관 문관의 최연소 수석 입관자 아니랄까 봐 논리정연한 말발이 터져 나오자 나일은 자신도 모르게 노진의 머리를 내려쳤다.

"왜 때려요! 아니요, 때리세요. 차라리 죽겠습니다. 그래도 한평생을 따라다녀도 좋을 분이라고 생각했는데……."

바닥에 주저앉으며 노진이 더욱 떼를 쓰자 그제야 나일의 얼굴에도 진지한 빛이 보였다.

"무엇이 중요하고 무엇이 옳은지는 내가 결정한다. 그것이 내가 세상을 살아온 방식이다."

"그래도……."

"우선은 산채를 안정시키는 게 나에겐 가장 중요하다. 그래서 나 와룡채의 채주 나일은 이렇게 결정했다. 북경에서 터를 잡는다. 자, 됐지?"

노진의 입가에 살짝 웃음이 고였다. 마협지가 떠나기 전에 나일이 생각보다 맘이 여리다고 해서 믿지 않았는데 그것은 사실이었다.

'협지 형, 고마워!'

문득 노진은 지금쯤 마협지가 어떻게 지내는지 궁금해졌다.

제51장

북궁주희에게 찾아온 행운

대설산.

이 중원 최북단에 눈보라가 휘몰아치고 있었다.

휘이이잉!

모든 것이 백색으로 물든 세계건만 새하얀 눈조차도 거세게 몰아치는 눈보라 때문에 희미한 잔상으로 남아 있을 뿐이다.

끊임없는 눈보라에 시달리면서도 그곳에선 인간이 살아가고 있었다. 인간의 생명력은 이렇게 끈질긴 것이다. 인간이 살 수 없는 환경처럼 보임에도 인간은 그 어디에서도 살아갈 수 있었다.

휘이잉!

눈보라가 거세게 불어오는 그 맞은편에 살고 있는 사람들은 한두 명이 아닌 수천 명. 그 모두가 북해빙궁에 소속된 인물들이었다.

콰지직!

눈이 쌓이면서 지면이 요동을 치기 시작했다.

"곧 눈사태가 일어나겠군."

북해빙궁을 지키는 수문장 둘이 점점 거세지는 눈보라를 보며 노닥거리면서 밤을 보내고 있었다. 그들에게 눈사태는 전혀 새로운 것이 아니었다. 예측만 한다면야 안전한 곳에서 그것을 구경하는 것도 장관이었다.

"그러게 말이야. 이런 바람에는 눈도 뜨지 못하겠구만. 제길 더럽게 춥네."

아닌 게 아니라 이런 날씨는 대설산에 사는 백곰조차도 움직이지 못할 터였다.

팍.

"어?"

그때 어디선가 날아온 화살 하나가 동료의 목을 꿰뚫었다. 한순간 백설 위에 피가 사방으로 튀었다.

휙, 휙, 휘리릭!

수많은 화살이 남은 수문장의 몸통으로 쏘아졌다. 화살이 바람을 가르는 소리가 유독 큰 밤이었다.

"모두 죽여라! 쥐새끼 한 마리도 남기면 안 된다!"

누군가의 고함과 함께 수많은 인물들이 북해빙궁의 성안으로 달려들어 가기 시작했다.

"이보게, 장백! 어서 이것을 가지고 후일을 도모해 주게."

다급한 어조로 북궁주황은 자신의 부하인 장백을 재촉했다.

"주군, 어찌 저보고만 살라 하십니까!"

눈처럼 하얀 머릿결을 가진 장백의 눈가에는 눈물이 맺히기 시작했다. 지난밤 적도들이 강풍과 함께 북해빙궁을 쳐들어오는 바람에 대응이 늦어져서 북해빙궁은 변변한 방어도 하지 못하고 무너져 가고 있었다.

"누군가는 살아야 하네. 누군가는 살아서 이 빙정을 가지고 다시 북해빙궁을 일으켜 세워야 하지 않겠나!"

비장함이 가득한 어조로 말을 하면서도 북궁주황의 눈길은 격전이 벌어지는 북해빙궁의 내원에서 떨어지지 않았다. 적도들은 북해빙궁의 씨를 말리려고 작정했는지 주위를 둘러싸곤 누구도 성밖으로 나가지 못하게 경계하면서 사람들을 구석으로 몰아 하나하나 죽이고 있었다.

"그렇다면 주군께서도 피하십시오. 적도들의 숫자가 너무 많습니다. 장부의 복수는 십 년이 걸려도 늦지 않다고 하지 않습니까? 부디 옥체를 보중하십시오."

빙궁의 신물인 빙정을 양손으로 떠받치며 장백은 한사코 물러서려 하지 않았다.

"여기서 누군가가 죽어야 한다면 그 첫 번째는 나여야만 하네. 그래야 궁의 다른 형제들에게 면목이 서지 않겠나! 북해빙궁의 궁주가 이곳에서 죽지 않으면 어디서 죽는단 말인가?"

"주군, 제발……."

장백이 무릎을 꿇으며 북궁주황의 앞에서 눈물을 쏟았다.

"어서 가게. 적도들의 기세를 보아하니 이곳의 사람들을 하나도 살려두지 않으려는 심산 같네. 어서!"

북궁주황이 장백의 어깨를 잡고는 일으켜 세우려 했지만 장백은 요지부동이었다. 결국 북궁주황이 얼굴 가득 노여움을 띠었다.

"내가 죽는 것은 작은 죽음이네! 그러나 자네가 여기서 죽는다면 빙궁은 다시 세상에 나오지 못할 걸세. 그것은 큰 죽음이네. 가지 않겠다면 차라리……."

장백의 손에서 빙정을 빼앗아 그것을 던지려는 시늉을 보이자 장백은 몸을 날려 빙정을 잡아갔다.

"알겠습니다, 주군. 주군의 뜻을 따르겠습니다."

장백은 말을 마치고 내원의 더욱 깊숙한 곳으로 몸을 날렸다. 그곳에는 비밀 통로가 있었다. 북해의 얼음 호수로 이어진 길이었으나 그곳을 통과하는 것은 생사를 장담할 수 없을 만큼 험난했다.

"마교… 내 잊지 않겠다!"

통로로 들어서기 직전 장백은 무너져 내리는 북해빙궁의 무인들을 머리 속에 담았다.

"더럽게 춥구만."

가슴에 '혈천(血天)' 이란 핏빛 글자를 수놓은 무복을 입은 무인들이 쓰러진 북해빙궁인들을 바라보았다.

"그러게 말이야. 쯔쯔… 정말 독한 놈들은 이곳 놈들이야. 이런 곳에서 살다니……."

혀를 차며 또 다른 무인이 고개를 저었다. 아닌 게 아니라 북해빙궁을 멸궁시키는 데 본래 왔던 천여 명의 무인 중 절반가량이 희생되었다. 날씨를 등에 업고 기습을 가했는데도 이 정도의 피해를 봤을 정도였으니 북해빙궁의 저항이 얼마나 격렬했는지를 알게 해주었다.

다행히 삼안사뇌 신무환의 기대대로 주력인 혈천대와 마천대의 피해는 미비했고 따로 끌어들인 사파의 인물들이 그 희생의 대부분을 차지했다.

"빨리 돌아갔으면 좋겠다. 이제 추위는 지긋지긋해."

옹기종기 모여 있는 무인들이 저마다 동감한다는 듯 고개를 끄덕였다. 그때 일행의 우두머리인 듯한 사내가 나타났다.

"자, 다시 추적이다. 우리가 원하는 빙정이 사라졌다. 누군가가 그것을 들고 피한 듯하다. 지금부터 우리는 그자를 추살하고 빙정을 회수한다. 출발!"

그러자 여기저기서 한숨이 터져 나왔다. 그 대부분은 이번 일전에서 살아남은 사파의 무인들이었다.

"후아."

장백은 자신의 온몸을 덮쳐 오는 한기에 저항하기 위해 내공을 일주천시켰다.

북해의 얼음 호수를 건너오는 동안 경험한 고통은 상상을 초월했다. 지독한 한기가 쉴 새 없이 스며들었고, 그것을 체외로 배출시키려고 내공을 쉴 새 없이 사용했지만 모두가 부질없는 몸부림이었다.

"나는 살 것이다!"

장백의 육체는 어느 사이엔가 딱딱하게 굳어 있었다. 조금만 더 호수에 몸을 담그고 있었다면 그대로 얼음이 되어버렸을지도 모른다.

뿌드득.

다시 한 번 따뜻한 온기를 전신에 불어넣자 장백의 전신을 결빙시켰던 얼음이 부서져 나갔다. 그제야 장백은 걸음을 옮길 수 있었다.

지난밤 장백이 이 빙정을 가지고 뛰어들지 않았다면 아마도 얼음 호수를 건너지도 못하고 얼어 죽었을 것이다.

빙정에는 묘한 힘이 있어서 육체의 한계를 넘는 한기를 견딜 수 있었다. 그것은 정신의 힘이다. 빙정에는 육체가 느끼는 한기를 뛰어넘는 한기를 정신에 불어넣어서 도저히 정신을 잃어버릴 수 없게 만든다. 지금껏 북해빙궁을 탈출한 이후로 계속 장백의 몸에 신비한 힘을 주입시키며 생명을 연장시켜 준 것임과 동시에 장백에게서 잠을 빼앗은 것이다.

빙정!

이것은 삼천 년 이상 이어져 온 북해빙궁의 상고 신물이다.

외양은 한 자 두 치로 초생달의 형상을 하고 있는 음(陰)의 결정체이다.

원래는 북해빙궁을 세웠다는 불세출의 기재인 북궁팔계의 독문병기의 일부분이었다.

이 빙정은 본래 평범한 쇳덩어리에 불과했지만 북해빙존(北海氷尊)이라 불리며 동쪽 끝까지 무예 수업을 떠나갔다 온 북궁팔계가 그 수련 과정 중의 심득과 기인의 도움을 얻어 지상에서 가장 강한 음기를 자신의 독문병기에 몰아넣은 것이다.

"주군."

장백의 눈가엔 언뜻 눈물이 비쳤다. 죽었을 것이다. 북궁주황의 무공이 아무리 뛰어나다 해도 그들의 손에서 살아나기는 어려웠다.

"우선은 정의맹에 가서 알려야 한다. 그리고 삼공녀를 찾아 이 빙정을 전해야 한다."

어찌나 입술을 꽈악 깨물었는지 피가 잔뜩 장백의 입가에 묻어났다.

"기다려 주십시오, 주군! 곧 따라가겠습니다."

장백은 정도 연합체인 정의맹이 자리 잡고 있는 산서성을 향해 곧장 달려갔다. 도중에 그를 쫓아온 마교의 인물들이 곳곳에 진을 치고 있어 발길이 점점 늦어지고 있었다.

"으아아……."

육체적인 고통은 참을 수 있었다. 하나 자신의 문파가 멸문당했다는 자괴감이 그의 마음을 너무나 아프게 했다. 세 번의 추적을 피하고 난 장백의 온몸에는 상처로 가득했다. 그중에는 어깨의 뼈를 가르는 지독한 검상도 있었다.

"마교… 마교… 내 몸을 다 바쳐 이 한을 기필코 갚을 것이다!"

가는 내내 빙정의 효력으로 인해 지독한 상처를 당했음에도 정신을 잃지 않을 수 있었다.

이것만 있으면 다시 북해빙궁을 세울 수 있다. 바로 빙정이 북해빙궁이다.

'반드시 삼공녀를 찾아서 전해줘야만 해!'

그 생각을 하자 전신에 활기가 조금씩 생기는 것 같았다. 장백은 그 힘을 모두 다리로 돌렸다. 무조건 빨리 가야 한다는 본능적인 행동으로 이어진 것이다.

사사삭.

"그 물건은 내놓아야 하지 않겠는가?"

그 순간 누군가가 장백의 앞을 가로막아 섰다.

북해빙궁을 탈출하고 나서 만난 네 번째 추적자. 이번에는 상대의 기도와 자신의 몸 상태를 비교하니 도저히 빠져나갈 구멍이 보이지 않았다.

"무슨 물건 말이오?"

겉으로는 태연한 척했지만 장백의 눈은 쉴 새 없이 도망갈 곳을 찾고 있었다.

"더 이상 갈 곳은 없네."

추적자의 얼굴에서 장백은 절망을 느껴야 했다. 목적지를 바꾸어서 자신의 모든 것을 다 토해내며 달려왔기에 누군가에게 잡히리라는 것은 생각조차 못했다. 아니, 생각할 틈조차 없었다.

"흠……."

장백이 차가운 공기를 들이마셨다. 폐부를 질러오는 시린 기운에 어느 정도 힘이 모아졌다. 그런 장백에게 추적자가 서서히 다가왔다.

"내놓게."

손을 내밀며 압박해 오는 추적자에 밀려가는 장백의 눈에 절망감이 언뜻 비쳤다.

'끝이다!'

하늘로 솟거나 땅으로 꺼지지 않는 이상 이 자리를 면하기는 어려웠다.

샤라락.

그때 바람이 펄럭이며 동쪽에서 한 노인이 장백의 곁으로 떨어져 내려왔다. 추적자들이 노인을 막아서려 했지만 노인은 한쪽 손만을 휘둘러 그들을 모두 물리쳤다.

"이거 오랜만에 모용가의 자제를 보는군."

그 말에 장백의 고개가 자신에게 다가온 추적자에게 가 꽂혔다. 추적자는 가슴에 혈천이란 글자가 쓰인 옷을 입고 있었다. 조금 특이하다면 혈천이란 핏빛 글자와는 어울리지 않게 소매 한쪽에는 아름다운 모란이 수놓아져 있다는 것.

　범접할 수 없는 기도를 지닌 노인은 말과 함께 장백의 앞에 서서 추적자의 시선을 차단했다. 장백이 자세히 보니 노인의 한쪽 옷소매는 텅 비어 있었다.

"좌측으로 달아나게."

　노인이 장백을 향해 전음을 날리자 장백은 고개를 끄덕였다. 누군지는 모르지만 자신을 도와주려는 사람이니 지금은 그에 말을 좇는 게 살아날 수 있는 유일한 방법.

"으음… 단수금마 혁련종!"

　추적자의 입에서 신음이 터져 나왔다.

'혁련종이라고? 왜 그가……!'

　장백의 두 눈에서 의문이 터져 나왔다. 전대의 거마로 마교에서도 최상의 직위를 가진 그가 여기에 나타나서 자신을 구해주다니… 자신은 마교에 쫓기는 것이 아니었단 말인가?

　장백의 얼굴에 초조감이 가득했다.

　그럼 지금까지 자신이 보고 경험했던 것은 무엇이란 말인가?

"빨리 가게. 좌측뿐일세. 나머지는 뚫지 못했네."

　장백이 생각할 틈도 주지 않고 노인은 추적자를 향해 검을 휘둘러 갔다.

'뭐가 뭔지 모르지만 가야 한다. 기필코 살아야 한다!'

　생각을 마침과 동시에 장백은 다리에 힘을 주었다.

＊　　　＊　　　＊

　햇살이 수면 위에 부딪쳐 반짝거리고 얇은 바람은 작은 파도를 일으켜 호수를 일렁였다. 늘 이곳에 오면 마음에 편하게 느껴져서 북궁주희는 근자에는 하루에 한 번은 이곳에 오곤 한다.

"나일! 아니, 단청, 어디쯤 있는 거니?"

북궁주희 입에서 나직한 한숨 소리와 함께 누군가에 대한 그리움이 터져 나왔다. 지금까지의 상황을 종합해 보면 나일은 단청일 가능성이 높았다. 아니, 나일이 자신을 알아보고 일부러 단청이란 이름을 사용한 것이 분명하다.

"언니~"

그때 밝고 경쾌한 목소리가 등 뒤에서 터져 나오자 북궁주희가 몸을 틀었다. 그녀일 것이다. 자신이 좋아하는 나일이 목매단다는 구비화. 그녀와는 예전의 일로 제법 친한 사이가 되었다.

"왔니!"

우울한 감정을 털어내고 담담하고 청아한 음색으로 돌아본 북궁주희가 반갑게 손을 내밀었다. 언제부터 그랬는지는 모른다. 아니, 알고 있다. 나일이 단청이란 이름으로 자신의 손에다 글씨를 적으며 대화를 나눈 후 그녀에게 생긴 습관이다. 누군가가 다가오면 자연스럽게 손바닥을 펴서 내미는. 그러나 그런 북궁주희는 손을 내밀 때마다 실망하고는 했다. 지금 구비화처럼 다른 사람들은 그녀의 손바닥을 잡으며 깡충깡충 뛰거나 악수를 할 뿐이다. 그녀가 원하는 것은 누군가가 자신의 손바닥에 손가락을 갖다 대는 것인데.

"황태자의 성혼식 때 자금성으로 구경 갈 거죠?"

북궁주희가 고개를 저었다. 눈이 보이지 않는 사람은 사람이 많은 곳을 두려워한다. 사람들이 모여 있으면 보통 사람이라도 이리저리 치이는데 눈이 보이지 않으면 오죽하겠는가.

"난 그곳에 가봤자 구경도 못하는데……."

"아! 미안해요."

아무리 말괄량이 천방지축이라 하지만 구비화도 북궁주희의 아픈 곳을 건드린 것이 미안한지 고개를 떨구며 목소리가 수그러졌다. 이럴 때의 구비화를 보면 소문만큼 나쁜 아이는 아닌 것 같다. 사실 영웅학관에서 구비화는 상당히 유명하다. 이기적인 성격과 공주병이라는 희대의 불치병으로 유명하기에 누구도 친구가 되려고 하지 않았다. 더욱이 철미인 연하선이 영웅연이 끝난 이후 학관을 떠나자 구비화는 함께 시간을 보낼 만한 사람이 없었다. 그래서 요즘 들어 부쩍 북궁주희를 찾아오는 횟수가 늘곤 했다.

"언니, 갈게요."

사실 둘의 나이는 동갑이다. 그럼에도 북궁주희가 언니 대접을 받는 것은 영웅학관 기숙사인 이화숙의 엄격한 규율에 힘입은 바 크다. 게다가 정신적으로 고생을 많이 한 북궁주희의 얼굴에는 성숙함이 많이 묻어나서 자연스럽게 구비화는 북궁주희에게 언니라는 호칭을 쓰고 있었다.

"잠깐."

북궁주희가 구비화를 불러 세웠다. 그러자 구비화가 돌렸던 몸을 북궁주희를 향해 다시 틀었다.

"왜요?"

구비화가 자신을 불러놓고 가만히 있는 북궁주희에게 가까이 다가갔다.

"이것 가져."

한참의 침묵 끝에 북궁주희가 품속에서 단검을 꺼냈다.

파천검!

　죽었다고 생각한 나일의 유품. 오늘까지 한순간도 품에서 떼어놓지 않은 검을 북궁주희가 구비화에게 내민 것이다. 몇 번을 품에서 왔다 갔다 하면서 망설인 끝에 내놓은 것이다. 그만큼 북궁주희에게 파천검은 오랫동안 나일을 추억해 온 도구였다.

　"이게 뭐예요?"

　"나일의 것이야."

　"이걸 왜……?"

　"그냥 잠시 맡아주었으면 해."

　처연한 북궁주희의 음성이 호숫가에 울려 퍼졌다. 마음속으로는 이것만은 항상 지니고 있어야 한다고 생각했다. 하나 이제 얼마 후면 영웅학관을 떠나 죽을지 살지 모르는 곳으로 가야 하기에 파천검을 구비화에게 내민 것이다.

　"못하겠어요."

　북궁주희의 손을 뿌리치며 구비화가 다시 등을 돌렸다.

　"가지 마."

　낮게 가라앉은 북궁주희의 음색이 심상치 않게 구비화의 귓등을 때렸다.

　"이걸 보관했다가 언젠가 나일에게 전해줘. 부탁이야."

　구비화는 곧 죽을 것 같은 북궁주희의 말에 잠시 이상한 기분이 들었다. 이런 말은 멀리 떠나는 사람들이 곧잘 하는 말들이 아닌가.

　"언니, 어디 가세요?"

　조심스럽게 다가오면서 묻는 구비화를 향해 북궁주희가 살짝 웃음을 보였다.

“응, 어디 잠깐 갔다 올게. 그동안 혹시 나일이 오면 이 검을 전해줬
으면 좋겠어.”

“어디 가시는데요?”

“……”

북궁주희가 입술을 꾸욱 다물며 고개를 흔들었다.

“그건 묻지 말고. 그래 줄 수 있지?”

“…네에.”

‘잠시만이야. 다시 돌아오면 그때는 나일의 곁에 내가 있을 거야.’

구비화가 자신의 손에서 파천검을 받아 들자 북궁주희는 속으로 아
쉬운 감정을 털어내었다.

“언제 가실 거예요?”

“곧 가야 할 것 같아.”

“네에.”

그나마 자신의 이야기를 들어주며 벗이 되어준 북궁주희마저 학관
을 떠난다는 소리에 구비화는 풀이 죽었다.

“나일이 오면 반드시 돌려줘야 해. 그리고 이제 나일에게 잘해줘야
했으면 해.”

“그것은……”

“부탁이야.”

구비화는 자신에게 찾아온 행운을 모르는 걸까? 자신은 그토록 가까
이 있기를 원하는 사람인데……

“노력해 볼게요.”

차마 차갑게 거절해서 북궁주희를 실망시키기는 싫었는지 구비화의
입에서 ‘노력’이란 단어가 나왔다.

"고마워."

이제 조금 마음이 놓였다. 북궁주희는 머리 속으로 어제 자신을 찾아온 한 사람을 떠올렸다.

"눈을 뜰 수 있다고요?"

"그래, 눈을 뜰 수 있을 뿐 아니라 엉킨 기혈도 제대로 붙잡을 수 있지."

자신있는 말투와 함께 사내가 솥뚜껑 같은 손으로 가슴을 쳤다. 북궁주희는 사내를 믿었다.

이 사람은 거짓말할 사람이 절대 아니다.

무림이나 학관 내에서 그가 차지하고 있는 위치는 절대적인 것이다. 오대세가 중 하나인 모용세가의 장로이자 영웅학관 무관주인 모용격을 믿지 못하면 누구를 믿을 수 있단 말인가.

'만약 그게 가능하다면…….'

북궁주희의 마음속에 회한이 한바탕 소용돌이쳤다.

왜 그녀가 주화입마를 고치려 하고 싶지 않겠는가?

처음에는 막막하고 두려움 속에 숨죽이며 명의라 소문난 의원들을 찾아다녔고, 북해빙궁에서도 귀한 명약을 보내왔지만 소용이 없었다. 그리고 시간이 조금씩 지나며 그 어둠 속에 차츰 익숙해지자 자신이 저지른 일에 대한 응보라는 생각이 들었다. 그래서 주화입마를 고칠 생각을 버리고 나일에 대한 미안함으로 속죄의 모습으로 평생 살아가리라고 생각했는데… 다시 북궁주희의 눈앞에 한줄기 빛이 보이기 시작한 것이다.

'다시 시작할 수 있다. 나일 앞에 당당하게 다시 설 수 있다.'

그 생각만으로도 가슴이 뛰기 시작했다. 애써 나일이 구비화와 잘 되길 바랐지만 자신의 본심은 그런 것이 아니다.

'그것은 나를 속이는 것이야. 사실은 내가 나일과 함께 있고 싶어.'

자신이 눈을 뜰 수 있다면 나일을 구비화에게 보내지 않아도 된다. 그러다가 문득 드는 의구심에 북궁주희가 고개를 들었다.

"왜… 저를 도와주죠?"

잘 생각해 보면 자신이 이런 모습으로 학관 생활을 한 지 삼 년이 지났다. 이제야, 그리고 소속이 다른 관(館)의 관생에게 베푸는 친절을 이상하게 여긴 것이다.

"그것은… 흠흠."

모용격이 순간 당황했다.

그것에 대한 대답은 미리 준비하지 못한 것이다. 이틀 전 상부에서는 주화입마를 당해 온몸의 기혈이 엉켜서 앞이 보이지 않는 스무 살 미만의 처녀를 최대한 빨리 찾아 본 교로 보내라는 지시가 떨어졌다.

'북궁주희!'

그때 모용격의 머리 속으로 스쳐 지나간 사람이 북궁주희였다. 이렇게 딱 맞아떨어지다니… 내심 말도 안 되는 상부의 지시에 투덜거렸었다. 무공을 익히는 무인으로서 그런 일이 과연 가능한가에 대한 의구심까지 있었던 것이다.

'그래, 북궁주희를 보내면 되겠군.'

마음을 먹고 모용격이 북궁주희를 따로 불렀다. 그 다음부터는 일사천리였다.

가령 다리를 못 쓰는 사람에게 다리를 고쳐 주겠다고 하면 그 사람은 자신의 다리를 고치기 위해 모든 것을 내놓으라고 해도 그럴 것이

다. 고치든 고칠 수 없든 지푸라기라도 잡는 심정으로 그 사람은 무조
건 따라오게 되어 있다. 모용격은 그 생각까지만 했지 북궁주희가 냉
철하게 그 이유를 물어보자 당황한 것이다.

 "음… 사실 고칠 수 있을지는 장담할 수 없다. 괴의(怪醫) 환예(幻翳)
가 최근에 주화입마를 극복하는 시술법을 개발했는데, 아직 완전한지
에 관해서는 단정지을 수 없다. 하나 그것이 주화입마를 극복할 수 있
는 유일한 방법인 것도 사실이다."

 모용격이 고개를 숙이며 말을 둘러댔다. 본 교에서 행할 시술이 좋
은 것일 리가 없기 때문에 차마 고개를 들지 못한 것이다.

 "괴의 환예라고요?"

 들어본 적이 있는 이름이다. 몇십 년 전에 천하제일의 의술로 유명
했던 인물이다. 동쪽에서 신비한 의술을 익혔다는 환예는 불이의선(不
理依仙) 역사해(歷史海) 이후로 최고의 의원으로 꼽혔다. 그러나 벌써
삼십 년도 전에 세상과 소식이 끊긴 인물.

 '아직도 살아 있었나?'

 예전에 북궁주희도 자신의 주화입마를 고칠 수 있는 사람이라면 환
예뿐이라고 생각했다. 그러나 안타깝게도 환예의 종적은 찾을 수가 없
었다. 하기사 자신뿐이겠는가? 불치의 병에 걸린 사람이라면 누구나
환예를 찾아 나섰을 것이다.

 "강호에서는 그가 원래 왔던 동쪽으로 다시 돌아갔다고들 하지만 사
실 그는 남쪽에 있었다."

 목소리를 낮추며 모용격은 북궁주희에게 다시금 주화입마를 고칠
수 있다는 희망을 심어주기 시작했다. 솔직히 환예가 어디 있는지는
자신도 모른다. 이미 어디서 죽어 있을지 자신이 알 바 아니다. 그저

북궁주희를 본 교로 보낼 수 있는가가 중요할 뿐이다. 만약 북궁주희가 싫다고 한다면 밤을 도와 그녀를 납치해서라도 보내면 그만이다.

"저는 어떻게 해야 하는 것이죠?"

북궁주희의 이 말을 얼마나 기다렸던가? 모용격은 이제 북궁주희가 자신의 말에 완전히 넘어왔다는 생각에 잠시 환한 미소를 지었다.

"그냥 내가 주선해 줄 테니 그곳에 가보기만 하면 된다. 단, 잘못되는 것에 대한 책임은 질 수 없다. 그리고 지금 내가 한 말은 모두 비밀로 해두거라."

"네에."

북궁주희의 안색이 조금 펴졌다. 아무런 이유 없는 선의는 경계해야 한다. 그래서 모용격이 잘못된 것에 대한 실수를 책임질 수 없다는 말에 오히려 조금 안심이 되었다. 그것이 모용격이 자신을 안심시키기 위해 일부러 한 말임도 모르고는.

"그럼 출발은 언제쯤……."

"내일이라도 당장 떠날 수 있게 준비해 놓겠다."

이미 북궁주희는 자신의 주화입마를 고칠 수 있다는, 그래서 나일의 앞에 당당히 나설 수 있다는 환상에 빠진 지 오래다.

'미안하다. 그러나 어쩔 수가 없다.'

들뜬 꿈에 빠져 웃음을 머금은 북궁주희를 보며 모용격은 일말의 가책을 받았는지 잠시 미안한 표정을 지었다. 물론 북궁주희는 그 표정을 볼 수 없기에 자신이 음모에 빠졌다는 것을 알지 못했지만.

'나에게는 그것을 거부할 수 있는 힘이 없다.'

모용이라는 성은 연나라의 왕족에 성이다. 그들은 발해(渤海)에서 왔다고 한다.

특히 지금의 모용세가(慕容世家)는 그들의 직계 후손이다. 하나 그들이 모용이라는 성을 쓰기 전에 사용한 성도 역시 복성으로 사마(司馬)였다. 다시 말하면 모용세가는 사마가의 방계에 지나지 않는다.

물론 강호에는 이런 사실이 전혀 알려지지 않았다. 수백 년 누대의 비밀이다.

모용세가의 가법 제일조가 '사마세가의 명령은 무조건 따른다' 였다.

자신들의 위에 누가 있다는 것을 항상 주지하고 그들의 수족이 된다는 것. 어찌 보면 한없이 창피한 자격지심을 안겨주기에 충분한 가법이지만 모용세가는 그렇게 살아왔다.

가법 제이조가 '가주의 명령은 무조건 받든다' 이다. 이상에서 알 수 있듯이 사마세가의 명령은 가주의 명령보다 우선이다. 모용세가는 사마세가의 숙적인 용을 찾는 것에 전념하는 가문이다. 이 가문의 억보를 끊기 위해 수많은 조상들이 나섰지만 그때마다 가문에 가해지는 압력은 더욱 강해졌다.

물론 모용세가에서 뛰어난 인물이 배출되거나 큰 공을 세우면 특별히 사마세가의 인물로 인정해 주는 관례가 있다.

그리고 작금에 이르러서는 현 가주의 아들인 모용건이 사마세가가 권력을 잡은 남마교의 교주 매두노괴의 네 번째 제자로 들어갔다. 그럼으로써 모용건은 공식적으로 사마세가의 인물로 인정을 받은 것이다.

그것이 모용건이 숙부인 모용격을 무시하는 이유이다. 모용세가가 비록 오대세가의 하나로 이름을 떨치지만 그들을 조종하는 것이 사마세가이다. 모용건은 어렸을 때 남다른 자질로 이미 사마세가의 인물로 인정받았지만 아직 모용격은 모용세가의 인물이다. 그 차이는 크다. 거의 주종의 관계라고 봐도 된다.

'이번 일이 끝나면 교에서도 잘 봐주시겠지.'

모용격은 방문을 나서는 북궁주희를 보며 희미하게 웃어 보였다. 죄책감이 들기도 했지만 이번 일로 어느 정도 자신의 능력을 인정받을 수 있게 된 것이다.

제52장
사마수와의 만남

"이곳인가?"

언뜻 보면 허름하다고 느껴질 정도로 정문은 듬성듬성 색이 바래있었다. 문지기도 없었기에 마정화는 들어갈까 말까 망설이고 있었다. 그때 문틈으로 몇몇 청년이 보였다. 기합도 지르지 않고 마치 벌을 서고 있는 것같이 두 손을 하늘로 향한 채 마보를 밟고 있는 그들을 보며 마정화는 궁금증이 치밀었다. 그것은 마보로 장시간 다리를 단련하는 표정이 아니라 마치 혈도라도 찍혀서 꼼짝하지 못하는 것 같은 곤혹스러운 표정이었기 때문이다.

"이곳이 분명 맞는데……."

마정화가 북선문(北仙門)이라 써 있는 편액을 바라보며 다시 중얼거렸다. 아무리 봐도 동창대영반인 자신의 의부인 정염이 숨겨둔 비장의 수가 될 만한 곳처럼 보이지 않았다.

“이얍!”

안에서 들려온 기합 소리는 제법 힘이 있었다. 그러나 마정화는 다시 고개를 저었다. 단지 그것뿐이었다. 규모도 그렇거니와 겉으로 드러난 문도들의 자질도 평범해 보였기 때문이다.

“누구시오?”

빼꼼히 들여다본 문틈 사이로 반백의 노인이 마정화를 바라보며 물었다.

“저……”

“음, 어여 들어와요.”

“저기……”

“안 들어오려면 말구!”

눈이 침침한지 연신 눈을 비벼대며 한 노인이 문을 열어주다가 마정화가 미적거리자 문을 확 닫아버리려 했다.

“문주님을 찾아왔습니다.”

마정화가 벌어진 문틈 사이로 얼른 한 발을 집어넣으며 말했다. 노인의 눈을 바라보는 사이에 문이 움직이자 자신도 모르게 발을 집어넣어 닫히는 것을 막은 것이다. 그러나 자신의 행동이 예의가 아니라는 것을 깨닫고는 급히 허리를 숙여 보였다.

“고놈, 제법일세.”

노인이 마정화의 온몸을 훑어보며 중얼거리고는 들어오라는 시늉을 했다.

“그래, 용건이 뭔가?”

북선문으로 들어오자마자 시작된 하대에 마정화는 들키지 않게 인상을 찌푸렸다. 보아하니 북선문의 문지기 정도 되는 사람일 텐데 문주를 찾아온 손님에게 이렇게 무례를 범하는 게 불쾌했다. 하나 겉으로는 그런 내색을 드러내지 않고 깊숙이 허리를 다시 한 번 숙여 보였다.

"그저 문주님께 서찰을 전해 드리러 온 심부름꾼일 뿐입니다. 문주님을 뵐 수 있는지요."

"서찰이나 줘보게."

노인은 가볍게 마정화를 무시하며 손을 턱 내밀었다. 이쯤 되면 막가자는 거다. 마정화의 속이 부글부글 끓어올랐다. 공경은 서로 간에 어느 정도 예의를 지킬 때 할 수 있는 것이다. 지금처럼 대놓고 무시를 당하면 누가 기분이 좋아 좋은 말과 행동이 나오겠는가.

'참자, 참자. 나는 도움을 구하러 온 사람이다.'

하지만 마정화는 속으로 삭이면서 몇 번씩이나 이 말을 읊고는 입을 열었다.

"문주님을 뵙게 해주십시오."

마정화의 안색이 조금씩 일그러졌다. 왜 인지 몰라도 노인의 얼굴을 볼수록 침착함을 잃는 기분이 들었다.

화안괴마(譁顔怪魔) 구철회는 독특한 취미가 있었다. 그것은 모르는 사람을 만나면 그 사람을 화나게 하는 것이었다. 그것은 마교에서도 익히기 어렵다는 심천신공(深天神功)에 손을 대면서 마기(魔氣)가 눈으로 몰리며 생겨난 취미였다.

자신의 눈은 그래서 시끄러운 눈이라는 의미의 화안이라고 불렀다. 화안을 핑계로 사람을 끌어당겨 싸움을 했고, 이제 눈에 있는 마기를 갈무리하게 된 이후에도 그 행동은 그칠 줄 몰랐다. 세 살 먹은 버릇이 여든까지 간다더니 정말 그 말이 맞았다. 연무장에서 마보를 취하고 있는 문도 몇몇도 지금 자신의 장난에 걸려 혈도를 점혈당해서 그 자세를 취하고 있는 것이었다.

벌써 십 년여가 됐다, 북선문에 파견 나온 지도. 근래에 들어와서는 좀이 쑤시던 차였는데 남의 대문을 기웃거리는 귀여운 먹이를 두고 가만히 있을 수 있겠는가.

그런데 웬걸! 눈앞의 청년은 보기보다 내공을 건실히 닦았는지 그것을 꾸욱 눌러 참고 있는 것이었다. 그래서 청년을 다시 보게 되었지만 장난은 그치지 않았다. 이런 사람일수록 화나게 하는 게 어렵고 또한 그 반응이 재밌다. 구철회가 마구잡이로 화를 솟구치게 하는 어투까지 곁들이니 마정화의 안색이 드디어 붉으락푸르락 변하기 시작했다.

"안 됩니다. 이 편지는 문주님만 보실 수 있습니다."

"글쎄, 줘보라니까."

구철회도 눈썹을 일그러뜨렸다.

"문주님께 만나주십사 기별을 넣어주십시오."

온몸을 떨며 억지로 화를 참아내는 마정화를 보며 구철회가 음흉한 웃음을 지었다.

'넘어온다, 넘어온다. 그래, 거의 다 넘어왔다. 이제 폭발할 차례야!'

구철회의 손이 다짜고짜 마정화의 품 안으로 뻗어 들어갔다.

"빨랑 내놓으라면 내놓을 것이지 무슨 말이 그렇게 많은 거야!"

괄괄한 음성과 함께 찾아온 거친 손길에 마정화가 폴짝 뛰어 뒤로 물러서더니 구철회의 눈동자와 마주치고는 자신도 모르게 난포하게 달려들었다.

"이 늙은이가!"

"어쭈, 좋아!"

그래도 한 가닥의 이성은 남아 있는지 옆구리에 찬 검을 뽑지는 않고 맨몸으로 밀어붙이는 마정화의 몸을 구철회가 잡았다.

콰당!

냅다 몸을 비틀어 마정화를 땅바닥에 내동댕이친 구철회가 회심의 미소를 지었다. 그것은 마치 재밌는 놀잇감이 생길 것을 기대하는 아이의 눈빛이었다.

"어……."

사람은 이럴 때가 있다, 이성을 잃었지만 큰 충격을 받으면 다시 원래의 이성을 회복하는 지금의 마정화가 그랬다.

'내가 정신을 잃었었나? 이 정도도 못 참고 어찌…….'

마정화가 몸을 일으키고는 고개를 숙였다.

"정말 죄송합니다. 그만 제가 무례를 범했습니다. 다치신 데는 없는지요."

"아이구, 옆구리야!"

내동댕이쳐진 건 마정화건만 구철회가 오히려 아프다고 소리를 쳤다.

그 바람에 연무장에 서 있던 청년들이 우르르 몰려왔다. 물론 혈도를 점해진 몇몇은 빼고.

"문주님!"

하나 청년들에게서는 마정화에 대한 악의가 없었다. 아니, 오히려 마정화를 측은하게 여기는 눈빛들이었다.

청년들의 고함에 놀란 것은 오히려 마정화였다. 자신이 무례를 범한 상대가 하필이면 문주였다니… 그 바람에 자신도 모르게 한 걸음 물러서다 대문의 모서리에 뒤통수를 찍혔다.

"문주님이셨습니까?"

낭패한 표정으로 우두커니 서 있던 마정화가 구철회를 향해 묻자 청년들의 입에서 웃음소리가 퍼져 나왔다.

문주의 장난을 모르는… 아니, 안 겪어본 사람은 없었다. 그렇기에 마정화의 표정에서 그들은 자신들이 겪었던 예전 경험을 떠올리며 웃어대는 것이다.

"이제 주겠나?"

구철회는 자신의 장난이 여기까지라는 것을 알았다. 생각보다 청년은 더욱 냉정해 보였다.

구철회가 빙긋 웃음을 보이며 다시 손을 내밀자 마정화가 정신없이 고개를 끄덕였다.

"흠."

서신의 겉에 표시된 뿔 달린 청동검을 보며 구철회의 안색이 일순 변했다. 이것은 마교의 독문 표시였다. 그렇다는 것은 철저히 산동성에서도 중소문파로 유지되어 온 북선문이 마교의 세력이라는 것을 알고 있는 자라는 뜻.

"따라오게."

일변한 표정으로 휙 하니 몸을 돌린 구철회를 보며 마정화도 걸음을 재촉했다.

마득풍 교주님전.
그동안 별래무양하셨습니까?

오래전 교주님의 명을 받고서 관에 투신한 소인 정염입니다.

…(중략)…….

그리하여 이번에 힘을 빌리고자 합니다.

소인만으로 난세를 막기에는 힘에 겹습니다. 본 교에 누가됨을 알면서도 난세를 막지 않으면 백성들의 삶이 힘들어지기에 이렇게 간청드립니다. 바라옵건대 금년 칠석에 벌어질 황태자의 성혼식에 맞춰서 본 교의 고수들을 파견해 주시기를…….

'그였군.'

구철회가 희미하게 웃음 지었다. 육십 년 전에 같이 뛰어놀며 함께 했던 친구 정염이었다. 구철회 역시 태상교주의 거처에서 시중을 들던 시동이었다.

'황궁에 있었군.'

어느 날 훌쩍 사라진 정염 때문에 여기저기 묻고 다녔지만 결국 행방을 찾지 못했는데 육십 년 만에 그의 서신을 받아본 것이다.

"친구여, 나는 아직도 자네를 기억하네. 자네도 그런가?"

혼자서 잠시 옛 생각에 빠져 있던 구철회가 나직한 목소리로 마정화를 불렀다.

"자네는 내가, 아니, 우리가 누구인지 아는가?"

"모릅니다."

기이한 물음에 마정화가 고개를 저었다. 자신의 양부인 정염도 그렇고 북선문의 문주라는 사람도 정체를 철저히 숨기고자 한다.

'왜? 무엇 때문에?'

그런 물음들이 마정화의 머리 속을 싸악 스쳐 지나갔지만 금방 잊기로 했다. 이런 류의 일은 모르면 모를수록 좋았다.

"알았네. 그만 돌아가게."

마정화의 얼굴을 한참을 바라보던 구철회가 축객령을 내리며 창문 틈 사이로 보이는 측백나무로 시선을 고정시켰다. 그 옛날 정염과 뛰어놀며 맡았던 측백나무의 향기가 전해져 오는 것 같았다.

*   *   *

바람이 전혀 불지 않는 상태에서 내리쬐는 햇빛은 사람의 이성을 갉아먹어 짜증을 유발시킨다.

"내가 뭐라고 그랬어! 이것들을 그냥!"

날씨도 더운데 나일은 아무 일도 아닌 것 가지고 화를 내고 있었다. 북경으로 돌아가기로 하고 길을 떠나온 지 어느덧 엿새.

노진과 편봉타는 객잔에서 그저 더위를 식히려고 차가운 냉채소면을 시킨 것뿐이었다. 여름이 다가오는 탓에 찌는 듯한 더위를 맞으며 걷는 것이 얼마나 고달픈 일인가. 한데 나일은 그것조차도 아까운 것이다. 동전 두 푼!

나일은 따로 동전 두 푼이 아닌 합쳐서 겨우 동전 두 푼이 더 비싼 냉채소면을 시켰다는 이유로 둘의 머리를 쥐어박았다. 그러나 노진과 편봉타는 맞으면서도 속으로는 웃고 있었다.

'이 정도 맞고 끝나면 이득이다' 라고 생각하고 있기 때문이다.

"에이 쌍! 주인장, 냉채소면 취소야! 그냥 소면으로 바꿔줘!"

무정하게 음식을 바꿔 시키는 나일을 노진과 편봉타는 처량한 눈빛으로 쳐다보았다.

"오라! 이것도 먹기 싫다는 말이군. 배가 불렀어, 배가 불렀단 말야!"

"아닙니다. 감사히 먹겠습니다."

둘은 급히 다시 고개를 수그렸지만 이미 나일의 입가에는 사악한 미소가 지어진 후였다.

"됐네! 주인장, 소면 두 개 취소야! 그냥 오리 고기랑 죽엽청 한 병만 갖다 줘!"

'이건 해도 너무한다.'

둘은 그렇게 생각했다. 자기 돈도 아니고 어차피 숙식에 사용되는 비용은 노진이 가지고 온 돈과 손환희를 데려다 주고 받은 돈이다.

'짠돌이… 전생에 분명 거지였을 거야.'

속으로 욕하면서도 이렇게 끌려 다니는 자신들의 처지가 원망스러웠다. 이제는 인간처럼 보이지가 않았다. 아니, 저렇게 쪼잔하고 악랄할 수 있다니…… 소면조차도 물리는 저 뻔뻔함에 치를 떨었다. 이럴 때는 분연히 일어나야 하지만 아직도 가야 할 길은 멀기만 하기에 눈물을 감추며 나일의 횡포에도 아무런 반항조차 할 수 없었다.

"우리는 언제 오리 고기를 한번 먹어보나요. 쩝."

입맛을 다시며 노진이 편봉타를 보며 말했다.

"휴우……."

짧은 한숨을 쉬며 편봉타가 나일이 음식 먹는 것을 보다가 고개를 돌렸다. 세상에서 제일 치사한 게 남 먹는 거 쳐다보는 거라지만 세상에서 가장 비참한 것도 남 먹는 것 쳐다보는 것이다.

"잠깐 나갔다 올게요."

노진이 편봉타와 나일을 번갈아 보고는 일어섰다.

'내 두 번 다시 냉채소면을 시키면 사람이 아니다.'

객잔 뒤편 우물가로 가서 물로 배를 채우려는 심산으로 걸어가는데 투박한 목소리가 노진의 귀를 자극했다.

"그러니까, 어마어마한 황금이 이곳을 지나간단 말이야?"

"그렇다니까. 이건 정확한 정보야. 물경 백만 냥은 족히 나갈 거라는데……."

두런거리는 소리는 노진이 방금 지나친 탁자에서 들려왔다.

"그건 누가 꿀꺽할까?"

"아마도 진도채겠지."

"그렇게 큰 걸 꿀꺽할 배짱이 소심도(小心刀) 진파락에게 있을까?"

귀를 쫑긋거리며 들어보니 이야기를 나누는 사람 둘은 아무래도 관부의 사람들인 것 같았다. 그리고 진파락의 진도채는 산서성에 위치한 작은 규모의 산채인 듯했다.

"내 생각에는 혈웅채가 그것을 노릴 것 같은데……."

혈악패부 진욱이 욕심이 많다는 것은 이 계통에서는 유명한 사실이었다. 비록 혈웅채가 터를 잡은 곳이 섬서 지역이지만 장사하는 곳을 금 그어놓고 하는 처지가 아닌 만큼 산적들을 이끌고 돈이 될 만한 표물을 털면서 근방 이백여 리를 움직이고 있었다. 주변의 군소산채들은 그것에 대해 뭐라 하려 해도 녹림 서열이 높은지라 뭐라 하다가는 까딱 잘못하면 흡수당하거나 그나마 있는 사업도 하기 어려웠다.

"에이, 그것은 무리가 아닐까? 녹림대회가 끝난 지도 며칠 안 됐는데……."

"하긴 그것을 노리고 이렇게 거금을 운반하는지도 몰라."

가끔 조정에서는 이렇게 녹림도가 활동하지 못하는 시기에 대규모의 조세나 공물을 운반하고는 한다. 일단 소문이 나면 아무리 많은 군사가 보호해도 아귀처럼 달려드는 녹림도 때문에 골머리를 썩게 되고 먼 길을 가는 만큼 곳곳에서 공격을 받게 된다.

"오늘 오후에는 문수산에 들어설 거라는데… 우리도 차출되려나?"

"예끼, 이 사람. 비밀을 요하는데 관군을 더 붙이겠나? 그럼 그게 비밀이 되겠는가? 자, 그 얘기는 그만 하고 술 먹으러 왔으니 술이나 한잔 받게."

지금 나일이 먹고 있는 것과 같은 오리 고기를 안주 삼아 그들이 두런거리는 것을 뒤로하고 노진이 다시 걸음을 객잔 안으로 돌렸다.

후닥닥.

노진의 머리에 하나의 그림이 그려졌다. 지금 이렇게 고생을 하는 것도 다 돈 때문. 나일에게 이 기가 막힌 정보를 제공하고 여기서 얻는 이익으로 좀 더 나은 편의를 제공해 달라고 요구할 심산인 것이다.

"채주님, 채주님."

"왜, 이 자식아! 너는 내가 식사하는 것도 안 보이냐? 그래, 네가 밥 못 먹었다고 배알이 꼴려서 훼방놓는 거지, 그렇지!"

호들갑스럽게 자신을 부르는 노진에게 나일이 버럭 화를 냈다. 그렇지 않아도 생각보다 오리 고기가 작아서 아껴 먹는 중이었는데 노진이 호들갑을 떠는 바람에 그 작은 오리 고기의 다리 살 한 점을 바닥에 그냥 흘려 버린 것이다.

"채주님, 우리 강도질해요."

"뭐라고?"

편봉타까지도 놀란 눈으로 노진을 바라보았다. 아닌 밤에 홍두깨라. 바깥에 잠시 나갔다 오더니 진지하게 강도질을 하자니…….

“회계비서.”

나일의 목소리가 착 가라앉았다.

‘요놈이 분명 굶긴 것에 대한 반항으로 이러는 것이다.’

그런 생각이 들자 따끔하게 교육시켜야 할 필요성을 느끼는 것이다.

“행사는 아무 때나 나가는 것이 아니다. 천(天), 지(地), 인(人)이 모두 조화를 이루었을 때에야 행사를 나갈 수 있는 것이다.”

무언가 심오한 듯한 나일의 말에 편봉타마저 귀를 기울였다.

“천(天)이란 하늘이 보내준 선물, 즉 목표로 한 표물의 정보를 뜻한다. 지(地)는 행사를 하기에 안성맞춤인 지역을 정하는 것을 말한다. 아무 곳에서나 함부로 사업을 하지 않는다는 말이다. 끝으로 인(人)은 행사에 나가는 세력을 뜻한다. 한데 우리 셋이서 지금 뭘 하자는 거야!”

빠악!

나일의 오른손이 번개처럼 노진의 뒤통수를 후려갈겼다.

“으음, 그렇구나. 산적에게도 이런 심오한 사상이…….”

고개를 끄덕이는 편봉타와는 달리 노진의 눈빛은 한 대 얻어맞았음에도 초롱초롱하게 빛났다.

“아주 좋은 건수를 잡았는데요. 그것도 황금 백만 냥은 나가는 표물인데.”

“억! 황금 백만 냥!”

나일이 가슴을 부여잡았다. 순간 자신의 귀를 의심했다. 그만한 표물이 움직일 수 있다는 것 따위는 생각하지 않았다. 어마어마한 금액에 놀랐을 뿐이다.

“그래… 자세히 얘기해 봐.”

“그러니까, 제가 저쪽에서 들은 이야기인데요.”

“뭔데 그래.”

뜸 들이는 노진을 들볶으며 나일이 들고 있던 오리 고기를 내려놓았다.

“우선은 이익 배분을 어떻게 할지를 정해놓죠.”

하도 당해서 이제는 아예 초반에 금을 그어놓고 시작하려는 노진의 눈을 노려보며 나일이 탁자를 쳤다.

“빨리 얘기 안 해!”

나일의 두 눈이 생각보다 매서운지 노진이 그대로 눈을 내리깔았다.

“많은 것을 바라는 게 아니고요, 제발 굶기지만 말아주세요. 네… 제발.”

“오냐! 어이, 점소이!”

나일이 노진의 뒤쪽에서 음식을 나르던 점소이를 불렀다.

“여기 냉채소면 하나!”

“채주님, 저는요.”

옆에 있던 편봉타가 나일의 의도를 눈치 채고는 자신의 몫도 주장하려 했지만 씨도 먹히지 않았다.

“너는 뭐 한 게 있다고.”

아래위로 훑어대는 나일의 눈길에 편봉타의 가슴이 오그라들었다. 정말 치사하고 더러워서 같이 못 다닐 지경이다.

“아니, 뭐… 그냥 저는 안 먹어도 배 하나도 안 고픕니다.”

“그래, 알아. 조용히 앉아 있어.”

편봉타가 의식적으로 손사래를 쳤으나 눈썹 하나 꿈쩍하지 않으며 나일은 노진의 말에 귀를 기울였다.

"그러니까… 그게요……."

노진이 냉채소면을 신나게 비비면서 방금 전에 들었던 이야기를 나일에게 들려주기 시작했다.

노진의 이야기를 들은 나일 일행은 부지런히 걸음을 옮겼다. 북경으로 돌아가는 것도 중요하지만 굴러 들어온 보물을 걷어차는 우를 범하고 싶지도 않았다.

"이곳이 문수산이란 말이지."

한 시진을 달려온 끝에 도착한 문수산의 수풀에 일단 일행은 몸을 숨겼다.

"그렇습니다."

예전에 이곳에 온 적이 있었던 편봉타가 나일의 물음에 대답했다.

"회계비서. 만약 이곳에 그 표물이 안 나타나면… 알지?"

주먹을 쥐어 보이며 나일이 노진에게 한바탕 겁을 주고는 나무 위로 올라갔다. 아직 표물은 보이지 않았다. 게다가 조금 이상한 점은 다른 산적들은 보이지 않는다는 것이다. 노진이 입수할 정도의 정보를 그곳에서 터를 잡은 산채에서 입수하지 못할 리가 없었다.

'조금 이상하기는 하지만… 독차지할 수 있는 기회지.'

나일은 내심 문수산에서 여러 곳의 산채 식구들을 만나리라는 예상을 했었다. 그러면 그들과 연계를 하려고 했다. 황금 백만 냥이면 적어도 수레로 네 대는 될 것이다. 자신들의 인원은 고작 세 명. 말을 끌 인원수도 되지 않았다.

"나는 여기서 표물이 올 때까지 잘 테니까 너희들은 오면 나 깨워. 알았지?"

노진과 편봉타가 동시에 고개를 끄덕였다. 다시 한 시진이 지났을
까.

"채주님, 저기……."

그 말이 채 끝나기도 전에 눈을 번쩍 뜬 나일은 이상한 기분이 들었
는지 찜찜한 표정을 지었다.

"나도 알아. 근데 너무 많은 것이 아니냐?"

편봉타도 발자국 소리가 생각보다 크자 조금 의아한 기분이 들었다.
그러나 자신의 말대로 말발굽 소리가 들리자 신이 난 노진은 들뜬 함
성을 질렀다.

"채주님, 제 말이 맞죠! 대박입니다, 대박!"

"끄응, 알았다."

어차피 여기까지 왔으니 나일은 내키지 않지만 몸을 드러내어 일단
그들의 앞길을 막아서기로 했다.

"잘 봐둬! 이것이 산적이다."

나일이 복면을 착용하고는 편봉타가 등에서 꺼내준 칼을 들고 나무
에서 뛰어내렸다.

"멈추어라!"

끼이이, 끼잉, 끼이잉.

복면을 쓰고 오른손에는 커다란 칼을 든 나일은 강도라는 본분을 잊
은 듯 마치 신선이 하강하듯이 멋있고 자연스럽게 그들을 가로막아 섰
다.

"웬 놈이냐!"

맨 앞에서 달리던 이가 나일을 향해 소리치자 나일은 제법 능숙하게
자신의 정체를 그들에게 알렸다.

"이 몸으로 말하자면 누구보다 유식하며 평화를 사랑하는, 그러나 어쩔 수 없는 상황에서는 싸움을 마다하지 않는 이 일대를 주름잡고 있는 몸이시다! 이곳을 지나가려면 가진 것 모두 다 내놔야 할 것이다!"

요즘 녹림도들은 대부분 서두에 통행세 얘기를 꺼내는데, 워낙 경험이 일천한 나일은 꽤 오래된 불문율인 통행세를 깜박 잊고는 다짜고짜 모든 물건을 빼앗겠다고 소리쳤다. 이것은 통행세를 받고는 길을 비켜 주겠다는 것이 아니라 표물을 통째로 먹겠다는 듯이 들릴 수 있는 위험한 발언이었다.

'협상이고 뭐고가 없다는 이야기인데……'

나일의 말을 들은 사내는 주위를 둘러보다가 주변에 아무도 없는 느낌에 '혹시나?' 하고는 물었다.

"녹림 친구라는 이야긴데, 친구의 식구들은 어디 있소."

나일은 일단은 부드러운 사내의 말에 자신의 식구들인 편봉타와 노진을 불렀다.

"이리 나와라!"

"네."

'이럴 수가!'

나일이 떨어질 때야 워낙 경황 중이라 자세히 못 봤지만, 편봉타가 신법을 펼쳤을 때는 극도의 고강한 무공을 익힌 자의 신법이라는 것을 알아채고 소스라치게 놀랐다.

"자, 물건을 다 내놓아라!"

나일이 소리치자 편봉타는 무기가 없는지라 두 주먹을 불끈 쥐어 보였다.

"이놈들! 고작 셋이서 우리에게 덤비다니! 아무리 무공이 뛰어나다 해도, 십만 북로정벌군에게 달려들다니 정녕 죽고 싶은가 보구나!"

놀란 표정을 내색하지 않은 채 우두머리가 나일을 향해 고함쳤다. 한낱 산적 무리가 무공이 높은 것에 잠시 놀라기는 했지만 그 숫자가 적으니 상대가 되지 않는다고 생각한 것이다.

쿵, 쿵, 쿵.

그때 멀리서 지축을 뒤흔드는 우레 소리가 들려오기 시작했다.

"헉!"

뭐라 할 말을 잃은 나일은 그제야 그들의 무장을 살피기 시작했다.

번쩍이는 군도와 경무장인 듯이 온몸을 싼 가죽옷.

그것들만이라도 이 복면과 칼 하나가 전부인 자신들과 비교할 수 없는 판인데, 그들 뒤에서는 더욱 장엄한 광경을 연출되고 있었다. 숲으로 들어오는 길목의 들판을 모두 메운 말들과 그 위에 탄 병사들의 모습은 절로 감타사가 나올 만큼 장관을 이루었다.

번쩍번쩍이는 철로 만든 갑옷과 투구, 그리고 손에 들고 있는 칼과 창에는 얼마나 기름을 먹였는지 그 많은 수가 말을 타고 달리면 필연적으로 뿜어지는 먼지 사이에서도 그 빛을 잃지 않고 있었다. 사람이 아닌 말의 얼굴과 몸통을 감싼 투구와 갑옷에서는 기어코 나일이 칼을 슬그머니 등 뒤로 숨기게 만들었다.

"채주님, 보아하니 숫자가 장난 아닌데요. 얼른 튀죠."

편봉타의 얼굴이 사색이 되었다. 아무리 무공이 고강하다 해도 십만 명의 사람을 혼자서, 아니, 셋이서 쳐 죽일 수는 없지 않은가. 게다가 보아하니 이들은 표물을 운반하는 관군이 아니라 전투 부대였다.

"그래야겠다. 어째 기분이 찜찜하더라고."

열심히 전음을 주고받던 나일과 편봉타가 주춤 물러서려 할 때, 기척을 눈치 챈 마상의 사내가 그런 그들을 향해 준엄하게 외쳤다.

"감히 백주대낮에 강도질이라니! 나 북로정벌군 선봉대의 대장 금민석, 너희에게 대명 국법의 무서움을 가르쳐 주겠다!"

"잠깐, 잠깐만! 아깐 농담이었다고."

여차하면 몸을 뺄 준비를 하며 편봉타가 소리치자 나일도 몸을 틀 준비를 했다.

"이게 다 너 때문이야!"

나일이 전음으로 노진에게 한마디 하고는 얼굴을 일그러뜨렸다.

"채주님, 정말 죽을죄를 지었습니다. 설마 제가 일부러 그랬다고 생각하는 건 아니시죠?"

얼굴 가득 오해라는 표정으로 노진이 나일을 바라보았다.

"두고 보자! 이곳을 피하고 나서 보자."

나일이 몸을 돌려서 노진의 멱살을 잡고 도망치기 시작하자 편봉타가 그에 합류했다. 그리고 그 순간 금민석의 입에서 명령이 떨어졌다.

"잡아라!"

"이얍!"

다급함을 느낀 나일이 등을 돌려서 무하신공을 펼쳐 칼에 진기를 주입했다.

"오옷!"

진기가 주입된 칼이 땅이 꽂히니 지진이라도 일어난 듯이 땅이 갈라지기 시작했다. 길이가 무려 삼십 장은 되게 갈라져서 말이 넘지 못할 거리가 움푹 꺼졌다.

"우리를 잊어주세요. 그럼 우리는 바빠서 이만……."

손을 흔들면서 나일 등은 빠르게 다시 문수산을 넘기 시작했다.

"휴우~ 날씨 한번 덥구나."

산서성의 으슥한 산길을 걷고 있는 청년은 주위를 유심히 살폈다.

유난히 호기심이 가득한 눈 속에서 주위의 풍경을 놓치지 않으려는 자세를 느낄 수 있었다.

그는 사마세가 가주의 아들 사마수였다.

때는 한여름이라 산림이 울창한 그늘이라도 더운 열기를 식힐 수는 없었다.

"자! 여기부터는 산서성(山西省)이란 말이지."

말을 마치고는 등에 진 봇짐에서 책자를 꺼내어서는 이쪽저쪽을 뒤적거렸다. 책표지에는 무림사기 무림백선이라 쓰여 있었다.

"음… 혈안적(血眼赤) 감무숙은 종적이 묘연하고, 산서일검(山西一劍) 공로운은 은거에 들어갔으니… 누구를 찾는다?"

혼자서 공상에 빠져드는 독특한 취미를 가진 사마수가 드디어 책을 덮었다.

"좋아! 결정했어! 산서성에는 이 무림사기 무림백선에 들어갈 새로운 고수를 찾는 거야!"

사마수가 들뜬 음성을 내었다. 자신만의 무림사기를 만들기 위해 가출을 결행해서 나온 지 어느덧 석 달. 그러나 아무리 유심히 살펴봐도 무림고수는 눈에 띄지 않았다. 그래서 새로운 무인을 자신이 만들 무림사기에 올리기 위해 조금이라도 이름난 무인을 찾아가서 무공을 보여달라고 하여 미친놈 취급을 하기 일쑤였고, 자랑스럽게 보여주는 몇몇의 무공을 견식하면 대부분이 형편없었다.

쾨쾨쾅!

그때 근처에서 들려오는 지진 소리에 사마수가 봇짐을 정리하다가 고개를 갸우뚱거렸다.

"뭔 소리야?"

재빨리 발길을 소리가 들린 곳으로 향하던 사마수는 자신의 눈앞을 스쳐 지나가는 무림인을 보며 눈빛을 빛냈다.

"우와! 이게 인간이 한 짓이야?"

엄청난 힘에 의해 파괴된 땅을 바라보며 사마수가 나일들이 도망친 방향을 향해 눈길을 돌렸다.

"이거 운이 좋은걸. 이 정도면 당연히 무림사기에 들어갈 만한 실력이지."

사마수도 나일 등이 달아난 방향으로 경공을 펼치기 시작했다.

*   *   *

장백의 부인은 북해빙궁의 궁주의 첫째 딸인 구천화이다. 장백은 어렸을 때 부모님을 여의고 빙궁장로인 빙선검(氷仙劍) 화옥산의 제자로 들어가 부단히 노력하여 그 재능을 인정받았다. 촌수로 따지자면 북궁주희의 형부였으나 늘 북궁주희를 대할 때면 삼공녀로 깍듯이 대해왔다. 그리고 그는 영웅학관의 영웅증을 획득한 최초의 북해빙궁도였다. 돌아와서는 북해빙궁의 신전인 빙정전(氷丁殿)의 전주로 있으면서 빙정을 관리해 온 이제는 제법 무림에 알려진 인물이다.

"조금만 더… 조금만 더 가면… 영웅학관이다. 거기서 삼공녀를 만나서 빙정을 전해주고 소림사로 간다. 그것이 내 마지막 할 일이다."

장백은 스스로에게 최면을 걸듯 다짐했다. 소림사는 예나 지금이나 무림인들의 고향 같은 곳이었다. 정의맹으로 가는 것이 어려운지라 장백은 정의맹 대신의 소림사로 가리라고 마음을 먹었다.

"허억… 허억……."

장백은 거친 숨을 토해냈다. 이미 걷잡을 수 없이 많은 기력을 소진했다. 마교의 인물들은 하나같이 괴물이었다. 단수금마 혁련종의 도움으로 그곳을 빠져나오기는 했으나 그 대가로 팔 하나를 잃었다. 수많은 상처. 그럼에도 이렇듯 움직일 수 있는 것은 빙정의 효과 덕분이었다.

절세의 기보인 빙정은 손에 쥐고 있으면 숨이 영원히 이어진다. 하나 그것만으로 이렇듯 움직일 수는 없다. 진정한 보물은 바로 장백의 정신력이었다. 북경성으로 들어선 장백이 다시 몸을 숨긴 곳은 시체를 염하는 데 주로 사용되는 사당이었다. 관 속에 몸을 숨긴 채 밤을 기다렸다.

'하루만 더 가면 영웅학관에 다다를 수 있다.'

날이 밝아오는 것과 동시에 장백은 지친 몸을 이끌고 다시 영웅학관이 있는 북경성으로 움직이기 시작했다.

"워, 워."

마을로 들어서는 장백의 눈이 길을 떠나려는 마차에 머물렀다.

북경성을 향해 다시 길을 재촉하려던 장백의 눈에 북궁주회의 얼굴이 띈 것은 그때였다. 두 눈을 감고서 중년 남자의 시중을 받으며 마차에 오르는 북궁주회의 모습. 분명 그녀였다.

"삼공녀!"

자신도 모르게 소리를 질렀지만 그녀는 못 들은 듯했다.

대신 그 음성을 들은 이는 북궁주희를 호위하던 중년인이었다.

마차로 북궁주희를 안내하고는 중년인이 장백을 행해 다가왔다.

그 순간 장백의 안색이 파랗게 질렸다. 중년인의 소매에는 '모용(慕容)' 이라는 글자와 함께 모란꽃이 새겨져 있었다.

'그날……'

자신의 팔이 잘라지던 날 자신을 막아선 흑의인의 소매에도 모란꽃이 새겨 있었다. 순간적으로 발견한 것이었기에 잊고 지냈는데 지금 중년인의 옷을 보니 그것이 생각난 것이다. 화산파가 매화를 자신들의 표기로 삼듯이 모용세가는 모란꽃을 자신들의 표기로 삼는다.

"맙소사! 그럼 그들이 마교가 아니라 정의맹……."

장백의 말은 더 이상 이어지지 않았다. 중년인이 장백의 혈도를 제압한 것이다.

"쥐새끼… 고작 여기까지였더냐?"

장백의 눈에서 피눈물이 흘렀다. 중년인은 자신이 누구인가를 알고 있었다. 그렇다면 북궁주희를 데리고 가는 것도 좋지 않은 의도일 것이다.

"으흑."

장백은 자신의 걱정보다 삼공녀, 북궁주희 대한 걱정 때문에 숨이 막혀왔다.

"빙정은 어디 있느냐? 하긴 죽인 다음에 찾는 것도 나쁘지는 않지."

쑤욱!

중년인의 검이 자신의 몸을 찔러 들어옴에도 장백은 어떠한 움직임도 보일 수 없었다.

"삼… 공녀."

마차를 향해 힘겹게 손을 뻗어가던 장백의 손이 멈춰졌다.

"으악! 으악! 살려줘… 살려줘."

"살려주세요. 으악! 다 죽일 거야!"

"흐흐흐, 흐흐흐."

북궁주희의 안색이 창백해진 것은 벌써 오래되었다. 점심때 목적지에 도착한 이후 어두컴컴한 동굴로 안내되었는데 이곳으로 오는 동안 그녀의 귀에는 동굴의 메아리 때문인지 여인들의 비명 소리가 끊임없이 맴돌았다.

'환자가 줄지어 기다리는 것 같구나. 내가 치료를 먼저 받아도 되나?'

북궁주희는 자신보다 먼저 온 사람들이 있음에도 먼저 의원실로 들어선 것이 다른 사람에게 못내 미안했다.

"이곳에 있으면 된다."

지금까지 자신을 데리고 와준 모용세가의 호위 무사가 북궁주희를 두고 나가자 왈칵 겁이 났다.

뚜벅뚜벅.

가만히 앉아 있는 북궁주희의 귀에 발자국 소리와 비명 소리가 교차되어 들려왔다.

"너냐?"

문이 열리면서 들리는 목소리는 늙었지만 무언가에 대한 자부심이 강한 목소리였다.

"네."

엉겁결에 일어나서 고개를 숙이는 북궁주희를 보며 목소리의 주인인 적인법왕이 너털웃음을 터뜨렸다.

"저에게 의술을 베풀어주서서 감사합니다."

"크하핫! 너 정말 웃기는구나. 이곳이 어디라고 생각하는 거냐?"

"의술을 베푸는 곳이 아닌가요?"

"크하핫!"

북궁주희의 대답에 적인법왕은 배꼽을 움켜잡았다. 속여도 이렇게 속여 데리고 오다니… 하기는 마교로 데리고 간다고 하면 누가 오려고 하겠는가.

"이곳은 마교다."

"네? 마교라고요!"

"그렇다."

자신의 말을 확인시키려는 듯 적인법왕이 동굴의 출입문을 열었다.

"들리느냐?"

적인법왕의 말에 북궁주희가 귀를 기울였다. 들어올 때부터 들리던 비명 소리만이 메아리칠 뿐이었다.

"비, 비명 소리 말인가요?"

'호랑이 굴에 들어가도 정신만 바짝 차리면 살 수 있다.'

자신도 모르게 말을 더듬었지만 그 생각이 들자 조금은 침착해질 수 있었다. 어떻게 자신이 마교에 왔는지 그 연유는 이해가 가지 않았지만 지금은 무사히 빠져나갈 수 있도록 정신을 차리는 게 중요했다.

"그렇다. 이들은 지금 모두 주화입마의 고통에 빠진 처녀들이다."

"……"

"그들은 모두 나의 실험 재료들이다."

"그런데 저는 영웅학관 무관주인 모용격님의 소개로 의원을 찾아온 것인데요. 무언가 잘못된 것 같아요.”

북궁주희는 혹시나 하는 마음에 건넨 말이었다. 마음으로 어느 정도는 느끼고 있었다, 모용격이 자신을 속였다는 것을.

“으하하! 이곳에 의원은 없다.”

“없다고요? 그럼 저는 잘못 찾아온 것 같네요.”

적인법왕은 들어왔던 방향을 가늠해서 일어서는 북궁주희의 손을 잡았다.

“의원은 없지만 내가 있지 않느냐!”

북궁주희의 말에 웃음을 터뜨리던 적인법왕이 갑자기 안색을 차갑게 했다.

“나는 본래 의술을 모르기에 너의 몸에 의술을 펼칠 수는 없다. 하나 너의 몸에 대법을 펼칠 수는 있다.”

“무슨 소리죠?”

무슨 뜻인지 몰라 고개를 갸우뚱하는 북궁주희를 향해 적인법왕이 안색을 찌푸려 보였다. 아직 눈앞의 소녀는 자신이 어떠한 처지에 놓여있는지를 제대로 알지 못하고 있었다.

“너는 가만히 누워서 내 실험의 재료로 사용되면 그뿐이다. 너의 눈이 떠지던가 네가 죽던가는 내 알 바가 아니다. 오직 곤명검의 신비를 푸는 데 너를 사용할 것이다.”

“뭐라고요!”

그제야 북궁주희가 경악하는 표정을 짓자 적인법왕이 입술을 살짝 치켜올렸다.

“그래, 그 표정이야. 그래야 재밌지.”

적인법왕이 북궁주희의 혈도를 제압하고는 다시 중얼거리듯 말했다.

"축하한다, 곤명검의 비밀을 풀게 될 나 적인법왕의 재료가 된 것을."

그 말에 북궁주희는 애써 침착을 유지하려던 마음이 모두 사라져 버렸다. 까무러쳐도 이상하지 않았다. 적인법왕의 이름을 이곳에서 듣게 되다니… 그는 자신이 속한 북해빙궁과 함께 세외사세에 속하는 곳의 주인이 아닌가.

'안 돼! 안 돼!'

"더욱 공교로운 것은 그동안 그렇게 찾던 빙정도 네가 이곳에 오면서 얻게 되었다는 것이다. 으하하하!"

'그럼 북해빙궁이……!'

빙정이 마교의 손에 들어왔다는 것은 북해빙궁에 사단이 났어도 크게 났다는 것을 의미하는 것이다.

통쾌한 웃음을 짓던 적인법왕이 급기야 충격에 북궁주희가 정신을 잃고 축 늘어지자 그녀의 목덜미를 손으로 짚었다.

"처녀여! 나는 이렇게 나쁜 놈이다. 네가 아니라 설령 내 딸이라도 나는 실험을 했을 것이다. 그러니 너무 원망은 말거라."

조금은 쓸쓸한 표정으로 자조적인 웃음을 보이며 적인법왕이 가만히 두 손을 모아 합장을 했다. 악역이 되기로 작정했지만 마음까지 완전치는 못했다. 혹시라도 북궁주희가 살려달라고 애원한다면 들어줄지도 몰랐다. 그래서 이렇게 그녀가 그런 말을 꺼내지 못하도록 기대를 부숴놓은 것이다. 적인법왕은 농담과 새로운 연구를 좋아하지 살인을 좋아하는 사람은 아니었다.

"이제 빙정과 마라혈수, 그리고 인간까지 모두가 준비가 됐군. 곤명

검의 마녀여! 이제 세상에 다시 강림할 때를 조금만 더 기다리게!'

*　　　*　　　*

사마수가 훔쳐 본 것은 기이한 장면이었다. 아직 머리에 피도 마르지 않은 어린아이를 학대하면서 한편으로는 노인을 구타하는 장면.

"니들이 아주 나를 골탕 먹이려고 작정을 했구나!"

"아니, 채주님, 그게 무슨 말씀이십니까? 제가 뭘요."

눈물 콧물로 범벅이 된 편봉타가 잠시 반항을 해보았지만 이내 거뒀다.

'억울해도 참아야 해. 그것이 최선이다.'

이번 일은 모두 노진의 입에서 나온 일이다. 자신은 거기에 조금도 관계하지 않았다. 그저 따라오라기에 따라가서 망을 본 것뿐이다.

"뭘 잘했다고! 미친 것 아냐! 산채의 이름을 알리기는커녕 하마터면 토벌될 뻔했잖아!"

나일의 입에서 거친 음성이 토해졌다. 노진은 정신을 잃은 척했다. 어느 정도 맞았다가 정신을 잃은 척하면 자신은 내버려 두고 편봉타에게 나머지 화를 풀 것이라는 나름대로의 계산 때문이었다. 그 계산은 들어맞았다. 불평을 토해내는 편봉타에게 나일의 화는 집중되었다.

'뭐지! 저 노인이 아까 그 무공을 보여준 사람이 아니란 말인가?

지금껏 따라오면 사마수는 편봉타가 지진을 일으킨 장본인이라고 생각해 왔다. 청년이 그런 능력을 갖추기에는 나이가 너무 적어 보였기 때문이다.

'저 불쌍한 표정과 마른 몸, 그리고 동작마다 스며 있는 움직임은…

설마 무식한개 편봉타!'

　나일의 주먹을 잠시 피해보려고 애쓰던 편봉타의 움직임을 알아보고는 사마수가 봇짐에서 무림사기 백선을 꺼내 들었다. 시중에 유통되는 복사본과는 달리 이 책에는 그 인물에 초상화와 독문병기의 그림까지 자세히 그려져 있었다.

　'맞아! 편봉타가 확실해. 그런데 그가 저렇게 맞고 다니다니…….'
　눈을 의심할 지경이었다. 편봉타 정도의 고수는 강호에 모습을 드러내는 것만으로도 화젯거리였다. 그런데 그가 맞으면서 끌려 다니다니…….

　'그렇다면 아까 그곳의 지진은 저 청년이 일으켰단 말인가? 더욱 흥미진진해지는데.'
　점점 끌려가는 자신을 느끼며 사마수는 다른 한 권의 책을 꺼냈다. 아직 하나의 글자도 적혀 있지 않은 깨끗한 백지 상태의 책을 펴며 급히 붓을 들었다.

　'채주' 라 불리는 자.
　성격은 개차반이나 무공은 초일류. 산서성의 한 야산에서 무림백선 서열 이십위의 무식한개 편봉타를 구타함.
　건문(建文) 오년 유월 삼십일. 현재 관찰 중.

　사마수는 나일 일행의 뒤를 쫓으며 나름대로 나일에 대한 정보를 모아갔다. 사마수의 관심사는 과연 나일이 어디서 누구에게 무공을 배웠는지였지만 그것에 대한 정보는 흘러나오지 않았다.
　"너 때문에 늦을 것 같잖아!"

나일이 노진의 머리를 툭툭 건드린다. 사마수도 그런 장면을 어느 정도 보았기에 이미 적응이 된 상태였다.

"채주님 밥 먹을 시간이 다 됐는데요."

"이런! 밥! 밥! 밥! 하는 일도 없으면서 밥은 꼬박꼬박 찾아 먹어!"

'제기랄! 그래 봤자 소면이면서 생색은……'

내심 더럽고 아니꼬웠기에 편봉타는 속으로 연신 욕을 해댔다. 사실 말이 나왔으니 말이지, 나일은 자신이 잔치나 남에게 얻어먹을 때 게걸스럽게 먹는다고 째려보면 안 된다. 자신이 그렇게 게걸스럽게 먹는 것은 나일이 사주는 것이 고작 소면이기 때문에 비축해 두려는 의미가 강하다는 것을 왜 몰라주는가.

"에이 씨!"

노진의 팔을 잡아끌면서 나일이 북경을 향해 쳐다보았다. 북로정벌군인가 뭔가만 만나지 않았다면 자금성으로 가는 길을 직선으로 갈 수 있었을 텐데, 그들도 그쪽으로 가는지 자꾸 마주쳤다. 그래서 할 수 없이 돌아가느라 예상보다 시간이 더 오래 걸렸다. 그래도 노진이 무공을 펼칠 줄 알았다면 이렇게까지 늦지는 않았을 것이다.

"도대체 넌 지금까지 뭐 한 거냐!"

자신에게 화를 내는 나일을 보며 노진이 눈을 깜박였다.

"잘못했습니다."

노진은 자신이 무엇을 잘못했는지도 모른 채 무조건 빌었다.

사마수는 그런 그들을 보며 측은지심이 일었다. 며칠째 남몰래 그들을 지켜보았지만 나일이란 저 청년의 행동은 잔인하고 가혹했다. 그러나 그렇다고 나서서 말리다가는 객관적인 입장에서 나일이란 인물을 관찰할 수가 없다. 인간관계라는 것이 복잡하고 미묘한 것인지라 조금만 읽혀도 자신의 감정이 집필 중인 인물록에 고스란히 투영될 것을 알고 있기 때문이다. 자신이 그러든 말든 그들은 다시 걸음을 재촉해 갔다.

"빨리 가자! 지금이라도 열심히 가면 잔치 음식은 배 터지게 얻어먹을 수 있을 거야!"

편봉타를 향해 나일이 희망의 이야기를 전하자 그들은 자금성을 향해 또다시 힘차게 출발했다.

*　　　*　　　*

콰지직!

멀쩡한 대문을 발로 차서 부서뜨리며 진만득이 건물의 안으로 들어갔다.

"의원 나와! 내 동생이 죽어간단 말이야! 빨리 살려내!"

두 팔에는 피투성이가 된 자신의 동생 진백득이 안겨 있었다.

"빨리 나오라고!"

그 처절한 절규에 사람들이 모여들기 시작했다.

이미 오십 년도 전에 혈우삼마라는 위명을 얻었지만 나일에게 험한 꼴을 당해 꽁무니 빼듯이 향한 곳은 의술이 뛰어나기로 유명한 산서의 제동의원이었다.

"형아! 나 죽는 거야?"

입술에서 실피를 흘리는 동생의 얼굴을 바라보며 진만득이 이를 갈았다. 세상에 나와 설마 하니 자신들이 이런 꼴을 당할 줄을 상상이나 해보았는가.

"아니, 너는 죽지 않아. 내가 너를 살려내겠다, 기필코!"

말은 그렇게 했지만 자신은 없었다. 자신을 가로막은 덜떨어진 놈의 무공을 직접 겪어보지 않았는가. 그 정도의 무위는 일평생 몇 번 보지 못했을 만큼 강렬한 것이었다. 그런 놈에게 무지막지하게 맞았으니…….

"어떻게 오셨습니까?"

의원 복장을 한 청년이 뛰어나오며 묻자 진만득은 자신의 품 안으로 눈을 돌렸다.

"이 개놈의 자식들! 보고도 모르냐! 내 동생이… 내 동생이……!"

청년이 진백득의 상세를 보고는 얼굴이 파래졌다. 누구에게 얼마나 맞았는지 이런 상처는 처음 봤다. 온몸이 검은 멍으로 이루어진 사람이라니.

"어서 안으로 드십시오."

황급히 청년이 내실로 안내하자 진만득이 그 뒤를 쫓기 시작했다.

"허허… 이것은 내상이구려."

안내되어 간 곳에서 진백득의 진맥을 짚은 사람은 장년의 의원이었다. 그는 심각한 표정으로 진만득을 바라보며 고개를 저었다.

"그걸 모르는 사람이 어딨어! 어서 내 동생을 살려내! 어서!"

일방적으로 몰아붙이는 진만득의 표정에는 살려내지 못하면은 무언가 일을 저지르겠다는 표정이 가득했다.

"저로서는 도저히……."

"이런 개자식이! 그러고도 네가 의원이야! 의원이냐고!! 잔말 말고 살려내!"

진만득이 의원의 멱살을 잡은 채 흔들어대자 진만득을 안내한 청년이 만류하고 나섰다.

"놓고 이야기합시다. 이것 좀 놓으세요."

"살려내! 살려내지 못하면……!"

진만득의 손에서 불길이 치솟았다. 진기로 화기(火氣)를 일으킨 것이다.

"이곳을 불태워 버릴 것이다. 으하하!"

왜 모르겠는가. 어떻게 생각하면 무림인이 의원보다 더 내상에 관해서는 잘 알지도 모른다. 진백득의 상처는 외상을 하도 당해서 생긴 내상이었다. 이런 상세에는 약이 없다. 일반인들로 치면 골병이 든 것이다. 더군다나 불행히도 진만득이 익힌 무공은 철갑마공. 다른 사람의 내공이나 약의 도움을 받지 못하는 단점이 있다. 철갑마공은 육체의 힘을 극대화하는 과정에서 이미 다른 약이 들어오지 못하게 막는 면역이 생겼기 때문이다.

"대인, 참으십시오."

두려움에 벌벌 떨며 의원과 청년이 진만득을 바라보았다. 그들이 보기에는 진만득의 정신이 오히려 더 심각해 보였다.

"형아! 난 죽어도 돼. 그런데 그놈만은……."

진만득의 두 손을 잡으며 진백득은 나오지 않는 말을 억지로 웅얼거렸다.

"알았어. 내 그놈을……."

머리끝까지 끓어오르는 혈기를 참지 못해 진만득이 방문을 걸어찼다.

"저기……."

공포스러운 방 안의 풍경 때문에 아무 말 못하던 의원이 쭈뼛거리며 진만득에게 다가섰다.

"뭐야!"

흐르는 눈물을 감추며 진만득이 의원을 바라봤다.

"병을 고치지는 못하지만 상세를 조금 낫게 해드릴 수는 있습니다."

의원의 본분은 병을 고치는 것이기에 그나마 이렇게라도 해서 생명을 연장시키고자 의원은 그 공포스러운 분위기를 이겨내며 말을 꺼낸 것이다. 이것이 사명감이라는 것일 테다.

"됐어!"

다시 진백득을 안아 들며 진만득이 제동의원을 나섰다. 의원이 약물을 투여할 생각인 것 같은데 그것은 오히려 동생의 생명을 단축시키는 길이다.

"산서에서 최고라는 곳에 돌팔이만 있구나."

그러니 의료사고가 일어나는 것이다. 무조건 약을 쓰는 것은 돌팔이나 하는 짓이다. 유능한 의원은 최대한 약을 쓰는 것을 자제하고 자연의 순리에 적응하라고 한다.

"대인."

멀리서 자신을 부르는 소리가 들려옴에도 진만득은 걸음을 멈추지 않았다.

"대인."

한 번 더 자신을 부르자 흐르는 눈물을 소매로 닦으며 진만득이 그쪽으로 고개를 돌렸다.

"치료비는 내셔야죠."

의원을 대신해서 아까 자신을 안내했던 청년의 음성이 들려왔다. 치료를 받은 적도 없는데 돈을 내라니.

“내 이것들을……!”

아무리 오랜만에 은거를 깨고 나온 세상이라지만 다 죽어가는 자신의 동생을 치료도 하지 못했으면서 돈만 밝히는 의원에 불이라도 지르고 싶었지만 참았다. 이 각박한 세상, 자신만이라도 더 마음을 넓게 해야 하지 않겠는가.

멀리서 청년의 목소리가 다시 들려왔다.

“돈이 없으면 옷이라도 맡기셔야 합니다.”

일그러지는 얼굴을 애써 감추며 진만득은 진백득을 안고 앞으로 나아갔다.

“형아… 정말 신기하다. 그치?”

진만득은 없는 돈을 털어 진백득에게 옷을 사주고는 북경으로 데리고 왔다. 다 큰 어른이 안겨서 세상을 구경하는 것이 신기한지 사람들이 그들 형제를 힐끔댔다.

“뭘 보는 거야!”

기분이 좋지 않다. 자신과 동생이 사람들에 구경거리가 되는 것 같아서 괜히 사람들에게 고함을 질러댔다.

“다 죽여 버린다! 보지 마!”

흉악한 얼굴을 가진 진만득의 고함 소리에 사람들은 저마다 땅을 쳐다보기에 바빴다.

“형아, 우린 왜 그렇게 산에 오래 있었던 거야?”

진백득은 죽을 날짜를 받아논 것처럼 파리한 안색이었다. 하나 어느 때보다도 정신은 또렷한 것 같았다. 아이의 지능을 가졌기에 호기심이란 감정만을 가졌던 진백득이 요사이는 말을 아끼며 때로는 심각한 질문을 해대고는 한다.

"그건 말이야, 세상은 너무 더러워서 우리가 숨어 있었던 거란다."

"그런 거였구나. 세상에 나오니 이렇게 좋은걸."

"좋니?"

진만득이 진백득을 끌어안았다. 예전에는 무쇠처럼 딱딱했던 육체가 지금은 모두 살로 변했는지 조금만 힘을 줘도 푹푹 들어갔다.

"응."

"그래, 우리 백득이가 좋으니 나도 좋구나!"

진백득의 머리를 쓰다듬으며 진만득은 깊은 시름에 잠겼다. 진백득은 점점 몸이 더 안 좋아지고 있었다. 자꾸 정신을 잃는 것이 진백득의 몸 안에 있던 진기가 모두 소진되어 생(生)이 얼마 남지 않았음을 느꼈다. 이제는 진만득도 진백득이 더 이상 버틸 수 없는 몸이 된 것을 인정했다.

"형아! 나 장난감 사줘."

"그래. 어떤 게 좋을까?"

잠시 고민하는 표정을 보이는 진백득의 모습은 어린아이와 다름이 없었다.

"난… 검이 좋아. 작은 단검. 옛날에 교주님이 늘 지니고 계셨던 그런 것 말이야."

아마도 파천검을 말하는 것이리라. 진백득과 진만득이 마득풍의 호위를 맡았던 시절에도 진백득은 그 검을 몹시도 탐내었다. 그러나 탐을 내보았자 어쩔 수 없는 신물이었기에 지능이 모자란 진백득도 꾸욱 마음속에 담아두고 있었던 것이리라.

"그 검 말이구나."

"맞아. 바로 저런 검."

무언가를 가리키는 진백득을 좇아 진만득은 고개를 돌렸다가 실로 오십 년 만에 파천검을 보게 되었다.

"오! 맙소사!"

놀라움이 이렇게 클지는 몰랐다. 왜 저곳에 저 검이 있단 말인가!

털썩.

우애 좋아 보이던 진만득이 그대로 진백득을 땅바닥에 내려놓고는 그 검을 이리저리 돌려 보이는 소녀를 향해 자신도 모르게 달려갔다.

'삼안사뇌 신무환이 말하던 마옥지가 이 아이인가?'

잊고 있었던 자신들의 임무가 생각났다. 진백득의 생이 얼마 남지 않았기에 그가 하고 싶어한 것과 보고 싶어하는 것들을 보여주느라 잊고 지낸 것이다.

'파천검이 맞다면 바로 이 검을 들고 있는 이 소녀가 마옥지일 것이다.'

진만득이 파천검을 들고 있는 소녀를 유심히 관찰했다.

구비화는 북궁주희에게 받은 검을 당민삼에게 보여주었다. 두 사람은 지금 차를 마시기 위해 잠시 영웅학관을 나왔다. 마땅히 둘 사이의 화제가 없는지라 나일을 화제로 삼아 그와 관련된 이야기를 하는 중이다.

"이 검이 원래 나일의 것이란 말이지요?"

나일이 떠난 후 죽마고우인 당민삼은 간간이 이렇게 구비화에게 차를 사주고 있었다. 물론 이언지를 두고 다른 여자와 차를 마시는 것이 내키지는 않았지만 나일이 당민삼에게 영웅무제의 일을 빌미로 부탁을 해놓았기 때문이다.

'이쁜 건 알아가지고… 검을 빌미로 나와 더욱 친해지고 싶다는 것이지?'

구비화는 아직까지도 정신을 못 차렸다. 당민삼의 호의가 미녀를 보면 베풀고 싶어하는 마음이라고 착각하면서 마냥 공상에 빠져 있는 것이었다.

"그래, 황태자의 성혼식 때 구경 갈 겁니까?"

요사이 세간에 화제는 일주일 앞으로 다가온 황태자의 성혼식이었다. 너도나도 다 구경을 가고 싶어하지만 초청장을 받은 사람들만 입장시킨다는 이야기가 있어 아무나 갈 수는 없었다. 하나 영웅학관의 관생은 누구나 구경할 수 있도록 황궁에서 배려해 주었기에 대부분에 관생들은 거의가 참석할 것이었다.

"가야죠."

'당연한 거 아냐! 내가 안 가면 누가 간단 말이야. 나처럼 예쁜 사람이 가서 축하해 주고 그곳에 분위기를 화사하게 만들어야지.'

구비화가 조금 좋아진 점이 있다면 바로 이 점이다. 예전에는 이런 말을 거침없이 다른 사람에게 했지만 요사이는 친구가 없는 탓에 혼자 말하고 혼자 대답하는 습관이 생겨서 모두 속으로만 말하고 있었다.

"이거 기대됩니다."

"그냥 구경만 하러 가는 건데요. 뭘."

당민삼이 만지작거리던 파천검을 구비화에게 다시 건넸다.

"아주 고풍스럽군요. 마치 세월이란 세월은 모두 이 속에 담겨 있는 것 같아요. 구 소저만큼이나 고고해 보이네요."

"아, 네."

'딴소리는…….'

구비화는 자신의 머릿결을 쓸어 내렸다. 이런 점에서 봤을 때 남자들은 모두가 솔직하지 못한 것 같다. 자신에게 마음에 있으면 있다고 솔직하게 이야기를 하면 될 것이지 검에 비유해서 빙빙 돌리는 건 뭘까.

구비화가 파천검을 다시 품속에 집어넣었다. 나일은 미웠지만 북궁주희가 신신당부했기에 전해주기는 하려고 마음먹었다.

'이 남자 정도면…….'

구비화가 슬쩍 곁눈질로 당민삼을 바라보다 그와 동시에 눈이 마주쳤다.

씨익.

당민삼이 한 번 웃어주자 구비화는 가슴이 고동치는 것을 느꼈다.

'맞아! 영웅무제의 우승자라고 했지? 혹시…….'

영웅무제에서 우승할 정도라면 대단한 무공 실력을 가진 것은 당연한 것. 자신에게 보이는 관심 등을 종합해 보자 당민삼도 자신이 찾고 있는 복면산선일 가능성도 있었다. 특히 구비화는 당민삼의 턱 선을 유심히 살폈다. 남자의 턱 선치고는 가녀리고 단아한 턱 선이었다.

'아니야. 또 문관의 이언지랑 심각한 사이라던데…….'

구비화가 도리질쳤다. 그 탓에 가까이 걷던 당민삼의 가슴에 구비화의 얼굴이 부딪쳤다.

"어머… 왜 그러세요."

"아니, 제가 뭘요?"

자신이 부딪쳐 놓고도 당민삼이 자신에게 작업을 들어온다는 착각에 빠진 구비화가 걸음을 빨리했다.

“저는 이미 좋아하는 사람이 있단 말이에요.”

“누가 뭐래요.”

쫓아가며 당민삼이 말을 해보았지만 자신만의 공상에 빠진 구비화
는 헤어 나오지 못하고 있었다.

휙!

걸음을 빨리한 구비화의 앞에 웬 장년인이 나타나더니 그녀의 손목
을 움켜잡았다.

“누구세요?”

‘남자는 애나 어른이나 아무튼······.’

자신의 미모에 혹해서 쫓아온 정신 나간 사람이라고 단정하면서도
구비화는 화사하게 웃으며 손을 뿌리쳤다.

“네가 옥지냐?”

“무슨······.”

“네가 마옥지냐고 물었다.”

“이보시오.”

털썩.

구비화와 장년인이 벌이는 실랑이에 당민삼이 끼어들었다가 장년인
의 손에 휙 하니 던져졌다.

“왜 이러세요!”

이제사 공상에서 깨어난 구비화의 얼굴이 하얗게 변했다.

“나를 속일 생각은 마라.”

진만득은 확신했다. 이 소녀가 들고 있는 검은 분명 마득풍이 늘 소
지하던 파천검이 분명했다. 아마도 마득풍은 자신의 단검을 마옥지에
게 전해준 것일 테다.

“운이 나빴다고 생각해라.”

진씨 형제들을 포함해서 이 검의 존재를 아는 사람도 열 손가락에 꼽힐 정도로 적다. 아마 자신도 이 검이 소녀의 손에 들려 있는 것을 보지 않았다면 그녀가 마옥지임을 알아채지 못했을 것이다.

“으아악!”

가까이 다가온 진만득의 솥뚜껑 같은 손이 자신의 어깨에 닿자 구비화가 드디어 비명을 질러대기 시작했다. 그 소리를 듣고 사람들이 진만득에게 달려들었지만 모두가 단번에 바닥으로 고꾸라졌다.

‘어떡해… 너무 무서워… 복면산선!’

구비화는 자신도 모르게 복면산선을 떠올렸다. 자신이 위기에 빠질 때면 늘 구해주었던 사람.

‘그가 구해줄 거야.’

그런 생각이 들자 마음이 편안해졌다. 그런 구비화의 변화를 눈치 채고는 진만득은 자신도 모르게 고개를 끄덕였다. 이제야 소녀가 자신의 말을 듣고는 그것을 인정한다고 생각한 것이다.

“잠시 나와 함께 있어줘야겠구나.”

진만득이 구비화의 혈도를 점하고는 어깨에 둘러멨다. 그리고는 진백득을 내려놓은 곳으로 가서 진백득을 다른 쪽 어깨에 멘 채 경공을 펼쳐 북경을 유유히 빠져나가기 시작했다.

제53장
황태자의 성혼식

칠석이 되자 자금성은 부산한 움직임을 보였다. 오늘은 황태자가 성혼식을 올리는 기쁜 날임과 동시에 황태자 측에서 연왕을 잡기 위한 안배가 모두 발동되는 날이다.

"준비는 다 했습니까?"

황태자 주성치가 천장에 봉황이 화려하게 수놓아진 가마인 봉교(鳳輦)에 올라타며 정염을 향해 물었다. 이미 남자 측에서 여자 측에 혼인하기로 결정한 징표로 물건을 보내는 절차인 납징(納徵)을 마치고 여자를 데리고 와서 혼례를 치르는 친영(親迎)만을 남겨두었다.

"네, 황태자비도 자금성에 들어왔다고 합니다. 그리고……."

정염이 손수 황태자의 의복을 손보며 귀엣말을 했다.

"연왕도 이미 자금성에 들어왔다고 합니다. 이미 동창의 위사들이 비밀리에 연왕의 주변에 붙어서 성혼식이 시작되기만을 기다리고 있습니다.”

성혼식이 거행되는 동안에 연왕을 잡으려는 심산으로 동창의 모든 위사들이 황궁 곳곳에 변장한 채 대기하고 있었다.

“그런데 연왕이 군사를 거느리고 왔습니다. 그것도 십만여 명이나 된다고 합니다.”

“뭐라고요!”

소스라치게 놀란 듯 주성치의 음성이 커졌다. 설마 하니 이렇게 대놓고 병력을 이끌고 올 줄은 몰랐던 것이다. 무림고수의 수가 적은 황태자 측에서 어렵게 병력의 우위라도 점하려고 북로정벌군을 끌어들였는데 이렇게 되면 확실히 자신들의 세력이 불리해진 것이다.

“모두 북경성의 북쪽 외곽에 모여 있는 것이 확인됐습니다.”

착잡한 마음으로 정염이 마차의 휘장을 닫았다. 연왕도 오늘을 넘기지 않고 일을 벌이려는 심산이 분명하다.

“북로정벌군은요?”

“이미 성밖에 대기 중입니다.”

“휴우… 병력에서는 우리가 밀리지는 않겠군요.”

‘강호인들에 수에서는 밀리겠지만.’

주성치는 차마 이 말은 하지 못했다. 그 말을 하는 순간 일말의 희망마저도 사라질까 두려웠던 것이다.

“문제는 연왕을 호위하며 오는 강호인들입니다.”

어깨를 늘어뜨리며 정염이 고개를 숙였다. 동창의 정보에 의하면 연왕을 호위하여 오는 인물들의 대부분이 정의맹의 고수라 한다. 정파의 연합 단체인 정의맹에서도 고수라는 소리를 들을 정도라면 초일류의 무공을 소유했다는 것을 의미한다. 그에 비해 자신들이 자금성 안에 심어둔 세력은 그 수가 많기는 했으나 무공이 한참 떨어진 자들뿐이었다. 그들은 정의맹 고수들에 비하면 병사라고 불려도 할 말이 없는 수준이었다.

'단 한 명! 연왕을 잡아줄 단 한 명의 고수만 있었다면…….'

갑자기 나일이 그리워진 것을 왜일까? 성질이 고약하기는 했지만 지금 그가 있다면 조금은 자신감이 생겼을지 모른다. 하나 나일을 설득하겠다던 노진마저 오늘날까지도 행방불명이니……. 그들을 없는 전력으로 치고 계획을 세웠으나 턱없이 힘이 모자랐다.

"혼자 될 때를 노려야겠군요. 가능할까요?"

"……."

정염의 생각도 오직 그것뿐이다. 정의맹의 고수들이 연왕에게 붙어 있는 한 연왕을 잡기는 불가능했다.

"폐하께서는요?"

"아직 거동하지 못하고 계십니다."

주성치가 멍하니 하늘을 올려다봤다. 황제는 오늘이 자신의 성혼식 날이라는 것을 알고 계실까? 요즘 들어 몸뿐 아니라 자꾸 정신을 잃고 있었다.

'오늘입니다. 당신을 이렇게 만든 연왕을 잡아 목을 베겠습니다.'

주성치는 말없이 눈을 감았다.

태화전(太和殿)에서 열리는 황태자의 성혼식을 보기 위해서 많은 사람들이 자금성에 입장했다.

"할아버지! 진이는요?"

대례복을 입은 채 노림의 옆에서 다소곳이 서 있던 노혜영이 몰려드는 사람들을 바라보며 입을 열었다.

"글쎄다. 와야 하건만 소식이 없으니……."

하나뿐인 동생이 혼례에 참석하지 않은 것이 아쉬운지 잠시 노혜영이 주변의 사람들을 찬찬히 바라보았다. 그러나 그 어디에서도 노진을 발견하지는 못했다.

"폐하께서는 어떠신지요?"

건문제의 건강은 이미 돌이킬 수 없는 상태라는 것은 궁내에 파다하게 퍼진 사실이다.

"아무래도 참석하기는 힘드시겠지."

"그러면……."

"황제 폐하께서 하실 일들은 연왕이 대신할 것이다."

성혼식을 참관하기도 어려울 정도로 몸이 약한 건문제를 대신해서 연왕이 예식을 주관하기로 이미 상의가 된 상태였다.

"네에."

한편으로는 다행스럽고 또 한편으론 답답했다. 노혜영도 오늘의 성혼이 무엇 때문에 치러지는지 알고 있었다. 바로 연왕을 잡기 위해서다. 그런데 그 연왕의 주관 하에 성혼식을 치르다니…….

"자, 이제 들어가거라. 곧 혼례가 시작될 것이다."

노림이 노혜영에게 말을 하고는 자금성에 몰려든 사람들 쪽으로 시선을 돌렸다.

"오랜만이네."

자금성 안으로 들어온 연왕이 노림을 만나며 손을 내밀었다.

"그동안 잘 지내셨는지요."

나름대로 예의를 갖춘 노림의 응대에 연왕이 손사래를 쳤다.

"잘 지내고 말고 할 게 뭔가? 벌써 자네의 손녀가 시집을 가다니 세월 참 많이 흘렀네."

어찌 보면 편안한 응대가 오랜 지기를 만난 듯한 행동. 그러나 그 둘의 사이에서는 냉랭한 기류가 물씬 풍겼다.

"그야 그렇지요. 그런데 뒤에 있는 분들은 누구신지……?"

연왕의 뒤에서 공손히 시립해 있는 인물들을 보며 노림이 그쪽으로 시선을 돌렸다.

"내 호위들일세."

하나같이 기도가 범상치 않은 무인들을 보며 노림은 자신도 모르게 탄식을 터뜨렸다. 평생을 학문하는 데 몸바쳐 살아왔다지만 사람을 보는 눈이 없는 것은 아니었다. 노림은 그들을 보며 오늘의 일이 어려울 것이란 것을 느꼈다.

"그럼 저는 이만 준비할 것이 있어서……."

노림이 연왕에게 가볍게 목례하고는 물러나려 하자 연왕이 노림의 손목을 잡았다.

"오늘은 경사스러운 날일세. 자네에게나 나에게나."

뜻 모를 미소를 보내는 연왕을 보며 노림도 살짝 입가에 미소를 그렸다.

"그렇죠. 오늘은 경사스러운 날이 될 것입니다. 대륙의 모든 환란이 종식되는 날이 될 테니까요."

연왕과 노림의 시선이 허공에서 마주쳤다.

"기억하는가? 우리가 예전에 같이 학문을 배웠던 시절을."

고개를 땅으로 향하며 연왕이 추억을 떠올렸다. 그 시절에 노림과 자신은 주남의 사마세가에서 함께 문(文)을 익혔다. 그것은 명(明)이

건국되기 전의 시절이었다.

"사부께서도 이곳에 왔다네."

연왕의 말에 노림이 흠칫 놀랐다.

"그분께서도 오시다니… 단단히 마음을 먹으셨군요. 돌이킬 수는 없습니까?"

노림의 얼굴에 가득 아쉬움이 보였다. 권력에 집착하는 연왕의 모습이 어린 시절 순수함으로 가득했던 모습과 엇갈려 시야에 들어왔다.

"후회는 아무리 일러도 늦은 걸세."

연왕의 말속에서 각오를 느끼며 노림은 착잡한 마음을 금할 수 없었다.

"그렇지요. 그리고 지금은 너무 늦었지요."

노림이 멍하니 자신을 바라보자 연왕이 희미하게 웃었다.

"어쩌겠나? 일은 이미 벌어지고 있으니. 자네도 너무했네."

"무슨……."

"계집아이와 손녀를 성혼시키다니……."

노림의 얼굴에 불쾌한 기운이 떠올랐다. 그것은 자신의 치부를 까발리는 것과 마찬가지였다. 자신도 손녀에게 그것이 얼마나 미안한 짓인 줄은 잘 알고 있다.

"말씀이 과하십니다."

"그런가. 허허. 하나 내 이 성혼을 무효로 만들어줄 테니 너무 걱정 말게."

연왕이 얼굴 가득 득의의 웃음을 짓자 노림의 얼굴은 더욱 참담해졌다. 모든 것이 실패로 돌아갈 것 같은 예감 때문이었다. 분명 연왕의 저 여유있는 모습은 모든 것을 알고 온 자만이 할 수 있는 행동이었다.

"…하늘이 우리를 버리신 건가?"

쓸쓸히 연왕의 곁을 떠나 노혜영에게 다가가며 노림이 하늘을 바라보았다.

미시(未時)가 가까워 오자 노혜영이 탄 마차가 태화전을 향해 가기 시작했다. 그와 동시에 주성치가 탄 마차 역시 태화전을 향해 가기 시작했다.

태화전의 앞에서 연왕과 노림이 서로를 마주 바라보고 서 있었다. 이제 예식이 시작되는 것이다. 그들의 뒤로 금의위 소속의 위사들이 황금빛 투구에 예례용 검을 높이 들어 예식이 시작되었음을 알렸다. 또한 한림원의 학사들이 황태자비의 책봉문을 들고 그 뒤를 따랐다.

쿵, 쿵, 쿵.

태화전의 문이 열리면서 노림과 연왕이 나란히 걸음을 같이하며 들어가기 시작했다. 이미 태화전 안에는 각 부의 신하들이 복색을 갖추고는 오체투지(五體投地)의 예를 행하고 있었다.

같은 시각의 곤녕궁.

자금성의 지하 통로를 통해 잠입한 임호죽은 이미 황제의 침실에 다가서 있었다. 얼굴이 시커멓게 변색된 황제의 얼굴을 보며 임호죽은 깊은 탄식을 터뜨렸다.

"재물도 권력도 다 부질없는 것이구나. 이렇듯 건강이 안 좋으니 다른 것도 모두 빼앗기게 되는구나."

스으윽.

칼끝을 황제의 목에 갖다 댄 임호죽은 주저없이 그었다.

푸어억!

검붉은 피가 황제의 목에서 튀어나오며 임호죽의 소매에 튀겼다.

"죽음은 원래 이런 것이오. 고귀한 자나 빈천한 자나 모두 뜨거운 피를 흘리는 것이오."

혼잣말을 하면서 임호죽은 칼끝에 묻은 피로 황제의 침상에 커다랗게 '마(魔)'라는 글자를 그려 넣었다. 이제 중원의 황제는 죽었다. 그로 인해 또 얼마나 많은 백성들이 피를 흘릴 것인가.

그런 생각을 뒤로하고 임호죽은 황제의 침실을 벗어났다.

정염이 두 손을 들어 황태자비의 책봉문을 읽어 내려갔다. 책봉문의 낭독이 끝나가자 연왕이 몸을 추슬렀다. 주성치와 노혜영에게 황제 폐하의 대리인으로 혼례 후 당부의 말을 할 사람이 바로 연왕이었다. 황제의 태사의가 마치 제것인 양 편안히 몸을 기대고 있던 연왕이 느릿하게 몸을 일으켰다.

"후우……."

숨을 조금 들이마시며 정염은 연왕의 일거수일투족을 주시했다.

'잠시 후다. 그때뿐이다!'

세상에 태어나서 이때만큼 긴장한 적은 없었던 것 같다. 수적으로나 질적으로나 열세에 처한 황태자 측에서 취할 수 있는 방법은 우두머리를 단숨에 사로잡아 잔당을 부수는 방법이 최선. 그 기회가 바로 다음 순간이었다. 단상 위에 있는 연왕이 단상 아래로 내려오는 그 순간만이 연왕이 혼자가 되는 순간일 뿐이다. 정염이 책봉문 사이에 미리 준비해서 끼워둔 단검을 손으로 틀어잡았다. 자신의 손으로 모든 걸 끝내려는 심산이다.

쿵쾅! 쿵쾅!

그때 고요한 장내의 분위기와는 달리 갑자기 태화전 외부가 소란스러워지기 시작했다.

그리고 그 순간 어전의 경호를 맡고 있는 어림통령군의 한 군관이 태화전의 문을 벌컥 열었다.

"황제 폐하께서 붕어(崩御)하셨습니다!"

순간적으로 모든 이들의 시선이 그에게 향했다. 군관이 그러자 한마디를 더 추가했다.

"자객이 황궁에 침입했습니다!"

"무엇이!"

책봉문 속에 감춰둔 단검을 슬그머니 소매로 넣으려는 찰나 정염의 눈동자가 연왕에게 다시 향했다. 연왕의 입가에 슬그머니 피어오른 웃음. 분명 이 일은 연왕이 꾸민 일이 분명했다.

"잡아라!"

정염이 고함을 지르며 연왕에게 달려가자 태화전 안에 심어둔 동창의 위사들도 그에 동조하기 시작했다.

"뭐 하느냐? 막아라!"

연왕과 같이 온 호위들이 그런 그들을 막아서며 장내에는 검광이 난무하기 시작했다.

*   *   *

"채주님, 저쪽에……."

편봉타의 외침에 나일의 고개도 편봉타가 가리킨 방향으로 돌아갔다.

"저거 뭐야? 축포인가?"

사정으로 인해 조금 늦게 북경성에 도착한 나일의 눈에 하얀 먼지구름이 보였다.

"세상에나! 저게 다 인간이잖아!"

편봉타의 입도 커졌다. 구릉 위에서 진을 치고 있는 사람들은 모두가 군인들이었다.

"무슨 일이래?"

"혹시……."

무언가 두려운 듯 노진이 몸을 떨었다.

"뭐?"

"저쪽은 영웅학관으로 가는 길목인데… 자금성을 에워싸고 있잖아요."

"그래서?"

"게다가 연왕의 깃발이 중앙에 꽂혀 있잖아요."

멀리서 바라본 군사들의 중앙에는 노진의 말대로 연왕의 사병을 의미하는 응천기가 펄럭이고 있었다.

그들이 병사들을 보며 소곤거리고 있을 때 좌측에서 또 다른 병사들이 진을 치고 있는 병사들을 향해 쇄도해 왔다.

"모두 정렬!"

진을 치고 기다리던 병사들이 자신들을 향해 쇄도하는 병사들에게는 눈도 깜빡이지 않으며 장검을 곧추세웠다.

"와!"

두 진영의 사이가 가까워지자 기다리던 병사들이 먼저 함성을 지르며 칼을 들어 휘둘러 대기 시작했다.

“뭐야, 저건!”

“그러게요. 훈련하고 있는 것 같지는 않은데…….”

피가 튀기는데도 느긋하게 그 모습을 구경하고 있던 노진이 갑자기 소스라치게 놀란 듯 입을 벌렸다.

“설마 연왕이 일을 벌이고 있는 것은 아니겠죠!”

“설마.”

“그렇지 않다면…….”

그들의 눈길이 다시 군사들의 싸움으로 향했다.

“맙소사!”

사단이 난 게 분명했다. 나일은 그 싸움의 뒤편에 있는 구비화에게 화가 미칠지 모르겠다는 생각이 들었다. 아니나 다를까, 자세히 보니 영웅학관 쪽에서도 거대한 불길이 치솟고 있었다.

“이러고 있을 게 아니다. 회계비서와 편봉타는 어서 자금성에 가서 수석비서 등이 잘 있는지 확인해라.”

“채주님은요.”

“나는…….”

입술을 지그시 깨물며 나일이 하늘을 올려다봤다.

“그녀를 구하러 가야지.”

“혹시 미친 소저요?”

“이게!”

빡!

노진의 뒤통수를 후려갈기고는 나일이 달려나가기 시작했다. 조금이라도 늦는다면 평생 후회할 일이 벌어질지도 모른다는 예감이 들어 등짝에 식은땀이 흘렀다.

“저… 저……”

자금성이 내려다보이는 산 정상에서 아래를 내려다보던 사마빈의 가슴이 덜컥 내려앉았다.

“혹시……”

종횡무진(縱橫無盡). 한 마리의 늑대가 양 떼 속에서 유유히 양 떼를 찢어발기는 것과 같은 무위. 무천대협 황생!

아마도 그가 다시 세상에 나온 것일 테다. 연왕의 군사들 속에서 몇 몇의 무림인이 나와 그를 맞이했지만 그를 저지하지는 못했다. 힘의 세기가 극명하게 드러나 있었다.

펑!

그의 일장 힘을 막아서는 사람은 없었다. 십만의 병력 속에서 커다란 도를 들고 한바탕 춤사위를 펼치는 그에게 아무도 다가설 엄두를 내지 못했다. 그는 피아를 구분하지 않고 그저 북으로만 전진하고 있었다. 그것이 다행이라면 다행. 그의 그런 행동 때문에 아군과 적군의 피해가 거의 비슷했다.

“제가 막겠어요.”

그것을 보다 못한 사마빈의 딸이 그를 막아서려고 나섰다.

그 순간 사마빈의 입에서는 깊은 한숨이 터져 나왔다. 비록 혼천마 공을 완성시켰다 해도 그를 막아서기에는 터무니없었다. 자신이 없다. 자신의 선조들이라면 지금 어떤 선택을 할까? 아마 그가 다시 나타났다는 사실만으로 가문을 어둠 속으로 숨기려 들기에 급급할 것이다. 그러나 사마빈은 그럴 수 없었다. 너무 오랜 기다림이었고 더 이상 기다릴 힘도 없다.

"혼천마공을 사용해도 안 된다면 물러나거라."

잠시 딸에게 한 번 눈길을 준 후 다시 그에게 시선을 돌렸다. 만약을 위해서라도 그의 무공을 봐두어야 한다. 그래서 다시 시작할 준비를 해야 한다. 자신들의 조상들처럼.

"굉장해!"

또 다른 산에서는 사마빈의 증손자인 사마수가 나일이 펼치는 무공에 감탄하며 무림사기에 그의 무공을 자세히 적어내려 가기 시작했다.

"더럽게 많네."

햇빛이 반사될 정도로 잘 닦은 갑주를 걸친 군인들 틈으로 뛰어든 나일은 영웅학관을 향해 길을 열었다. 베도 베도 끝없는 사람들의 행렬. 마치 예전에 소혜를 찾기 위해 내달렸던 화마에 휩싸인 언덕을 가는 것처럼 숨이 턱턱 막혀왔다. 이럴 때 약해 보여서는 안 된다. 약해 보이는 순간 군사들은 벌 떼처럼 자신에게 달려들 것이다.

"아직, 아직 많이 남아 있어. 조금만 기다려 줘."

스스로를 채찍질하며 공력을 운용해 보지만 어쩔 수 없는 진기 소모에 나일은 점점 지쳐 갔다. 그 순간 누군가가 자신의 앞을 가로막았다. 죽립 아래 드러난 금색의 복면과 오른손에 굳건히 들고 있는 오색찬란한 검. 무엇보다도 나일을 움찔하게 만든 것은 복면 속에서 일렁이는 핏빛 눈동자였다.

"눈이 뭐 저래!"

분명 저 눈은 색목인인 적안마검 하동구가 지닌 유전에 의한 눈과는 달랐다. 무언가 핏물이 곤두서서 생겨난 눈동자였다.

촤아앙!

검끝을 땅에 닿은 채로 달려드는 죽립인을 보며 나일은 정신을 차렸다. 무언가에 홀린 듯한 눈동자를 보고 있으니 힘이 빠져나가려 한 것을 다잡은 것이다.

"쌍!"

나일도 감산도를 들고 짓쳐들어 갔다.

콰콰쾅!

한 번의 격돌이 있은 후 둘 사이가 오히려 더 넓어졌다. 서로의 반탄력을 이기지 못하고 물러난 것이다.

"그가 아니군."

한동안의 침묵 끝에 죽립인이 살짝 입을 열었다. 차분하면서도 무언가에 대한 동경이 무너진 것에 대한 실망감! 음성에는 그런 것들이 짙게 배어 있었다.

"무슨 개소리야?"

나일이 귓구멍을 파며 죽립인을 향해 걸음을 옮겼다. 갑자기 나타나서 당황하기는 했지만 자신의 적수는 못 된다고 판단했다.

저벅저벅.

"넌 그가 아니야. 그런데 넌 누구지?"

묘한 울림에 나일이 걸음을 멈추었다. 최소한 자신이 누구인지를 밝히는 게 싸우는 상대에 대한 예의였다. 산채에서 행사를 나가더라도 자신들이 어느 산채라는 것은 꼭 알려준다. 또한 그럼으로써 자신도 상대가 누군지를 확실히 알 수 있다.

"난 와룡채의 채주 천하무적 나일님이시다. 당신은?"

복면인의 눈꼬리가 살짝 올라갔다.

"기껏해야 녹림도!"

혹시나 전설의 그일까 봐 망설이며 부하들이 죽어가는데도 손을 쓰지 못했다. 한데 나일이 가까이 올수록 진해져야 할 화설향의 향기는 온데간데없고 자신이 상상으로 그렸던 그의 무위보다 어설퍼 보였기에 마음을 다잡고 나선 것이다.

"난 사마은이다. 그러나 그 이름보다 사람들은 나를 매두노괴라고 부른다."

그 말에 나일이 매두노괴를 쳐다보았다. 하도 마협지가 매두노괴를 나쁜 괴물로 욕을 해대서 귀에 익은 이름이었기 때문이다.

"흠… 매두노괴가 당신이었군."

할 말을 마친 둘 사이가 또다시 뜨거워졌다.

거리는 오 장여. 고수 간의 거리치고는 너무나 가까운 거리였다. 두 사람 사이의 공기가 뜨겁다 못해 폭발하려는 찰나 두 사람은 다시 부딪쳤다.

쾅!

순간 나일의 의복 일부분이 터져 나갔다. 그리고 복면인이 쓰고 있던 복면도 터져 나가 버렸다. 모습을 드러낸 사람은 여인이었다.

'여자였군.'

그렇다고 해서 봐줄 나일이 아니다.

"이것도 막아보아라!"

매두노괴가 공력을 움직이는 기척도 보이지 않았는데 무언가가 나일의 몸으로 들어오려 했고 나일의 몸 외부에 있던 진기들이 그것을 막아섰다. 흔히 호신강기로 표현되는 무형의 방어력이었다.

"뭐야!"

깜짝 놀란 음성으로 무심코 자신의 가슴을 내려다보던 나일은 자신의 가슴 한복판이 뚫려 있는 것을 느끼고는 황당한 눈초리를 했다.

퍼퍼펑!

폭발음이 연이어 터지며 온몸의 의복이 일순간 터져 나가 버렸다.

혼천마공은 마음의 무공이다. 혈천마공과 역천마공의 조화. 그것은 마음의 조화에서 시작된다. 어떻게 보면 혼천마공은 전혀 새로울 게 없는 무공이다. 가장 사이하고 패도적인 무공의 장점을 조화시킨 것일 뿐이다. 그러나 그것으로 인해 마음만으로 바위를 부술 수 있으며 살인을 할 수도 있다.

천마지체를 이루기 위해서는 깨달음을 얻어야 한다. 그 언제 찾아올지 모르는 깨달음은 자질이 부족한 사람에게는 찾아오지 않으며 제아무리 뛰어나다 해도 시간이 너무 오래 걸린다. 그래서 천마지체를 이루는 것은 인간의 수명으로는 결코 불가능하리라고 사람들은 입을 모은다.

하나 혼천마공을 익힌다면 언제 찾아올지 모르는 깨달음을 얻어 천마지체가 되는 것을 기다리는 것이 아니라 인위적으로 천마지체를 이룬 것과 같은 위력의 무공을 펼칠 수 있다. 그것을 증명한 이가 매두노괴였다.

펑!

이번에도 매두노괴가 공격한 흔적이 없음에도 나일의 몸은 뒤로 오 장여나 밀려 버렸다.

혼천마공의 공력을 운행하면 역천마공의 패도적 공력이 뿜어져 나오고 그것은 혈천마공이 움직이는 괴이한 방향으로 흔적도 없이 폭발시킬 수 있다. 이것을 마음의 무공이라 부르는 이유이다.

마음만으로 공력을 보내니 그 누가 막을 수 있을 것인가.

다만 아직 완전히 완성된 상태는 아니기에 시전자의 몸에서 뿜어져 나온 진기가 사라져서 원하는 곳에서 나타나는 것이 아니라, 원하는 곳으로 그 길을 따라 움직이면서 진기를 막아선 벽에 부딪치면 그 자리에서 폭발을 해버린다. 하나 바위도 부숴 버릴 정도의 폭발력이기에 가히 무적의 신공이라 할 수 있다.

"에이 썅."

나일이 온몸을 문질렀다.

"아프잖아!"

호신강기가 몸을 보호하고 있다고는 하지만 부딪쳐 오는 묵직한 통증에 아프지 않을 리 없었다.

잠시 주춤거리는 나일에게로 매두노괴가 다가왔다. 나일로서는 매두노괴의 공격을 막을 방법이 없었다. 보이지도 않는 공격을 대체 어떻게 막는단 말인가.

'도망쳐?'

나일의 머리 속에는 오만 가지 생각으로 가득 찼지만 도저히 도망도 칠 수 없을 것 같았다. 그렇다고 이대로 당할 수만은 없는 노릇.

"막을 수 있으면 막아봐라!"

매두노괴의 음성이 터져 나옴과 동시에 나일이 무의식적으로 칼로 자신의 전면을 보호했다.

콰당탕!

"윽!"

조각이 나면서 비산하는 칼과 함께 감당하기 벅찬 충격을 받은 나일의 눈동자가 커졌다.

같은 시각. 산 정상에서는 사마빈이 그들의 대결을 보며 안도의 한숨을 쉬고 있었다.

"휴우."

청년이 펼쳤던 무공은 자신의 가문에 적혀 내려오는 그것과 대략적으로 비슷한 움직임이었으나 그는 아니었다. 만약 그라면 저렇듯 무방비 상태로 옷이 터져 나가는 낭패를 당하지 않으리라. 자신이 알기로 그는 고금 최강의 무인답게 자존심도 강한 이였다. 그런 그가 그런 수모를 당하고도 아무런 움직임이 없을 수는 없다. 그렇기에 사마빈은 그가 무천대협이 아니라고 단정한 것이다.

"그가 아니군. 어디서 본 듯한 얼굴이기는 한데……."

사마빈은 긴 수염을 쓸어 내리며 다른 곳의 형세를 관망해 갔다. 이제 그쪽은 그저 작은 국지전이 될 뿐이다. 대국을 이끄는 것은 북로정벌군과의 전투였다.

"어헛!"

자신이 우세를 점하는 곳과 불리해지는 곳을 바라보던 사마빈의 눈에 한 무리의 사람들이 갑자기 난입해 들어오며 길을 뚫는 것이 보였다.

"누구란 말인가? 마교!"

사마빈의 입에서 경악성이 터져 나왔다. 마천신군 마득풍이 자신이 병사들을 이용해서 만든 구궁연환진(九宮連環陣)을 광풍노도와 같은 기세로 휩쓸고 있었다.

더욱이 병사들과 장수들이 그를 잡으려고 쫓아다니느라 오히려 구궁연환진이 와해되면서 서로 엉키고 있어 그 타격이 점점 심각해져 갔다.

“미련한 놈들.”

사마빈이 등에 꽂은 빨간 깃발을 빼어서는 크게 동그랗게 원을 그렸다. 그것이 수신호였던지 연왕 측의 병사들이 물러서면서 마교의 무리들을 진세의 중앙으로 유인했다.

“됐어.”

깃발을 내려놓으며 사마빈은 그곳에 시선을 고정시켰다.

이것은 바둑의 원리를 이용한 것으로 강한 군대는 움직이지 않고 약한 군대가 상대를 끌어들이는 것이다. 병사들이 끌어들인 곳에는 그들을 상대할 만한 세력이 있다. 그들은 바로 또 하나의 마교, 그중에서도 중추 세력인 내원의 고수들이다.

“좋지 않아!”

마득풍은 휩쓸고 가는 걸음을 늦추었다. 십만대산에 마교의 정예 고수를 이끌고 밤낮을 가리지 않으며 달린 끝에 오늘에 이르렀다. 정염의 서신을 받고서 그의 말을 쫓아서 온 것은 아니다. 이렇게 행동을 하는 것. 백성들에게 피해를 주는 것을 제거하는 것이 마교의 숙명이기 때문에 그런 것이다.

“하나 여기서 오래 시간을 끌 수는 없지.”

이미 화안괴마 구철회를 단수금마 혁련종에게 딸려서 자금성에 보내기는 했으나 마음이 놓이지 않았다. 자신이 일을 끝까지 마무리하고 싶었다. 오십여 년 전에 남에게 미루었다가 주원장에게 낭패를 보지 않았던가. 그런 일을 반복하지 않기 위해서는 이쪽에서 확실히 마무리를 짓고 자금성에 빨리 입성해야만 한다.

“저 진세는 무엇을 노리는 것인가?”

이미 연왕 측과 황태자 측의 대규모 전투가 벌어진 후에 도착한 마득풍은 구궁연환진을 한눈에 알아보았다. 그것 때문에 황태자 측이 싸우는 데 애를 먹고 있자 그것을 뚫기 위해서 무리를 이끌고 우선은 깊숙이 찔러 들어갔다. 이때 북로정벌군은 당황해 하나의 기세를 이루지 못하고 밀려나고 있었다. 그리하여 연왕 측의 구궁연환진이 지리의 이점을 확보한 상태였다.

반대로 그들이 펼친 진을 조금 물러서게 해서 지형이 높은 지점을 점령하게 되면 파훼하기가 그리 어렵지 않다. 물론 그러기 위해서는 돌파력이 있어야 하는데 병사들로는 어림도 없었다.

물러나는 듯하지만 실제로는 오히려 덮쳐들며 변화하는 진세에 마득풍이 그것을 유심히 지켜보았다. 연왕의 병사들은 조금 이상한 움직임을 보이고 있었다. 분명히 물러나는 것 같았는데 병사들의 숫자는 줄어들지 않고 오히려 늘어난 것에는 연유가 있는 것.

"저쪽의 맥을 끊어야만 가능성이 있겠군."

잠시 무언가를 고심하던 마득풍은 그것의 이유가 후방에서 공급되면서 나오는 인물들 때문임을 알아봤다. 그들은 병사들보다 훨씬 빠른 움직임으로 교묘히 그들 속에 침투해서 북로정벌군의 목을 베고 있었다.

"병사들은 물러섯거라! 그렇지 않으면 피아를 구분하지 않고 모두 벨 것이다!"

마득풍이 천마후(天魔吼)를 토해내었다. 이제부터 이 싸움은 무림인들 간의 격전이 되어야 한다. 무림인의 숫자는 연왕 측이 월등히 많았고, 그들은 일반 병사들 틈에 숨어 북로정벌군의 목을 야금야금 베어가고 있었다. 그들이 일반 병사들 속에 숨어서 싸운다면 전투는 길어지고 힘들어진다. 더욱이 무림인들 간의 싸움이라면 천하제일인인 자신이 이편에 있는 이상 지지 않는다는 자신감도 있었다.

펄럭.

그런 움직임을 간파하고는 사마빈이 빨간 깃대를 다시 왼쪽으로 크게 휘저었다. 이것은 수 싸움이다. 난전이 될수록 자신들이 유리하다. 그것이 사마빈이 내린 판단이었다. 자신들의 세력에는 각기 다양한 세력이 합쳐져 있었고 그 규모도 대단히 방대했다. 난전이 거듭되면 될수록 그들은 공을 다투려고 앞에 나설 것이지만 상대적으로 적은 그렇지 못하다. 북로정벌군은 용맹한 부대이기는 하지만 황제에 대한 충심은 비교적 적은 편이다. 발을 묶어 거칠고 험한 곳에서 살아가도록 명령을 내린 황제에 대해 내심 불편하게 생각한다는 것을 사마빈이 간파한 것이다.

"북로정벌군은 듣거라! 대명의 황제가 계집이 된다는 게 말이 되느냐! 황제는 너희들을 구석진 곳에 처박아두고 호의호식하고 있었는데 너희는 그 황제를 돕겠다는 거냐!"

연왕 측의 중심부에서 사마빈의 깃발을 본 누군가가 북로정벌군을 보며 크게 외쳤다.

"개소리 마라! 그럼 황태자가 여자란 말이냐!"

"연왕이나 잘하라고 그래!"

이에 뒤질세라 북로정벌군 측에서도 징을 두드려 대며 맞고함을 질렀다. 명분 싸움에 들어간 것이다. 대규모에 전투에서는 명분 싸움이 성패를 좌우하는 경우가 종종 있다. 가만히 듣고만 있으면 자신 편의 사기가 땅에 떨어질 우려가 있다.

"황태자가 계집이라는 것은 이미 황궁 안에 모르는 사람이 없을 정도다!"

"우~ 오늘 성혼식까지 하는데 여자라니!"

"투항하는 자는 연왕께서 중앙군으로 받아들이실 것이다! 어차피 너희들은 이 싸움이 끝나면 다시 변경으로 가야 하지 않느냐?"

야유를 보내면서 서로 간의 신경전이 벌이던 병사들 속에서 북로정벌군의 몇몇이 투항하기 시작했다. 미리 준비해 온 연왕 측의 병사들이 하는 말 하나하나가 마음에 와 닿고 있기 때문이다.

"후우~"

마득풍은 일이 어렵게 됨을 느꼈다. 수적에서 열세였는데 강호인들의 세력에서도 이렇게 열세일 줄은 꿈에도 몰랐다. 그동안 은거에 들어가는 동안 사마세가의 활동을 견제하지 않았는데 이렇듯 커질 줄은 상상도 못했던 것이다.

"결국 이것은 이렇게 끝나게 되는군."

마득풍 정도의 경지에 이르면 이제는 몇 차례의 격돌이 더 오가고 그 후에는 어떻게 상황이 진행될 것인지가 눈에 보인다. 그런 마득풍의 눈에 매두노괴와 대치하고 있는 청년의 모습이 보였다.

나일은 자신도 모르게 눈을 찔끔 감았다. 혹시 눈을 감으면 공격이 가해지는 흐름을 느낄 수 있지 않을까 하는 마음에서 한 행동이었다. 그러나 그것이 부질없는 행동이었음을 아는 것은 그리 오랜 시간이 걸리지 않았다.

펑!

전혀 기운이나 기세가 느껴지지 않음에도 자신에게 엄청난 고통을 안겨주는 타격에 밀려서 이리저리 휘둘리고 있었다.

"나의 현제가 아닌가?"

그때 어디선가 들려오는 전음에 나일의 고개가 반쯤 틀어졌다. 좌측에서 날아오듯 허공을 밟으며 누군가 다가오고 있었다.

"어, 형님."

그 옛날 태호에서 자신에게 강호인의 의기를 가르쳐 주었던 마득풍이 분명했다. 그때와 비교해서 마득풍의 모습은 전혀 다른 점이 없었다. 그래서 한눈에 알아보았다. 둘은 상황이 급박하기에 반가운 해후는 나중으로 미루었다.

"현제는 잠시 물러나게. 그 아이는 내가 가르쳤다네. 얼마나 늘었는지 내가 상대하겠네."

"그러시죠."

나일로서는 마다할 명분이 없다. 아니, 쌍수를 들고 환영할 일이다.

"내가 상대해 주마!"

마득풍이 나일의 앞을 가로막으며 매두노괴의 앞에 섰다.

"사부님, 그동안 만수무강하셨는지요."

격전 중에도 매두노괴가 마득풍에게 무릎을 살짝 꿇어 보였다.

"오냐, 너도 그동안 잘 지냈느냐."

어찌 보면 평범해 보이는 사제 관계였지만 이미 그 두 사람은 서로에게 전의를 불태우고 있었다. 못 만난 동안 서로의 기도가 몰라볼 정도로 달라져 있었기 때문이다.

"사부님이 그동안 모른 척하고 계셨던 덕분에 이렇듯 건강하옵니다."

예의를 갖추면서도 톡 쏘아붙이는 듯한 매두노괴의 말에 마득풍이 고깝다는 웃음을 지어 보였다.

"그래, 성취는 있었던 것 같구나. 나도 이 순간을 얼마나 기다렸는지 모른다."

나일은 마득풍의 행동이 마음에 들었다. 까딱 잘못했으면 자신은 장가도 못 가보고 죽을 뻔한 것이다. 최소한 자신도 성혼식은 해보고 죽어야 하지 않겠는가. 그런 점에서 싸움을 대신 맡긴 것은 백 번 생각해도 잘한 행동이었다.

"조심하세요."

예의상 마득풍을 향해 걱정스런 말투를 던지면서 나일은 다시 영웅학관을 향해 달려갈 준비를 했다.

펑!

폭음과 함께 고개를 돌린 나일의 눈동자에 마득풍의 모습이 투영됐다. 한데 마득풍은 전혀 상처를 입지 않았고 오히려 고통스러워하는 것은 매두노괴 쪽이었다.

"우윽."

단 한 번의 격돌이었는데도 공격을 가한 매두노괴는 절로 구부러지는 무릎을 제어하지 못했다.

"이제야 제법 예의를 갖추는구나!"

그런 매두노괴를 보며 마득풍이 고개를 끄덕였다. 과연 지금 상대를 해보니 예전보다 실력이 부쩍 는 것이 사실이었다. 기술의 수준은 더 이상 오를 수 없는 경지에 다다른 것이 분명했다. 그러나 그것은 기술뿐이었다. 깨달음 없는 무공은 맛을 내지 못하는 음식과 마찬가지이다.

"고작 그뿐이냐?"

방금 전에 공방에서 큰 이득을 본 마득풍이 가만히 팔짱을 낀 채 매두노괴를 노려보았다.

'과연 사부님은… 넘을 수 없어.'

내심 나름대로 자신의 무공에 자신을 가졌던 매두노괴였으나 자신감이 서서히 줄어들고 있었다. 청년을 상대했던 것처럼 매두노괴가 선보인 것은 혼천마공이었다. 그런데 통하지 않았다. 어딘가에 막혀 부딪쳐 폭발하기는커녕 다시 자신에게로 돌아와 자신의 가슴을 강타한 것이다.

"으으윽……."

이것에는 큰 비밀이 있다. 마득풍은 이미 기술로 몸에 상처를 입힐 수 있는 경지를 벗어나 있었다. 천마지체에 근접한 그의 몸은 이미 주위와 하나가 되어서 혼천마공으로 공격한 무형의 진기조차도 통과한 것이다. 마득풍은 그것을 읽고 다시 그 진기를 유도하여 매두노괴에게 보낸 것이다.

"아쉽군. 나는 네가 최고의 적수이기를 바랐는데."

나일은 그들을 바라보며 자신이 한없이 부족함을 알았다. 사부의 무하신공을 제대로 익혔다면 매두노괴의 공격에 그렇게 맥없이 당하지는 않았을 것이다.

휘이익.

산 정상에서 그 장면을 목격한 사마빈이 빨간 깃발을 땅에 박고는 길게 휘파람을 내질렀다. 그와 동시에 연왕 측의 진영에서 한 여인이 괴이한 음향을 동반하며 빛살처럼 날아오기 시작했다.

"북궁주희!"

나일의 음성이 조금 떨려 나왔다. 그녀는 분명 북궁주희였다. 그런데 무언가 이상했다. 눈을 뜨지 못했던 그녀는 선명한 청색의 눈을 뜨고 있었다. 그것은 자신이 알던 북궁주희의 눈동자의 색깔이 아니었다.

"누구냐?"

마득풍도 이상한 기운을 감지하고는 심각한 표정이 되었다.

콰지직!

그녀가 스쳐 지나가는 자리마다 무언가 쓸린 듯한 흔적이 나타났다.

북궁주희는 인간이라고는 볼 수 없을 정도로 거대한 잠력을 몰고 오고 있었다.

"좋군."

마득풍의 얼굴에 짙은 미소가 걸렸다. 자신이 지금껏 수련해 온 무공은 마치 이 여인을 상대하기 위해서가 아니었을까 하는 생각이 들 정도로 강해 보였다.

우우웅.

소리가 점점 짙어지며 마득풍의 면전에 북궁주희가 멈추어 섰다.

"북궁주희… 으아악!"

멍한 눈초리로 북궁주희를 바라보던 나일은 그녀의 눈과 눈이 마주쳐 오는 순간 머리에 극심한 두통이 밀려오는 것을 느꼈다.

'분명 병은 고쳤는데…….'

의아한 마음이 들었지만 두통은 예전에 선천성 골수 불혈(先天性 骨髓 不血)의 통증만큼이나 강하게 나일의 머리 속을 휘저었다. 그 고통을 참지 못하고 나일이 머리를 움켜쥐며 쓰러졌다.

"화설홍… 당신이오?"

잠시 후 다시 일어선 나일의 입에서 나온 이름은 천만뜻밖에도 북궁주희가 아닌 화설홍이란 이름이었다.

"당신은… 치우천왕."

북궁주희의 음성이 이상하게 변했다. 무언가에 대한 극심한 타격을 받았는지 횡설수설 이상한 말들이 토해져 나왔다.

그 모습을 보면서 마득풍은 의혹에 잠겼다.

"그렇소. 나요. 당신 때문에 미쳐 버린 바로 그 남자요."

침착한 음성으로 나일이 북궁주희의 손을 잡아갔다.

"미안해요."

북궁주희의 눈에서 맑은 이슬이 흘러나왔다.

"나는……."

나일의 음성은 더 이상 이어지지 않았다. 북궁주희의 손에 들린 검 끝이 가슴을 파고들었기 때문이다.

"곤명검이라… 이것이 당신의 대답이오?"

북궁주희의 검이 다시 사방으로 회오리쳐 가기 시작했다. 그와 동시에 천지가 어둠에 싸이며 비가 퍼부어대기 시작했다.

"호호호… 내 성은 사마예요."

웃는 북궁주희의 눈에서 흘러내리는 눈물은 더욱 굵어지기 시작했다. 사마라는 성을 가진 자의 숙명. 그것은 시간이 아무리 흘러도 벗어날 수 없는 것이기에…….

제54장
그 사람의 내부

"흐음."

북궁주희가 신음을 토해내었다.

"나일……."

이것은 분명 꿈일 것이다. 자신의 눈이 보이는 것을 보면 분명 꿈일 것이다. 꿈이어야 한다. 나일이 피투성이가 된 채 자신의 품에 안겨 있는 이것은 분명 꿈이어야 한다.

짝. 짝.

북궁주희가 자신의 뺨을 향해 손바닥을 날렸다. 아픔이 느껴졌다. 주위는 이미 무언가가 한바탕 휩쓸고 지나갔는지 모든 것이 황토에 덮여 있었다.

"왜?"

지금 이렇게 서 있는 상황이 이해가 가지 않았다. 이곳은 어디이고 또 왜 나일은 자신의 품에 안겨 있는가? 자신이 정신을 잃었던 그 순간을 되짚어보았다.

　제일 먼저 들려온 것은 귀를 거슬리는 이상한 웅얼거림이었다. 북궁주희는 혈도를 점혈당한 채 움직이지도 못하고 그저 죽은 듯이 누워 있었다. 그런데 자신에게 말을 걸었던 적인법왕이 자신의 귀에 대고 온몸의 털이 곤두설 정도의 사이한 음성으로 무언가를 불러댔다.
　'뭐야… 무서워 죽겠네.'
　공포에 떨어대고 있던 북궁주희의 손에 무언가가 쥐어졌다. 북궁주희는 그 물건의 감촉을 느끼고는 소스라치게 놀라야만 했다.
　'빙정!'
　이처럼 작은 물체가 온몸을 얼릴 듯한 차가운 기운을 내뿜는 것은 보통의 한옥으로는 불가능하다. 자신이 알기로는 오직 북해빙궁의 신물인 빙정만이 낼 수 있는 기운이었다. 정신을 집중해서 자신의 손에 쥐어진 감촉을 느껴보니 모양도 알고 있었던 초승달 모양이었다.
　주르륵.
　그 다음에 부어진 것은 온몸을 가렵게 만드는 액체였다.
　'이건 뭐야.'
　조금씩조금씩 늪으로 빠져 들어가는 기분이 들었다. 벌레가 자신의 몸 안으로 들어오는 아주 불쾌한 기분에 북궁주희는 속으로 연신 비명을 질러대었다.
　적인법왕이 곤명검을 들어 북궁주희의 왼쪽 손목을 그었다.
　'아악!'
　북궁주희는 고통과는 반대로 그로 인해 조금은 몸이 상쾌해지는 기

분이 들었다. 그리고 그 순간 자신의 머리 속으로 누군가 들어오는 것
을 느끼며 정신을 잃었다.

　"아이야, 울지 마라. 사랑은 늘 그렇게 아픈 것이란다."
　"누구세요?"
　울고 있는 북궁주희의 머리 속으로 여인의 음성이 들려왔다.
　"너의 영혼의 주인이다."
　북궁주희는 그 순간 목이 메어왔다. 그리고 안도했다. 이 모든 게 생
생하지만 분명 꿈인 것이다. 그렇지 않고서야 이런 일이 어떻게 일어
나겠는가.
　"다행이다. 꿈이었구나."
　입가에 미소를 띠며 북궁주희가 편안히 바닥에 누웠다.
　"어? 원래 꿈에서는 이렇게 되면 깨어야 하는데……."
　북궁주희의 그 말에 대답한 것은 자신의 영혼의 주인이라는 여인이
었다.
　"이것은 꿈이 아니란다. 현실이란다."
　"그럴 리가요!"
　미약하게 떨려오는 북궁주희의 목소리에는 공포감이 배어 있었다.
　"사실이란다."
　"그럼… 나일은… 말도 안 돼!"
　북궁주희가 나일의 얼굴을 쓰다듬었다.
　"네가 안고 있는 그 사람을 죽인 것은 바로 너다."
　"아니야! 아니야!"
　절규하듯 북궁주희의 외침이 온 세상에 울려 퍼졌다.

"나 역시 그런 사랑을 해봤다."

머리를 울리는 외침이 끝나자 북궁주희는 미친 듯이 달리기 시작했다. 나일을 안고서 달려나가는데 그 속도가 섬전을 방불케 했다.

"그럴 리 없어! 이것은 꿈이야!"

"야, 이 자식! 천마!"

나일의 목소리가 쩌렁쩌렁 울렸다. 어떻게 된 영문인지 갑자기 눈앞이 캄캄해지고 이 어두운 공간이 나타나 버린 것이다. 그러나 나일은 외부에서 들려오는 목소리를 듣고는 이 일이 어떻게 된 일인지 눈치 챘다. 이것은 분명 천마가 자신의 육체를 강제로 조종해서 벌어진 일이 분명했다.

"빨리 나와! 나를 죽이려들어!"

잠시 동안은 정신이 또렷했는데 무언가에 찔린 듯한 상처를 입고 나서는 정신이 혼미해져 오고 있었다.

"잡히면 이번엔 진짜 죽인다!"

이를 갈아대며 길길이 날뛰어 보지만 방도가 없다.

"천마! 쫓아낼 테다!"

천마가 갑자기 뛰쳐나와 자신의 몸을 제어하려고 하지만 않았어도 이렇게 어이없이 죽진 않을 것이다. 그에 대한 원망 때문에 미쳐 버리기 직전에 천마의 목소리가 들려왔다.

"나를 원망하지 마라. 난… 그녀가 나를 아직도 사랑하는 줄 알았다."

나일이 정신을 모았다. 어둠에 휩싸여서 자신의 모습은 이미 사라지고 정신만이 존재하는 상태. 그리고 정신을 모으자 진기가 일어났고 그것은 의념(意念)이 되었다.

“어디 있는 거야!”

의념의 상태가 되자 나일은 이곳이 어디인지를 눈치 챘다. 바로 자신의 몸속이었다. 그렇지 않고서야 천마의 목소리나 외부의 일이 이렇게 또렷이 들릴 리 없지 않은가?

‘그럼 뇌 속으로 가면 찾을 수 있겠구나.’

나일의 의념이 천마가 숨어버린 뇌를 향해 다가갔다.

꼬불꼬불, 그리고 너무나 험난해 보이는 뇌를 보며 나일의 의념은 한숨을 쉬었다. 머리 속 그 좁은 곳이 이렇듯 넓고 복잡한 곳일 줄이야……. 이곳은 그 어떤 곳의 미로보다도 난해한 곳이었다.

“흠… 그렇다고 내가 포기할 줄 알아.”

나일의 의념은 거침없이 뇌 속으로 흘러 들어갔다. 혹시라도 그 복잡한 뇌 속에서 길을 잃어버리면 영영 다시 올 수 없음에도 의념은 거침이 없었다. 조금이라도 시간을 지체하면 목숨이 위급했기에 그런 것들을 다 무시한 것이다.

“정말 희한한 곳이군.”

말은 그렇게 했지만 불안이 엄습해 오고 있었다. 갈 길은 너무나 멀고도 험했다.

“나일, 오랜만이구나.”

어여쁜 여인의 모습이 나일의 의념을 가로막았다.

“누구시더라…….”

갑작스럽게 나타난 여인이 몸을 한 바퀴 돌렸다. 그러자 여인은 한 마리의 불새가 되었다.

“나. 네가 돌봐주었던 신농.”

“신농…….”

황생에게 무공을 배웠던 시절에 자신의 어깨에 오줌을 싸고는 했던 애완조 신농이 여인의 정체였다.

"나를 따라와. 내가 안내해 줄게."

"그런데 어떻게 여기는……."

"잊었어? 너의 몸속으로 내가 들어갔었잖아."

"아하!"

애완조 신농은 온몸이 불꽃이 되어 산산이 흩어졌었다. 그때 그 불꽃을 피하지 못하고 한 대 얻어맞았는데, 이런 데서 다시 그녀(?)를 만나리라고는 상상도 하지 못했다.

"나는 항상 너를 봐왔어. 바로 이 안에서. 비록 백호 때문에 모습을 드러낼 수는 없었지만 항상 지켜봐 왔지."

불새는 어두운 길을 밝혀주며 나일의 의념을 인도해 갔다.

"내가 갈 수 있는 곳은 여기까지야."

"여기는 어디지? 그리고 혹시 이미 나는 죽은 거 아냐?"

어느 순간부터 외부에서 들려오던 폭발음이 들려오지 않자 나일의 의념은 더욱 다급해졌다.

"바로 앞에 백호의 의념이 있을 거야. 그곳으로 가. 그리하면 너는 다시 살 수 있어."

"그래, 고마워."

나일의 의념은 태어나서 처음으로 남에게 더 잘해주지 못한 것이 미안했다.

"안녕. 반가웠어."

갑자기 공간이 이글거리면서 불새의 모습이 사라졌다. 나일의 의념은 그런 불새의 모습을 찾아 두리번거렸지만 그 모습을 찾을 수는 없었다.

"그런데 길이 없잖아!"

갇혀 버린 듯한 느낌에 나일의 의념은 속은 듯한 기분이 들었다.

"신농! 설마 나를 골탕 먹이는 것은 아니지!"

아무리 불러보아도 불새가 다시 모습을 드러내지 않자 잠시 뒤로 움직이던 의념은 곰곰이 왔던 상황을 유추해 보였다. 깜깜한 곳에 빛을 밝혀주기는 했지만 분명 나아가는 길은 어딘지 모르게 막혀 있는 듯 쭉쭉 뻗어 나가지는 못했었다.

"뇌가 이렇게 길고 막혀 있었나?"

나일의 의념은 불현듯 황생에게 의술을 배웠던 시절의 기억을 떠올렸다.

황생이 두꺼운 손바닥으로 나일의 뒤통수를 후려갈겼다.

하기사 이건 습관 같은 행동인지라 나일도 그러려니 하고는 자신이 맞는 이유도 묻지 않았다. 그런데 나일이 멀뚱히 자신을 쳐다보자 황생은 다른 생각을 하고 있었다.

'요놈이 이제는 뒤통수가 금강불괴라도 된 모양이군, 맞고도 눈 뜬 채 자는 걸 보니까.'

그렇다. 황생은 오해하고 있는 것이다. 나일이 맞고도 가만있자 이제는 눈 뜨고 자는 절묘한 잡공을 익힌 것이라고 판단한 것이다.

따악!

"왜 때려요!"

나일은 더 이상 가만히 있을 수 없었다.

아무리 생각이 없다지만 이유없이, 그것도 두 대나 맞았다. 게다가 또다시 반항하지 않으면 맞을 것 같았기 때문이다.

"흠. 아니다. 그러니까… 너의 뇌를 활발히 움직이게 하려고 그런 것이지."

황생이 천연덕스럽게 얼굴을 바꾸고는 나일에게 대답했다.

"내가 예전에……."

'또 시작이다.'

나일이 맞은 것도 잊고 황생의 입을 응시했다.

황생의 말투가 저렇게 시작되면 최소 두 시진은 끝없이 중얼대는 것은 익히 아는 사실이 아닌가. 애완구 복희조차도 황생이 저 대사를 읊으면 혼자서 고개를 절레절레 흔들고는 껍질 속으로 머리를 집어넣곤 낮잠을 즐기는 자장가로 삼을 지경이었다.

"인간의 뇌는 평생 동안 십 분지 일도 쓰지 못하고 죽는다. 나 역시도 겨우 오 분지 일을 쓸 수 있었을 뿐이다. 하나 불가에서 흔히 말하는 깨달음을 얻는 고승이나 자연에서 오랜 수행을 쌓아 반선지경에 다다른 도사의 뇌는 십 분지 사 정도가 활용된다. 이를테면 뇌를 얼마나 활용하는가가 수행의 척도일 수 있다. 소림의 달마나 무당의 장삼봉의 경우에는 뇌의 혈관이 모두가 하나로 이어져 있다. 일반인의 뇌와는 달리 깨달음이라는 불길이 뇌 속의 길을 불태우고 활동 영역을 넓힌 것이다. 아마 그 뇌를 전부 사용한다면, 즉 깨달음의 깊이가 절정에 달한다면 그것이 바로 신(神)이 아니겠느냐?"

그 다음에 무슨 이야기인가 더욱 오래 하기는 했지만 더 기억나지는 않았다. 그 당시 자신을 슬그머니 다시 졸았으니까.

나일의 의념은 막혀 있는 길을 억지로 부딪치면서 새로운 길을 뚫으며 전진해 나갔다.

"나와보라구, 이 개자식아!"

이 모든 일에 원흉이 천마라고 생각했는지 거침없이 욕을 토해내며 나일의 의념은 구석구석을 돌아다녔다.

"이보게. 아무리 그래도 너무 심하지 않나."

자신의 비위를 건드리며 쑤시고 다니는 나일의 의념을 참지 못해 천마의 의념도 숨어 있던 뇌 속 미지의 공간의 문을 열고 나왔다.

"그럼 당신이 잘했단 말이야!"

"내가 잘했다는 것은 아니지만, 그래도 이렇게 막 대하다니 너무하지 않느냐?"

천마의 목소리가 얼마나 큰지 뇌 속 미로 같은 뇌수를 쩌렁쩌렁 울렸다. 그것은 나일의 의념이 백회혈 아래의 뇌관을 따라 흘러갈 때였다. 맞은편에서 검은 장막 속에 한줄기의 빛을 감싸둔 그리 밝지도 어둡지도 않은 구슬이 나타났다. 구슬의 안에는 호걸풍의 장년 사내가 갇혀 있었고, 빛은 그 사내에게서 흘러나오고 있었다.

"멀쩡한 사람을 죽어가게 만들고도 뻔뻔하군. 죽어!"

다짜고짜 나일의 의념이 천마의 의념에게 부딪쳐 갔다.

콰당!

두 의념은 부딪쳤고 소리와 함께 한순간 거대한 구슬이 되어 뇌 속을 달리기 시작했다.

"으악!"

나일의 의념이 비명을 질러댔다. 달려든 것은 좋았는데 천마의 주위를 둘러싼 어두운 장막을 뚫지 못하고 구슬에 둘러싸인 채 엄청난 힘으로 움직이기 시작했기 때문이다.

'어지럽다. 어지러워.'

구슬의 나아가는 길에는 거침이 없었다.

그기기깅—

나일의 의념은 길이 막혀 가지 못하고 포기했던 길도 새롭게 만들며 뇌 속을 휘저었다. 하나 그럴수록 나일의 의념은 자꾸만 상쾌해져 가는 기분이었다.

"안 돼!"

천마의 비명이 울려 퍼졌다. 자신이 동쪽에서 구해온 파멸의 반지인 니벨룽겐의 반지 때문이다. 천마환이라 이름 지은 그 반지가 빛을 잃어가고 있었다.

"멈춰!"

천마환의 빛은 자신이 이렇게 살아가는 원동력이었다. 그런데 나일의 의념과 자신이 갇혀 있는 구가 합쳐진 거대한 구가 굴러갈수록 빛이 점점 사그라져 갔다.

이미 이곳저곳으로 거대한 구는 뇌 속에 막혀 있던 길을 뚫어 나갔고, 빛은 그 광채를 잃으며 평범한 반지의 모습을 드러내고 있었다.

콰당!

거대한 구가 무언가에 부딪쳐 멈춰 섰다. 그러자 나일의 의념과 천마가 갇힌 구가 서서히 분리되기 시작했다.

드르륵.

그들의 바로 앞에서는 나일의 과거가 생생하게 움직이고 있었다. 천마는 그런 나일을 보며 착잡한 표정이 되어갔다. 점점 자신의 의념이 사라져 가는 것을 아는 탓이다. 그동안 자신을 지켜주었던 천마환의 힘이 사라지니 의념마저도 사라지는 것이다.

'이건 또 뭐지?'

기뻤던 일들이 재현되는 공간과 슬펐던 기억들이 교차되어 나일의 의념 앞에 펼쳐진 것이다.

"그래, 내가 죽어서는 안 돼! 난 아직 할 일이 많단 말이야!"

무슨 일이 벌어지고 있는지 모른 채 나일의 의념은 무작정 고함을 질러댔다.

나일의 의념에서 수분이 뚝뚝 흘러내렸다. 그 누구도 알지 못했지만 사실 지금이 가장 큰 난관인 것이다.

삶에 대한 미련!

이것만 뛰어넘으면, 이 마지막 공간만 뚫으면 신(神)이 되는 것도 불가능한 것이 아니었다.

"나는 되돌아갈 테다!"

별안간 나일의 의념이 소리치자 거대한 물줄기가 나타나서는 나일의 의념을 빨아들였다.

천재일우의 기회인 무천을 뛰어넘어 반무로 들어갈 수 있는 기회를 나일은 놓치고 만 것이다. 지난날의 추억, 그리고 아직까지 남아 있는 미련…….

조금만 더 미련을 버렸다면 공전절후(空前絶後)의 경지에 들어 또 하나의 우주와 관통하는 새로운 창조주가 될 수도 있는 기회를 놓친 것이다.

"구비화! 나는 너와의 약속을 잊지 않았다!"

깨어난 나일의 입에서 그리움이 잔뜩 묻어나는 말들이 이어졌다. 희로애락의 공간에서 삶에 대한 의지를 일으키게 했던 것은 유년 시절의 구비화였던 것이다.

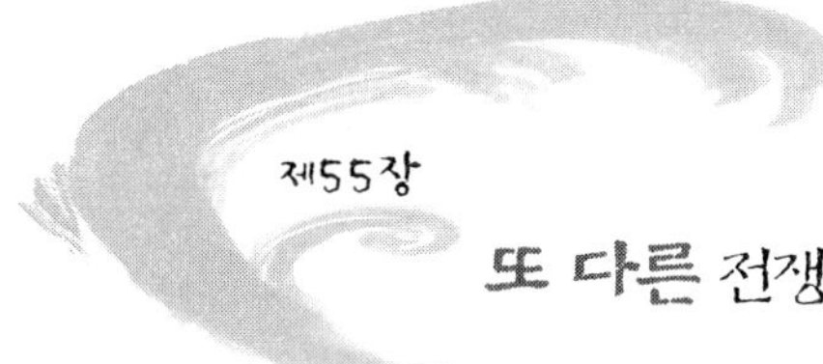

공기가 차갑게 가라앉았다. 이제 들리는 것은 오직 하나.

하염없이 퍼붓고 있는 소나기! 그저 이럴 때는 죽엽청 한 병만큼 좋은 것은 없으리라!

딸깍.

편봉타는 바지춤에 숨겨두었던 호로병을 꺼내 입 안을 적셨다. 술을 마시는 도중에도 편봉타의 눈은 한순간도 빗줄기를 놓치고 있지 않았다.

"설마 죽은 것은 아니겠지… 채주, 당신은 도대체 어디에 계십니까?"

소리없는 발자국 소리가 환각처럼 또렷하게 들려왔다.

바로 저기, 쏟아지는 비 덕분에 보이지도 않고 기척 또한 느낄 수 없지만 왠지 그가 이곳에 온 것 같았다.

쾅!

“끼얍!”

“이 자식! 돈은 어디서 난 거야!”

편봉타의 뒤통수가 누군가에 주먹에 맞아서는 비명을 토해냈다.

“채주, 살아 계셨군요!”

“그럼, 내가 죽을 줄 알고!”

편봉타가 들고 있던 호로병을 빼앗아서는 스스럼없이 자신의 입 안에 들이부으며 나일이 편봉타를 바라봤다.

‘그럼 그렇지… 저 인간이 그리 쉽게 죽겠어.’

나름대로 죽은(?) 사람의 명복을 빌면서 그 사람과 있었던 추억을 떠올리며 낭만에 젖어 있던 편봉타가 입술을 삐죽였다.

“이건 제 돈으로 산 거라고요. 그나저나 그동안 어디 가셨어요.”

“네 돈이 어딨어. 부하 돈은 모두 대장의 것이지. 그러니 허트게 쓰면 알지!”

주먹을 흔드는 나일을 보며 편봉타는 이곳에서 나일을 기다린 자신을 원망했다.

“보고 싶었습니다.”

속으로 생각한 것과는 달리 편봉타가 나일을 끌어안았다.

“수작 부리지 마. 그런다고 내가 이걸 줄 것 같애.”

조금 남은 호리병을 흔들어 보이던 나일이 이내 그것을 비워버렸다.

“캬! 내가 진짜 죽을 뻔했다가 살아왔다.”

‘아이고, 아까워라.’

편봉타는 속으로 아쉬운 마음을 금할 수 없었다. 돈이라고는 모두 나일이 걷어간 탓에 다시 자신이 동냥 짓을 해서 구한 돈으로 산 술이었다.

"설마 죽기를 바랐던 것은 아니겠지?"

"설마요?"

편봉타가 이곳에서 나일을 기다린 지도 벌써 일주일여가 다 됐다.

"그런데 내가 여기로 올 거라는 것은 어떻게 알고 이곳에 있는 거야?"

"그야 늘 제가 채주님을 생각하기 때문이죠."

능청스러운 편봉타의 대꾸에 나일은 혀를 찼다.

사실 편봉타는 영웅학관에 가겠다는 나일을 보며 혹시 나일이 살아 있다면 영웅학관을 찾아오지 않겠느냐며 기다려 온 것이다.

"완전히 재가 돼버렸군."

나일의 말대로 몇 달 만에 다시 찾은 영웅학관은 연왕이 불태운 바람에 그 많던 건물들이 잿더미가 되어버렸다.

"그래, 수석비서와 군사들은?"

"몸을 피하기는 했지만 그게……."

영웅학관을 향해 달려가는 나일을 뒤로하고 노진과 자금성으로 향했던 편봉타는 그동안의 일들을 이야기하기 시작했다.

"이거 뭐야! 이런 망할 놈의 연왕 놈!"

편봉타의 입에서 막말이 나왔다. 그럴 만도 한 것이 나일이 오늘 황태자의 성혼식에 가면 귀한 황궁 음식을 실컷 먹을 수 있다고 꼬드기면서 아침부터 굶겼기 때문이다.

"채주 말을 들은 내가 미친놈이지."

푸념을 하면서도 편봉타는 주저없이 자금성의 담을 타넘었다.

차차창!

칼이 부딪치면서 내는 소음이 자금성 곳곳에서 진동했다.

"편씨 할아버지, 태화전으로 가요. 빨리요!"

편봉타의 팔에 매달려 있던 노진의 얼굴엔 누나의 안위 때문인지 초조함이 가득했다. 황궁의 예식은 거의가 태화전에서 열린다. 그것을 알고 있는 노진은 편봉타에게 태화전으로 가자고 재촉했다.

"내가 태화전이 어딘 줄 알고!"

"그게요, 이쪽으로 돌아가면 돼요."

노진은 편봉타에게 자금성의 구조를 열심히 설명해 주었고, 그들은 곧 태화전에 당도할 수 있었다.

"전하, 옥체를 피하십시오!"

정염은 연왕에게 달려나가다 마주쳐 오는 적들에게 둘러싸여서는 주성치를 향해 고함을 질러대고 있었다. 철저히 준비해 온 연왕이었다. 오대세가의 고수들이 주축을 이룬 정의맹의 호위를 받은 연왕은 태화전에서 물러 나왔다.

세가 불리함을 선수를 침으로써 극복하려 했던 황태자 측이었으나 오히려 연왕의 계획에 당해 상황이 더욱 힘들어지고 있었다. 자금성 내에서 연왕을 잡지 못하면 모든 것은 물거품이 될 것이란 것을 아는 정염은 필사의 노력을 다했지만 자신을 둘러싼 무인들 틈에서 헤어 나오기도 벅찼다.

"황태자를 잡아라! 그리고 누구든지 태화전을 나가려는 자를 보면 목을 베어라!"

연왕의 뒤에서 섭선을 든 중년인이 고함을 치자 정의맹의 고수들이 문을 막아섰다. 성혼식을 미끼로 연왕을 잡으려던 시도는 완전히 실패로 돌아가고 말았다.

"전하를 보호해라!"

정염도 기를 쓰며 동창의 위사들을 향해 고함을 질러보지만 상대편이 바위라면 자신들은 고작 계란에 불과했다. 그만큼 수세가 극명하게 드러났다. 황태자와 태자비가 된 노혜영을 보호하던 자신의 수하들이 하나둘씩 쓰러져 가자 정염은 울분을 가라앉히지 못했고 그것은 그의 화를 자초하게 만들었다.

"크악!"

정염은 다리를 베이며 비명을 질렀다.

"정염! 자넨가?"

그때 태화전으로 난입하는 일단의 무리 속에서 누군가가 정염을 불렀다.

"이놈들!"

정염을 부른 노인은 일직선으로 정염을 향해 달려들었다. 그 노인의 손길에 정염을 둘러싼 무사들이 하나둘 제거되어 갔다.

"자네가 정녕 정염인가?"

정염의 어깨에 손을 대며 화안괴마 구철회가 정염을 안전한 곳으로 피신시키려고 다시 길을 열었다.

"구철회……."

정염이 희미하게 웃어 보였다. 어렸을 때의 얼굴이 그대로 남아 있어서 세월의 강이 넓었지만 알아볼 수 있었다.

"나를 알아보겠는가?"

"알아보고 말고… 다행이군. 교주님이 말도 안 되는 내 청을 들어주셔서."

말을 마치고 정염이 쓰러지듯 구철회에게 몸을 기대었다.

"이후는 나에게 맡기고 잠시 쉬게."

구철회가 함께 온 혁련종을 향해 고개를 끄덕여 보였다. 그러자 혁련종이 장내의 상황을 다시 살펴보았다. 이미 승세는 기울어져 있었다.

"퇴로를 만들어라!"

무리를 이끌고 온 혁련종은 이미 패색이 짙다고 판단했다. 그렇다면 도주만이 남은 방법이다. 숫자가 몇십이라면 이곳을 쓸어버릴 수도 있겠지만 이곳까지 뚫으면서 본 연왕의 병력은 상상을 초월했다. 이미 자금성 전체가 연왕의 수중에 떨어졌다고 해도 과언이 아니었다. 그들이 다시 태화전을 빠져나가려는 찰나에 두 사람이 태화전의 정문으로 들어섰다.

"할아버지!"

뒤늦게 태화전에 도착한 노진이 노림을 향해 달려들었을 때는 이미 노림의 가슴에 칼이 깊숙이 꽂힌 상태였다.

"안 돼!"

편봉타가 달려드는 노진을 다시 낚아채며 황태자가 몸을 피신하는 곳으로 몸을 날렸다.

"으앙……!"

노진의 울음소리가 태화전에 가득 울려 퍼졌다.

불행 중 다행히도 자금성에는 수많은 지하 통로가 존재했다. 정신을 차린 정염 덕에 황태자 측과 마교인들은 그곳을 통해 무사히 자금성을 빠져나올 수 있었다.

"전하……."

성혼식 복장 그대로 탈출한 주성치는 자금성을 빠져나오자마자 울음을 터뜨렸다. 이 좋은 날이 영원히 잊혀지지 않는 슬픈 날이 된 것이다.

모두가 깊은 시름에 빠져 있을 때 마득풍이 그들에게 다가왔다.

"교주님."

다리를 베인 상처로 운신이 어려웠던 정염이 가장 먼저 무릎을 꿇었다.

"오랜만일세."

잠시 정염에게 눈길을 줬던 마득풍이 주성치에게 다가갔다.

"네가 주원장의 증손자로구나."

마치 친할아버지 같은 자애로운 음성에 주성치가 눈물을 거뒀다.

"누구시죠?"

태조 홍무제의 이름을 함부로 부르는 노인에게서 풍기는 기도는 주성치가 감당할 수 있는 것이 아니었다. 그래서 뭐라고 말도 못하고 눈만 깜박였다.

"나는 마득풍이라고 한다. 한때는 마교의 교주였지."

'마교… 마교의 교주라고……!'

주성치 본인보다도 편봉타가 그 말에 더 놀랐다. 오십 년 전부터 천하제일인으로 불려왔던 불세출의 무인인 마천신군 마득풍의 모습을 그도 오늘에서야 처음 본 것이다.

'과연 대단하구나!'

편봉타가 느끼기에도 마득풍의 몸에서 풍기는 기도는 이미 사람이 아닌 것 같았다. 보는 것만으로도 전율을 일으킬 정도였다.

"이미 전세는 기울었구나. 너도 그것은 알고 있겠지?"

끄덕끄덕.

주성치가 고개를 끄덕이자 마득풍이 잠시 고개를 들어 하늘을 바라보았다.

"주원장이 내게서 중원을 빼앗아갔지만 그것도 오십 년을 넘지 못했구나."

이 말은 나라를 빼앗긴 주성치를 두고 한 말이다. 자신에게 간계를 부려 중원을 빼앗었음에도 마득풍이 그것을 돌려받지 않았던 것은 오직 백성들에게 전쟁의 참화를 또다시 겪게 하고 싶지 않았기 때문이다. 그런데 그렇게 세운 나라를 주원장은 오십 년도 안 되어 자신의 아들에게 빼앗겨 버리고 만 것이다.

"살고 싶으냐? 복수를 하고 싶으냐?"

주성치가 멍한 눈으로 마득풍을 바라보았다. 복수를 하는 것은 다시 백성들에게 피를 강요하는 것과 마찬가지였다. 마득풍은 주성치가 복수하겠다고 하면 그를 죽일 작정이었다.

"그저 살고 싶습니다."

주성치의 말에 마득풍이 그의 어깨를 두드렸다. 생각보다 주성치의 생각이 깊음을 안 것이다.

"그렇다면 너는 나라를 버리고 너의 지위를 버려야 한다. 그렇게 할 수 있겠느냐?"

끄덕끄덕.

말없이 주성치가 고개를 끄덕이자 마득풍이 잠시 수하들을 돌아보면서 말했다.

"우리는 연왕의 추적을 막으며 시간을 지체할 것이다. 그동안 최대한 멀리 이곳에서 벗어나거라!"

그 말을 남기고는 마득풍이 마교의 무리를 이끌고는 자리를 떠났다.

"하하… 그럼 이제부터는 무얼 해야지?"

공허한 음성이 주성치에게서 터지자 노진이 그의 뒤에 시립했다.

"산적이라도 돼보는 것은 어떨까요?"

"산적?"

"네. 절강성에 있는 와룡채로 일단 가시죠."

주성치의 표정이 변했다. 떨떠름한 기색을 숨기려고 했지만 소용없었다.

"그래, 일단은 그곳으로 가보자."

생각해 보면 그때만큼 자유롭고 편했던 적은 없었던 것 같다. 주성치가 노혜영의 손을 꼬옥 잡았다.

"미안하오."

"아니에요."

둘의 모습을 보며 노진의 마음도 한없이 우울해졌다.

"그러니까 나머지 사람들은 다 절강성의 와룡채로 갔단 말이지?"

"네, 그렇습니다."

"그래……."

자신이 없는 동안 있었던 일을 들으며 나일도 숨을 들이마셨다.

"그럼 연왕이 중원의 황제가 됐다는 이야기네."

"네. 그로 인해 지금은 한창 토사구팽(兎死狗烹)이 진행 중입니다."

편봉타는 지금 중원의 상황을 비교적 상세하게 나일에게 풀어놓았다. 자신도 오늘 아침에 개방도에게 들은 이야기이다.

영웅학관을 잿더미로 만든 연왕은 실질적으로 자신을 황제로 만들어준 사마세가를 향해 칼을 들이댔다. 그것은 황제를 암살하면서 임호죽을 시켜 화제의 침실에 '마(魔)'란 글자를 새겨놓을 때부터 이미 계획해 두었던 것이다.

"한 산에 호랑이가 두 마리일 수는 없지요. 지금 연왕은 정의맹의 고수뿐 아니라 소림과 무당의 고수까지 초빙해서 자신에게 도움을 준 마교의 잔당을 소탕하고 있습니다. 기이하게도 마득풍이 이끄는 마교는 내버려 두고 자신에게 도움을 준 마교만을 치고 있습니다. 수완도 좋아서 이미 마득풍이 이끄는 마교의 도움까지 받으면서 말입니다."

"그래."

나일은 곰곰이 생각에 잠겼다.

'아… 마득풍 형님은 살아 계셨구나.'

나일이 쓰러진 이후 화설홍은 더욱 발광하며 미쳐 가기 시작했다. 마득풍이 손을 써보았지만 그녀의 몸은 금강불괴를 이루었는지 아무리 타격을 주어도 상처가 나지 않았다. 피아를 구분하지 않고 죽여대는 그녀의 모습을 보고 병사들은 마후(魔后)라 부르며 도망쳤고, 그녀로 인해 만여 명의 병사들이 목숨을 잃었다. 한참을 발광하며 미친 듯이 살육을 즐기던 그녀는 나일의 시체를 들고는 어디론가 달려갔고 그때부터 다시 전투가 시작되었다.

사마빈은 연왕이 자금성을 점거하자 그 사실을 북로정벌군에게 알렸고 진부철 이하의 장군들이 자결하면서 점차 북로정벌군은 투항하기 시작했다. 진압이 끝난 후 의기양양하게 자금성으로 들어가던 사마빈은 오히려 연왕 측의 무사들에게 쫓기게 되었다. 그것이 벌써 닷새전의 일이었다.

＊　　　　＊　　　　＊

“무하유지향이라… 사부가 틀렸군.”

나일이 다시 정신을 차린 것은 영웅학관의 호숫가에서였다. 왜 이곳에 와 있는지는 알지 못했지만 나일은 애완조 신농의 말처럼 살아난 것이다. 이미 몸에 상처는 사라지고 기운은 넘치도록 흘렀다.

“아쉽구나, 아쉬워.”

하나 나일의 목소리에는 실망감 대신에 무언가를 얻었다는 느낌이 강했다.

“있는 것이 없고 없는 것이 아닌 곳은 단전을 의미하는 것이 아니었어. 그것은 바로 자연이었어. 자연의 대기를 끌어들여 단전을 빌어 사용하는 것이 아니라 자연 그대로의 힘을 활용하는 것이다.”

혼잣말을 하면서 나일이 한 손을 들어서 무작정 휘둘렀다.

쾅당탕!

너무도 빨리, 그리고 강한 폭발력에 스스로가 놀랄 지경이었다. 단전에서 나간 진기가 아니라 자연에 흘러 있는 대기에서 쏟아져 나간 진기. 이것은 매두노괴가 펼친 혼천마공의 위력을 훨씬 뛰어넘는 경지의 무공이었다. 매두노괴는 자신의 내력을 다른 곳으로 움직였지만 나일은 내력을 자연에서 끌어온 것이었으니 비교할 수가 없는 것이다.

“휴우… 마음에 들지 않는데…….”

아직 무엇이 부족한지 나일이 연신 손짓을 했다. 곳곳이 그 폭발력으로 부서져 갔지만 나일은 아랑곳하지 않았다. 한참을 그렇게 쏟아내던 나일은 고개를 저었다.

"깨달음은 있었으나 내 몸은 그것을 받아들일 수 없구나."

그동안 볼 수 없었던 탄식. 아쉬움이 가득 배어 있었다.

본래 나일의 의도와는 달리 자연에서 진기를 활용하는 방식을 행했지만 눈앞의 상황은 자신의 단전에서 흘러나온 진기와 자연의 진기가 섞여서 폭발력을 보인 것이다. 그것은 그의 의념이 마지막 장벽을 뚫지 못하고 멈춰 버린 것에서 기인한다. 자신의 진기와 자연의 진기가 합일되기는 했지만 그 비율은 육 대 사로 오히려 자신의 진기의 힘이 강했다.

만약 자연의 대기만을 활용했다면 그 무한한 힘을 자신의 마음대로 조종할 수 있겠지만 지금은 그저 유한한 힘만을 사용할 수 있었다. 굳이 비교하자면 무천대협 황생의 경지인 무천을 조금 더 뛰어넘는 경지, 즉 용이 구름을 만들고 비나 바람을 일으킬 수는 있지만 영원히 그것들을 부릴 수 없는 것과 같은 이치였다.

"그때 그녀를 보지 못했다면……."

나일이 눈을 감았다. 그럼에도 떠오르는 얼굴이 있으니 바로 구비화였다.

"이곳이 영웅학관임은 분명한데……."

살짝 감은 눈을 반개하며 나일이 주변을 둘러보았다. 파괴되고 화마에 휩쓸린 흔적이 곳곳에 남아 있기는 했지만 못 알아볼 정도는 아니었다.

"이 난리통에 무슨 일이 있는 것은 아니겠지?"

걱정스러운 마음에 이곳저곳을 돌아보던 나일의 눈에 쓰러진 북궁주희의 모습이 보였다.

"일어나!"

몸을 흔들며 깨웠지만 북궁주희의 몸은 아무런 반응이 없었다.

"일어나!"

귀에 대고 고함을 질러대는 나일의 음성에 반응하듯이 북궁주희의 손이 움직였다.

"나… 일……."

"그래, 나다."

북궁주희의 손을 잡아 일으켜 주며 나일은 한편으론 그녀의 손을 주시했다. 그녀 때문에 두 번 죽을 뻔했다. 그러니 이렇게 조심하는 것도 당연했다.

"살아 있었구나……."

촉촉이 젖어드는 북궁주희의 모습을 보며 나일은 기겁했다.

"얘가 왜 이래!"

"난 또 네가 죽은 줄 알고… 흑흑……."

"죽기는. 그나저나 어떻게 된 거야?"

"너야말로 어떻게 나를 감쪽같이 속였냐?"

"뭐?"

"이거 말야."

북궁주희가 손바닥을 내밀자 나일이 머리를 긁적였다. 자신이 단청이라고 속였던 것을 북궁주희가 알고 있었던 것이다.

"알고 있었냐?"

"응."

고개를 끄덕이는 북궁주희의 얼굴에는 나일에 대한 원망이 살짝 피어났다.

“그건 그렇고…….”

“으아악!”

북궁주희의 눈을 주시하던 나일은 갑자기 북궁주희가 머리를 감싸 쥐며 비명을 질러대자 대경실색하며 물러섰다.

“으아악! 너는 누구냐?”

부여잡고 있던 머리에서 손을 내리며 북궁주희가 마치 딴 사람이 된 것처럼 나일의 몸을 거칠게 때렸다.

“왜 그래! 정신 차려!”

북궁주희의 눈동자가 청색으로 물들어갔다.

“다 죽여 버린다!”

북궁주희의 손에서 흘러나오는 시뻘건 강기가 나일의 몸을 관통해 들어왔다. 그것은 마음이 움직이는 속도보다도 빨라서 나일은 허무하게 가슴을 내어주었다.

“이런… 또냐?”

자신의 뚫린 가슴을 보며 나일의 표정이 일그러졌다. 조심한다고 조심했건만…….

위이이잉!

한데 이상하게도 나일의 몸에는 아무런 통증이 일지 않았다.

“어……?”

그것은 나일조차도 예상하지 못한 신비한 현상이었다. 붉은 강기가 나일의 몸을 파괴했다고 생각한 순간 나일의 신체는 다시 원상의 모습으로 돌아와 버린 것이다.

“죽어!”

북궁주희의 손이 이번에는 직접 나일의 가슴을 노리고 들어왔다. 나일은 그것을 보고는 피해야 한다고 몸을 움직이려는 순간 이미 북궁주희와의 사이 공간은 일 장에서 백여 장이 넘게 변해 있었다.

정신을 못 차리고 화설홍에게 다시 육체를 내준 북궁주희는 오직 나일을 죽이는 것이 삶의 목표라도 되는 것처럼 그 거리를 좁히려고 달려들었고, 나일은 다시 몸을 피하려고 생각을 하자 이미 몸은 북궁주희와 더 멀어져 있었다.

"정신 차려!"

나일은 이대로는 결판이 나지 않을 것 같아 피하지 않고 맞상대를 하기로 마음먹었다.

생각만으로 몸은 그것을 따라주고 있었다. 아니, 그 경지를 훨씬 넘는 기이한 움직임을 보여주었다.

쾅!

북궁주희는 고막을 진동시키는 소음을 참지 못했다. 그녀의 몸을 장악하고 있는 것은 요마(妖魔) 화설홍이었다. 예상치 못한 치우천왕을 만난 후로 기력을 소진해서 북궁주희의 육체를 장악하지 못하고 숨어 있었던 그녀가 다시 몸을 통제하려고 나선 것이다. 그 와중에 북궁주희의 영혼에 대립하게 되었고 그것이 광기로 표출되면서 육체는 극도로 흥분해 갔다.

"정신 차리라고!"

"으윽."

나일의 음성이 북궁주희의 고막을 다시 한 번 때렸다.

"참아!"

북궁주희에게 가까이 다가선 나일은 그녀의 두 손을 잡은 채 놓아주지 않았다. 화설홍과 북궁주희의 내부의 싸움도 이미 정리가 다 되어

가고 있었다. 나일이 잡은 손목을 통해 들어온 진기는 화설홍의 의념을 불태우고 있는 중이었다.

"으아악!"

머리가 타는 고통에 비명을 질러대던 북궁주희가 잠시 비틀거렸다. 청색으로 물들어가던 눈동자의 색도 서서히 정상의 빛을 띠기 시작했다.

"윽!"

번쩍 두 눈을 뜬 북궁주희가 나일의 얼굴을 바라보았다.

"나일… 이것 놔."

지금 무슨 일이 일어났는지도 모르고 그저 손목이 잡힌 게 부끄러운 듯한 북궁주희를 보며 나일도 황급히 북궁주희의 손을 놓았다.

후닥닥.

"내가 뭘."

나일도 북궁주희의 손을 놓으며 딴청을 부렸다. 그 장면을 멀리서 지켜보고 있는 자가 있었으니, 그는 등짐에서 책을 꺼내어 지금 벌어진 일들을 자세히 묘사하며 적고 있었다. 그러나 그 사람의 얼굴에는 곤혹스런 빛이 떠올라 있었다. 글로 표현하기에는 어려운 새로운 경지의 무공을 어떻게 적어야 할지 망설이고 있었던 것이다.

무림사기 고금무인백선

제일위 나일:와룡채의 채주로 근거지를 어디에 두고 있는지는 밝혀지지 않음.

별호:자칭 천하무적(天下無敵)이라고 한다.

무위:무천(武天)과 반무(反武)의 중간 경지로 보여지는 마음을 뛰어

넘어 그 이상의 새로운 무공을 선보였다. 그것은 과거에 무천대협 황생이 보여준 마음으로 모든 것을 펼치는 무공을 뛰어넘었다. 당세의 천하제일인이었던 마득풍을 패퇴시키고 사만여 명을 일각 만에 살육해서 마후라 불렸던 여인에게 손을 씀과 동시에 단 일 초식으로 제압하는 과정에서 보여준 무공은 신(神)이 아니면 불가능한 경지였다.
……

사마수는 한참을 더 써 내려가다가 붓을 거뒀다. 아직 저 나일이란 인물에 대한 조사는 끝나지 않았다. 이제 겨우 시작일 뿐이다.

제56장
그 뒷이야기

철미인 연하선의 눈은 이미 붉어진 지 오래였다.

영웅학관을 나온 이후 연하선은 동해를 찾았다.

동해 흑룡채.

그곳의 사람들은 그녀의 원수였다.

노략질을 위해 또다시 마을을 약탈하고 있는 해적들을 향해 그녀가 달려들었다.

번개 같은 움직임으로 검을 좌우로 흔들어대며 손에 사정을 두지 않았지만 중과부적은 면할 수 없었다.

"저거 미친 거 아니야!"

느긋한 마음으로 여유로이 바다를 바라보던 도원몽의 눈에 연하선이 잡혔다. 진정한 사랑을 찾기 위해 길을 떠나온 것이 어찌하다 보니 이곳 동해까지 오게 된 것이다. 해적들이야 예전부터 있어온 이들이었고, 평범한 인물로 모습을 바꾼 도원몽이 그들의 행동을 막을 이유가 없었다.

도원몽은 그것은 자연의 섭리라고 생각했다. 산에 사는 호랑이가 토끼를 잡아먹는 것과 같은 자연스러운 이치. 토끼가 불쌍하다고 호랑이를 잡아 죽일 수는 있다. 하나 그것은 즉흥적인 행동일 뿐이다. 토끼가 다른 이의 도움을 받지 않고 호랑이를 이길 수 있는 실력을 기른다면 또 모를까.

그렇다고 호랑이의 씨를 말리면 토끼는 행복할 것 같지만 걷잡을 수 없이 늘어나 결국에는 산을 망치고 만다. 그것은 결국 토끼 자체도 없어지고 마는 길이 되는 것이다. 비록 인간의 모습으로 세상에 나왔지만 도원몽은 상관하고 싶은 마음이 없었다. 인간의 일은 인간들끼리 해결할 문제였다. 자신이 관여했다가는 오히려 더 큰 화를 부를 것이다.

자신은 그저 평범한 인간일 뿐이다, 자연에 순응하는.

"으아아!"

도원몽에겐 눈물을 흘리면서 검을 휘두르는 연하선의 모습이 신선한 충격으로 다가왔다.

무엇이! 왜! 저렇게까지 원한을 가지고 눈물을 흘리면서 검을 휘두르게 만드는가.

평범한 성격에 평범한 외모라고 자신을 몰아붙였지만 도원몽의 한켠에서 끓어오르는 한 가닥의 호기심, 즉 천성은 어쩔 수 없었나 보다.

"가볼까?"

구석으로 몰린 연하선을 보며 도원몽이 그쪽으로 발길을 돌렸다.

혈파일귀(血波一鬼) 유찬재의 눈이 연하선을 향했다.

"독한 년."

온몸이 피투성이로 변한 지 오래건만 아직도 체념하지 않고 아귀처럼 달려드는 연하선을 보며 고개를 흔들었다.

얼마 전부터 이 부근에 나타나서 자신의 부하들을 죽였던 연하선은 언제부턴가 우수귀(雨水鬼)라 불렸다. 풀이하자면 비 오는 날의 물귀신이라는 뜻이다. 한번 싸움이 붙으면 끝장을 보려고 물고 늘어지는 그녀를 해적들은 그렇게 이름 붙였다.

'그렇게 불릴 만하군.'

그런 연하선을 보며 유찬재가 혀를 찼다.

해적들이 가장 무서워하는 것은 관군도 아니고 무림고수도 아니다. 바다에서만큼은 그들도 자신들의 적수가 안 된다. 다만 두려워하는 것이 있다면 바로 날씨이다. 뱃사람들에게 날씨가 곧 부처님이요, 황제이다.

해적들은 바람이 잘 불면서도 해무가 잔뜩 끼어 해적들의 행사가 조용히 묻히는 날씨를 선호한다. 그런 날이면 늘 풍성한 수확을 안겨주기 때문이다. 그러나 비 오는 날은 아무리 사소하고 적은 양의 비일지라도 바다에 몸을 담그지 않는다. 너무나 잔혹한 경험을 하게 되는 것을 알기 때문이다. 비를 따라오는 파도와 집채만한 해일은 그들의 배를 흔적도 없이 삼키기 일쑤였다. 사람들은 그것이 바다 속의 귀신이 비를 맞고서 깨어난 것이라고들 한다. 연하선에게 붙은 우수귀도 그런 의미였다.

한 달 전부터 나타난 연하선에게 죽임을 당한 흑룡채 상해분타의 해적 수는 무려 이백. 이쯤 되면 거의 한 개 분타의 인원이 몰살당한 것이나 다름없다.

"헉, 헉……."

연하선은 피한다고 했지만 움직일 기력이 없었다. 걸레가 되어가는 옷. 그 사이로 언뜻 보이는 속살들. 철미인이라 불렸을 만큼 단단하면서도 강인한 아름다움을 풍겼던 연하선의 모습은 사라지고 이제는 그저 상처투성이의 연약한 아녀자의 모습뿐이었다. 더 이상 도망갈 곳도, 도망칠 힘도 없었다.

"죽어버려!"

미친 듯이 휘둘러 대던 검도 이제는 힘이 빠졌는지 흐느적거리기만 할 뿐이다.

"다 같이 죽자!"

영웅학관을 빠져나온 연하선이 가장 먼저 향한 곳은 자신의 고향이었다.

이미 황폐해진 마을에는 아무도 살고 있지 않았다. 해적들의 노략질은 극에 달해 주변의 관군도 손을 댈 엄두도 내지 못하고 그저 성안에 주둔한 채 그곳만을 지킬 뿐이었다.

"다 없애 버리겠어!"

우울한 눈동자를 털어내며 연하선은 부모님의 묘소 앞에서 다짐했다. 자신의 행복했던 시절을 무참히 짓밟은 이들에 대한 분노를 십여 년이 지난 지금도 결코 잊지 않았다.

그날부터 연하선은 흑룡채 주변에서 해적들을 하나하나 죽이기 시작했다.

지금 자신은 명문정파인 아미파의 제자로 영웅학관으로 수련을 떠난 것이 아니다. 복수에 미친 무인이었다. 바닷가에서 부는 바람은 숨이 막힐 정도로 아찔하다. 내륙보다 몇십 배는 더 강하게 부는 바람 덕에 몸에 균형을 유지하는 것도 벅찼다. 그리고 그런 날이면 연하선의 검은 더욱 빛이 났다. 부모님이 돌아가신 날도 오늘처럼 이렇게 바람이 세찼다.

촤아앙!

드디어 연하선이 자신에게 부딪쳐 오는 칼을 막지 못하고 어깨를 베이고 말았다.

"오늘이 니년의 제삿날인 줄 알아라!"

단단히 작심을 했는지 해적들은 연하선이 물러설 퇴로를 열어주지 않은 채 바다 속으로 밀어붙였다.

"크악!"

풍덩.

다시 또 한 번의 칼질이 유찬재의 손에서 펼쳐졌고 그것을 막지 못한 연하선이 비명을 지르며 바닷물 속으로 빠지고 말았다.

"지금이다!"

유찬재의 말과 동시에 포위했던 해적들이 연하선의 몸을 향해 몰려들어갔다. 땅 위에서의 싸움이라면 연하선의 곁으로 가기도 힘들었지만 바다 속에서라면 다르다.

"위험하겠는걸."

그 순간 도원몽도 바다 속으로 몸을 날렸다. 빠르게 자맥질을 해서는 먼저 연하선을 구하려는 것이다.

"저놈도 죽여라!"

그것을 본 유찬재가 명령을 내리자 곧 해적들이 목표를 바꿔 도원몽을 잡으러 나섰다. 그러자 도원몽이 뭐라고 중얼거렸다. 순간 바람 때문에 그리 작지 않았던 파도가 폭풍우가 몰아치는 것처럼 급작스럽게 거세게 몰아쳐 나갔다. 파도의 위력인지 자맥질에 자신있던 해적들이 하나도 남김없이 해변으로 튕겨 나갔다.

도원몽은 물을 먹으며 정신을 잃어가는 연하선을 끌고는 더욱 깊숙이 물속으로 자맥질해 들어갔다.

"정신을 차렸소?"

갯바위에 연하선을 내려놓고는 저녁 바다의 붉은 노을을 바라보던 도원몽이 연하선에게로 고개를 돌렸다.

"으윽……."

억지로 몸을 일으키려는 연하선의 몸을 도원몽이 부축하여 일으켰다.

"도와주셔서 고마워요."

진심이 담겨진 목소리였건만 연하선의 얼굴 표정은 너무나 차갑게 느껴졌다.

"흠흠… 어쩌다 못된 해적들과 싸우고 계셨습니까?"

화제를 돌리기 위해 연하선의 몸에서 손을 떼며 도원몽이 물었다.

"그건……."

잠시 망설이던 연하선은 왜 그렇게 자신이 해적들을 미워하는지를 이야기했다. 최소한 자신을 구해준 사람에게 그런 말을 하는 것은 예의인 것 같아서다.

"그러셨군요."

'이 여인도 불쌍한 운명을 지녔군.'

잠시 도원몽은 연하선에게 측은지심을 가졌다. 해적들에게 복수한다는 것은 남자들도 하기 힘든 일이다. 그런데 그녀의 말을 들어보면 여자의 몸으로 복수를 위해 지금껏 검을 수련해 왔다지 않은가. 도원몽에게 여자에 대한 편견은 없다. 지금껏 인간은 늘 불가능하다고 생각돼 버린 것을 괴물처럼 해내왔다. 그래도 복수 때문에 모든 것을 포기하고 살아가는 모습은 안쓰러웠다.

"그럼 저는 가보겠어요. 은인에 대한 은혜는 제 일을 마친 후에 갚도록 하겠습니다."

깊숙이 목례를 하며 물러나려는 연하선의 팔을 도원몽이 붙잡았다.

"설마 이 몸으로 또다시 해적들에게 가는 것은 아니겠지요?"

연하선의 몸은 상당한 휴식을 해야만 하는 상태였다. 베인 상처는 둘째 치고 지금의 그녀는 검을 들기도 버거울 정도로 피로가 극에 달해 있었다.

"가야 해요."

"가면 안 됩니다. 그러면 당신은 분명 죽을 것입니다."

연하선의 두 눈에 흐르는 굳건한 의지를 읽으며 도원몽은 한사코 만류했다. 그녀가 세상 사람들과는 전혀 다른 부류의 사람이라고 느껴졌다. 오히려 이런 점이 그녀에게 호감이 갔다.

"가시겠다면 저랑 같이 가시죠."

실랑이 끝에 내뱉은 도원몽의 말에 연하선의 눈이 휘둥그레졌다. 보기에는 평범해 보였는데 자신을 구한 것을 보면 보기보다는 간이 큰 사람 같았다. 그런데 더욱 대담하게도 동행을 하겠다니, 그것이 죽는 길임을 뻔히 알면서.

"그렇지 않으면 보내지 않겠습니다."

단호한 어조로 도원몽은 연하선의 팔을 붙잡고는 놓아주지 않았다.

“그럴 수는 없습니다.”

고개를 돌리기는 했지만 사실 연하선은 함께 가겠다는 말에 크게 감동을 받은 상태였다. 지금까지 한 번도 사랑을 겪어보지 못한 그녀의 가슴이 울렁거렸다.

“으앙……!”

“어… 어…….”

갑자기 울음을 터뜨리는 연하선을 바라보며 그녀의 외모와 성격에 도원몽은 조금씩 매료되어 가기 시작했다.

‘사랑… 이렇게 시작되었던 것인가?’

문득 자신이 느끼는 감정이 사랑의 첫 설레임이라는 것을 느끼며 도원몽은 속으로 자신에게 반문했다. 과연 자신은 진정한 사랑을 할 수 있을까? 궁금했다.

*　　　*　　　*

북궁주희는 나일을 쫓아다녔다. 떼어놓아도 떼어놓아도 쫓아왔다.

“도대체 왜 이러는 거야?”

“너를 좋아하니까.”

빤히 바라보며 말하는 북궁주희를 나일은 어이없다는 듯이 쳐다보았다.

“이젠 너를 놓치지 않아.”

속 시원히 하고 싶었던 말을 쏟아내는 북궁주희에게서 도망치기 위해 나일은 몸을 날렸다. 그러다가 편봉타를 만났고, 어느 사이엔가 편봉타도 나일을 뒤쫓아왔다.

“채주님, 이분이… 축하드립니다.”

북궁주희를 구비화로 오인한 편봉타가 나일의 얼굴을 보며 실실 쪼갰다.

“아니야!”

퍽!

신경질적으로 휘두른 나일의 주먹에 맞아 편봉타는 어찌해 보지도 못하고 삼 장여나 날아가서 처박혔다.

‘이제 세 달이 지났다. 삼 년을 어떻게 버텨!’

편봉타는 꿈속에서 나일을 쫓아다니라고 시킨 자신의 조사가 원망스러웠다. 평생 싸우다 맞은 것보다 지난 세 달 동안 나일에게 맞은 것이 백 배는 많았고 천 배는 아팠다.

“구비화…….”

나일은 나지막하게 구비화의 이름을 불러봤다. 그녀를 찾아야겠다.

“너는 수석비서와 합류해라! 나도 곧 따라가겠다.”

나일의 뒤를 북궁주희가 따랐다.

“너는 왜 따라와!”

“네가 좋으니까.”

나일에 의해 화설홍의 의념이 사라지고 눈이 보인 후로는 얼굴이 한 자는 두꺼워진 북궁주희였다.

나일이 당민삼을 만난 것은 그로부터 한 시진이 지난 후였다.

북경성 안의 대향표국의 분타를 찾았다가 거기서 당민삼을 보게 된 것이다. 영웅학관을 불태운 직후 연왕은 그곳을 폐쇄하고 관생들에게 모두 고향으로 돌아가라는 칙령을 내렸다. 당민삼은 노잣돈을 아낄 요량으로 표물행을 따라 사천으로 가려고 거기에 머물고 있던 중이었다.
당민삼은 이번에 내려가면 가주께 이언지와의 혼약을 승낙받을 생각이
었다.

나일은 북궁주회를 잠시 쉬라고 내버려 두고 당민삼의 방으로 들어
섰다.

"살아 있었구나, 자식!"

당민삼이 나일의 몸을 부둥켜안았다.

"치워라!"

나일이 그런 당민삼의 머리를 밀어냈지만 나일도 그리 싫은 눈치는
아니었다.

"정말 미안하다."

다짜고짜 부둥켜안고는 울음을 터뜨리는 당민삼에게 나일은 이상한
예감이 들었다.

'이 녀석이 나한테 무슨 잘못을 했나?

정인군자로 소문난 당민삼이 자신의 흠을 동네방네 떠들 리는 만무.
하기사 알 만한 사람들은 자신의 이 더러운 성격을 당민삼이 말하지
않아도 알고 있을 것이다.

"너, 이 녀석!"

당민삼의 우는 모습을 보며 나일은 구비화를 떠올렸다. 녀석보고 분
명히 구비화를 찾아가 가끔 차를 마시며 놀아주라고 부탁했는데……

"미안해……"

당민삼이 연신 사죄하자 나일의 얼굴이 빨개져 갔다.

철썩!

"어떻게 그럴 수 있어!"

　나일이 당민삼의 얼굴을 때렸지만 당민삼은 피하지 않았다. 자신은 죽어도 싸다. 구비화가 납치당하는 동안 납치범에게 맞고는 기절해 있었다. 나일을 볼 면목이 없었다. 삼 일 동안 곳곳을 수색했지만 구비화와 납치범의 행적은 발견하지 못했다. 더 찾아다녔어야 했는데 연왕이 난을 일으키는 바람에 여러 가지 사정이 겹쳐서 중단된 것이다.

　"불가항력이었어."

　분이 풀리지 않는지 나일이 고개를 숙이는 당민삼의 멱살을 잡고 내동댕이쳤다.

　"나가! 어서 꺼져!"

　"미안해."

　"너는 내게 말 걸 자격도 없어! 안 나가!"

　쿵! 챙그랑.

　방 안의 집기를 당민삼에게 집어 던지는 나일의 눈엔 눈물이 맺혔다.

　"정인군자인 척은 혼자 다 하기에 믿었었는데… 감히 친구의 여자를……."

　'감히…….'

　당민삼은 이 단어에서 무언가 이상한 느낌을 받았다.

　"내가 이렇게 화내는 것은 정인군자라고 잘난 척을 혼자 다 한 널 믿었기 때문이다! 너 때문에 상처받을 사람들을 한 번이라도 생각했다면 절대 그런 짓은 못했을 거다! 으윽……."

　"그래, 내가 잘못했고 바보 같았어. 하지만 나로서도……."

　"시끄러워!"

　다시 물병을 집어 던지는 나일의 기세에 눌려 당민삼은 고개를 숙일 뿐이었다.

"이언지 소저랑 잘되라고 내가 영웅무제에서도 밀어줬는데, 친구의 여자를 넘봐!"

그 순간 당민삼의 고개가 치켜들어졌다. 이상한 기분의 정체를 이제 야 알았다. 나일은 자신이 구비화와 무슨 연분이라도 난 줄 알고 있는 것이다.

"무슨 소리야!"

"그녀가 아무리 아름다워도 그렇지… 어떻게……."

얼굴 가득 괴로운 표정을 지으며 나일은 당민삼에게서 몸을 돌려 세 웠다.

'구비화가 공주병이더니… 이놈이 그렇게 만들었구나.'

잠시 딴생각을 하던 당민삼이 나일의 몸을 잡아 자신에게 돌렸다.

"구비화는 납치됐어."

"그래… 뭐라고?!"

나일은 자신의 귀를 의심했다. 방금 나일은 당민삼이 자신에게 '나 는 그녀를 사랑해' 라고 선언하는 줄로 순간 착각했다.

"다시 말해 봐!"

나일이 당민삼의 어깨를 잡았다.

"어떤 중년인이 그녀를 납치해 갔어. 나는 중년인에게 일장을 맞고 는 정신을 잃었고."

쾅당!

극심한 충격에 나일은 주저앉고 말았다.

"그녀가 납치되었다니……."

오해한 것도 이만저만 한 것이 아니었다. 그러나 그것은 젖혀두고 다시 당민삼의 어깨를 잡았다.

"그래서! 그녀는 지금 어디 있어!"

"그건 나도 모르겠어. 행적을 조사해 봤지만… 찾지 못했어. 다만 원래 네가 가지고 있었다는 검을 보곤 그녀에게 중년인이 마옥지냐고 물었어. 지금으로선 그게 그녀의 행방을 찾을 수 있는 유일한 단서야."

"검? 무슨……."

"북궁주희에게 주었다는 검."

나일이 황급히 당민삼을 내버려 두고 방문을 나섰다. 북궁주희에게 물어보려는 것이다. 그녀에게 주었다는 검이 무슨 검인지.

"그 검은 단검인데 파천이라고 적혀 있었어. 기억 안 나? 네가 절벽에서 떨어질 때……."

북궁주희의 말을 들으면서 나일은 그 검이 마득풍이 주었던 단검임을 알았다.

'그렇다면 마득풍 형님과 관계있거나 또한 그 검의 정체를 아는 사람이란 얘기인데…….'

혼자서 이리저리 궁리해 보았지만 짐작이 가지 않았다. 일단 나일은 마득풍을 찾아가기로 했다.

*　　　*　　　*

"허허……."

도망치던 사마빈은 구름처럼 자신을 둘러싸면서 몰려든 병사들을 보며 허탈하게 웃었다.

천라지망(天羅地網)! 더 이상 이곳을 벗어날 힘이 없었다.

"아버님!"

마득풍과의 싸움에서 죽을 고비를 간신히 넘긴 매두노괴가 사마빈을 불렀다. 짙은 근심을 드리운 채 사마빈이 매두노괴의 얼굴로 시선을 돌렸다.

"연왕은 처음부터 이것을 계획했습니다."

매두노괴의 입에서 침통한 음성이 흘러나왔다. 마교의 도움을 받은 북로정벌군을 상대로 간신히 승리한 이후에 자금성으로 간 사마빈은 연왕에게 배신당했다. 그때엔 코웃음을 쳤다. 자신이 지금 끌고 온 세력이 비록 마교와의 다툼과 곤명검의 마녀 때문에 전멸하다시피 했다고는 하나, 아직도 광동성의 사마세가나 혹은 마교 내로 돌아가면 연왕의 세력쯤은 일거에 무너뜨릴 수 있는 힘이 남아 있었다.

하지만 그곳으로 돌아가는 것은 쉽지 않았다. 자신들의 편이라고 믿었던 모용세가의 인물들까지도 칼을 거꾸로 쥐고 자신들을 잡으려고 혈안이 되어 있었다. 더욱이 자신들이 근거지로 삼고 있던 지역은 장강의 수적과 소림사를 위시한 구대문파의 연합 세력에 의해 토벌당하고 있었다.

거기에 십만대산의 마교인들까지 합세했으니……. 그것도 공교롭게도 황태자의 성혼식에 맞추어서 그들이 공격해 왔다 하니 연왕은 이미 사파와 정파의 연합 세력을 만들어서 자신을 공격할 준비를 해두고 있었던 것이다. 사마빈은 자신을 없애려 드는 연왕을 권좌에 앉힌 꼴이었다.

"나도 알고 있다."

말은 하지만 지금은 마땅히 해야 할 일이 떠오르지는 않았다.

'어디서부터 잘못된 것인가?'

비장의 수단으로 삼았던 곤명검의 마녀 때문에 자신의 세력이 오히려 많이 약화되었다.

'그녀를 깨운 것이 첫 번째 실수요, 연왕을 하찮게 본 것이 두 번째 실수다.'

연왕이 야심이 많은 인물임을 알아보았으나 야심에 비해 능력은 보잘것없다고 생각했다. 그런데 무림 역사상 한 번도 이루어지지 않은 마교와 구대문파 간의 연합 세력을 만들 정도라면 그의 능력을 사마빈이 잘못 파악해도 한참 잘못 파악한 것이다.

"사마빈, 그날 이후로 처음이군."

마득풍이 자신들을 둘러싼 무리들 속에서 걸어나오자 사마빈은 모든 것을 포기했다. 이제는 이곳을 벗어날 수 있는 일말의 가능성도 사라진 것이다.

"……."

사마빈은 말이 없었다. 그저 한 자루의 단검으로 자신의 목을 찔러 갔을 뿐이다.

"마득풍, 잊지 말게. 사마세가는 또 기다릴 걸세. 난 믿네."

서서히 사마빈의 머리가 땅으로 떨어져 갔다. 사마빈은 죽는 그 순간에 얼마 전에 집을 나간 증손주 사마수를 떠올렸다.

'수(秀)라면… 잘해낼 거야.'

그런 사마빈을 보며 매두노괴 역시 죽음을 선택했다. 그녀에게는 더 이상 공기를 들이마시는 것은 수모였다.

푹.

둘을 따라 살아남은 잔당들도 각자의 검으로 자신의 배를 갈랐다.

그런 그들을 보며 마득풍이 우울한 표정으로 하늘을 바라보았다. 분

명 지금은 중원에서 더 이상 사마세가의 모습을 보지 못하겠지만 언젠
가 그들은 또 나타날 것이다. 이제 자신의 시대는 끝났다. 이제부터는
자신도 그들이 다시 나타날 때를 위해 준비해 놓을 것이다.

*　　　　*　　　　*

진만득은 자신의 앞에 있는 소녀를 두고 고민하고 있었다. 이 소녀
의 공주병은 말이 아니게 심각했다. 같이 있는 것 자체가 머리를 지끈
하게 할 정도였고 결정적으로 그녀가 마득풍과는 아무 상관 없다는 소
리에 이윽고 이 소녀를 버리기로 마음먹었다.
　"마득풍 교주님과 아무 관계도 아니라면… 집에 가라."
　"그런 게 어딨어요. 집에 데려다 줘요!"
　"지금 상황이 그리 좋지 않으니 혼자 가라."
　"그럴 수는 없어요!"
　'아이구, 머리야…….'
진백득이 죽은 후 구비화를 데리고 광동성으로 향하던 진만득은 그
곳이 이미 궤멸 상태에 빠졌다는 소식을 듣고는 가던 길을 멈췄다. 찾
아가야 할 곳이 없어졌으니 이제는 원래 있던 곳으로 돌아갈 참이다.
십만대산으로. 그런데 이런 혹이 또 붙은 것이다. 풀어줬으면 고마워
하며 돌아갈 것이지 오히려 집까지 데려다 달라는데 기가 찰 뿐이었다.
　"정 네가 그렇다면……."
험악한 표정을 짓는 진만득을 보며 구비화가 비실거리며 물러섰다.
　"왜 이러세요!"
자신을 죽이려는 것보다 흑심이 있다고 생각했는지 구비화가 가슴

을 양손으로 가렸다.

"헛!"

그 모습을 보고 있자니 진만득은 자신이 한없이 초라해졌다. 자신을 뭘로 보는 건가? 이럴 때는 본때를 보여주어야 한다. 진만득은 험악한 표정을 풀지 않은 채 구비화의 앞으로 조금씩 다가섰다.

'복면산선……!'

습관적으로 위험할 때면 구비화는 복면산선을 떠올린다. 그러나 이곳까지 그가 올 리가 없다는 것을 구비화도 잘 알고 있었다.

"너, 잘 만났다!"

그때였다. 구비화를 찾으려고 마득풍을 만나러 남으로 이동해 가던 나일이 그 장면을 보고는 진만득의 앞을 가로막았다.

"네놈은……!"

진만득이 진백득을 죽인 원수인 나일을 못 알아볼 리 없었다.

"나일……."

구비화의 입에서도 나일의 이름이 나왔다. 구비화의 모습을 발견한 나일은 거칠게 숨을 몰아쉬었다. 드디어 그토록 찾아다닌 그녀를 다시 만난 것이다.

"거기 꼼짝 말고 기다려!"

혹여라도 구비화에게 피해가 갈까 나일은 움직이지 말라고 손짓을 보냈다.

그런 나일의 행동에 구비화는 마음이 놓였다. 믿음직스러운 나일의 모습 중에서도 남자다운 턱 선이 눈에 들어왔다. 어디서 많이 본 턱 선 같았다. 구비화는 그 턱 선을 곰곰이 살펴보고는 자신도 모르게 짧게 비명을 질렀다.

“아……!”

나일의 턱 선은 복면산선의 턱 선과 비슷했다. 아니, 일치했다.

“너가… 설마 복면산선……!”

놀라움을 감추지 못하는 구비화를 향해 나일이 한쪽 눈을 찡긋거렸다.

“으아아!”

진만득이 나일에게 달려들었다가 달려온 속도보다도 빠르게 달려온 곳으로 처박혀 갔다.

“이번엔 도망 못 간다!”

진만득이 등을 돌려 도망칠 수 없도록 나일이 진만득을 몰아세웠다.

“으…….”

진만득은 하늘이 무너져 내린 것 같은 충격에 정신을 차릴 수가 없었다. 예전에는 어떻게 맞고 쓰러졌는지 정도는 알 수 있었지만 지금은 그것도 할 수 없었다. 불과 한 달 사이에 나일의 무공이 너무도 높아졌기 때문이다.

쿵!

나일이 진만득을 향해 다가가서 구비화가 지금껏 당한 고통을 되갚아주려는 때, 누군가가 나타나서는 나일을 손바닥으로 밀었다. 그러나 나일은 그 움직임을 느끼기도 전에 마음이 미리 그것을 방어했다.

“크윽!”

나일을 밀려 했다가 나가떨어진 것은 오히려 마천신군 마득풍이었다.

“형님!”

“교주님!”

놀란 나일이 마득풍을 일으켜 세웠다.

마득풍 역시 놀랍기는 마찬가지였다. 얼마 되지 않은 시간 동안 나일의 무공이 엄청나게 는 것이다. 방금 그저 나일을 밀어내기 위해 내력을 사용했기에 망정이지 잘못했으면 자신이 크게 다칠 뻔한 것이다.

"역시! 현제는 대단하단 말이야."

마득풍이 나일을 향해 엄지손가락을 세웠다. 언젠가는 지상에 자신보다 강한 사람이 등장할 거란 것을 알기는 했지만 이런 식으로 만날 줄은 몰랐다.

"이 친구는 내 부하일세. 그러니 이번 한 번만 봐주게."

"그건……."

나일이 구비화를 힐끔 쳐다보고는 고개를 저었다.

"안 됩니다."

"그런가?"

마득풍이 잠시 반문하는 척하다가 나일의 방심을 찔러 공격해 들어갔다. 나일의 무공을 다시 한 번 몸으로 견식하고 싶었던 것이다.

콰당!

아까와 마찬가지로 마득풍은 바닥으로 나뒹굴었다. 이것은 한 번의 요행이 아닌 실력의 차이가 뚜렷하다는 증거.

"그래, 알았네."

마득풍이 진만득을 보며 어쩔 수 없다는 표정을 지었다.

"이놈의 늙은이가 감히 구 소저를 납치하고 괴롭혀!"

마득풍이 보고 있지 않았다면 나일은 진짜로 진만득을 때려죽였으리라. 구비화가 처음에는 속 시원하다는 표정으로, 그 다음에는 조금 안쓰럽다는 얼굴로, 결국에는 보는 사람이 겁에 질려 비명을 질러낼 때까지 진만득을 주물러 댄 것이다.

　　그로부터 삼 년 후.

　　요즘 강호에는 '녹림은 무섭지 않지만 와룡채는 무섭다' 라는 말이
나돌 정도로 와룡채의 위명은 중원을 진동시켰다. 그럼에도 인원수는
열 명도 채 되지 않았다. 채주의 성격이 지랄 같으니 들어왔던 놈들도
다시 나갈 형편이었다. 그러니 누가 와룡채에 들겠는가.

　　얼마 전에 발행된 무림사기에 당당히 천하제일인을 넘어서 고금제
일인의 자리에 오른 나일. 하나 산채의 수입은 좋아지지 않고 있었다.
와룡채의 근처에는 아예 표물이 오지 않는 것이었다. 표국마다 와룡채
가 있는 곳을 지나치는 표물을 거부하는 걸 당연하게 여겼다. 예외가
있다면 오직 나일의 아버지가 국주로 일하고 있는 대향표국.

　　"이렇게 살다가는 굶어 죽겠다."

　　편봉타가 주린 배를 움켜쥐었다.

　　"정말… 그런데도 채주는 너무해요."

　　아무리 악덕 채주라지만 나일은 부하들이 굶든지 말든지 신경 쓰지
않았다. 오직 자신만 배부르면 그만이었다. 아마 지금도 혼자서 산을
내려가 주루에서 술을 퍼 마시고 있을 게다.

　　"퉤! 젠장, 이제 끝이다."

　　편봉타가 노진의 말을 듣고는 침을 뱉었다. 더럽게 긴 시간이었다.
나일을 쫓아다닌 지 내일로써 꼭 삼 년째. 조사의 유지대로 쫓아다녔
으니 이제는 떠날 것이다.

　　"정말 갈 거예요?"

　　노진이 편봉타를 보며 울먹였다. 한 사람이 나가면 그만큼 남은 사

람에게 가혹한 나일의 주먹이 더 돌아오게 된다.

"암, 가야지."

노진도 떠나고 싶지만 떠날 수가 없었다. 이곳에는 주성치와 노혜영이 머물고 있었다. 지금 그 둘은 부부가 아닌 자매로 편하게 지내고 있었다. 하나 세상에 나갔다가 연왕, 아니, 영락제의 눈에 띄면 죽는 것은 시간문제일 터. 그들을 받아줄 곳이라고는 이곳밖에 없었다.

"축하해요."

진심 어린 축하를 건네는 노진의 등을 편봉타가 두들겼다.

"힘들어도 꾸욱 참아야 한다."

삐이익!

간만에 행인이라도 지나가는가 보다. 망을 보라고 시켰던 마협지가 길게 휘파람을 분 것이다.

"한 건 올리겠는데."

"잘하면 잔치를……."

둘은 기대에 빠졌다. 나일도 크게 한 건을 터뜨린 날에는 마음껏 먹도록 내버려 두었다.

"끄윽, 뭐야!"

행인보다 먼저 들어온 것은 나일이었다. 기다리던 와룡채의 식구들이 마협지를 째려보았다. 나일을 지나가는 행인으로 잘못 본 거냐고 묻는 것이다. 나일은 술통에 들어갔다 왔는지 정신을 못 차리고 걷다가 조금 더 걷고는 털썩 바닥에 누워버렸다.

"채주님이 아니고요, 곧 올 겁니다."

마협지의 말이 끝남과 동시에 두 사람이 들어왔다. 가까이 다가오기를 기다려서 편봉타가 뛰쳐나갔다. 아름다운 외모의 여인과 평범한 인상의 청년. 어딘지 안 어울리는 한 쌍이었다.

“뉘시오?”

“보면 몰라! 있는 것 다 내놔라! 이왕이면 돈보다는 음식을 내놓으면 더 좋고.”

나일의 나쁜 것만 닮아가는 편봉타였다. 다른 점이 있다면 돈에 욕심이 없는 대신 음식에 욕심이 있다는 것. 어차피 돈을 받아도 고스란히 나일의 주머니로 향하기에 먹어 없앨 수 있는 음식을 편봉타는 더욱 선호했다.

“산적……”

남자가 자신의 정체를 맞추자 편봉타가 고개를 끄덕였다.

“죽어라!”

편봉타가 고개를 끄덕임과 동시에 아름다운 여인이 편봉타를 향해 검을 뽑아 달려들었다. 편봉타에게는 불행하게도 그들은 요사이 흑룡채를 소탕하면서 바다의 해적들에 씨를 말리고 산적들로 눈길을 돌린 연하선과 도원몽이었다.

‘어마, 뜨거라!’

편봉타가 자칫 잘못했으면 연하선의 검에 베일 뻔하자 단단히 작정을 하고는 연하선의 앞을 가로막아서는 검을 부러뜨렸다.

“연하선 언니!”

그때 구비화가 연하선을 알아보고는 나섰다. 나일의 지극 정성에 감동해서 나일과 혼약한 지도 벌써 일 년이 넘은지라 구비화의 배가 약간 불렀다. 그리고 구비화의 옆에 있는 북궁주회의 배도 약간 불렀다. 나일은 구비화와 북궁주회를 한꺼번에 아내로 맞아들인 것이다.

“어… 비화야!”

　도원몽이 연하선을 보며 아는 사이냐는 눈치를 보냈다. 연하선이 고개를 끄덕이자 도원몽이 누워 있는 사람을 바라보았다.

　'그러고 보니… 술 취해서 쓰러진 놈은 나일이잖아!'

　켕기는 것이 있는 도원몽인지라 살그머니 도망가려는데 나일이 도원몽의 다리를 붙잡았다.

　"내가 바로… 으암… 천하무적 와룡채의 채주 나일님이시다."

　혀가 꼬인 발음으로 주정하는 나일을 보며 도원몽이 피식 웃음을 터뜨렸다. 소문으로는 나일의 무공이 무천을 넘어섰다고 하지만 별반 변한 것은 없이 보였다.

　'하기는 무공이 아무리 강하다고 해도 천하무적(天下無敵)이라고 할 수 없지. 자신이 하고 싶고 살고 싶은 삶을 살아가는 것이 진정으로 천하무적에 이르는 길이겠지.'

　"내가… 천하무적이라고……."

　나일은 행복한 꿈이라도 꾸는지 주정을 멈추고 진한 웃음을 얼굴에 가득 띠고 있었다.

〈제5권 終〉

글을 마치며

천하무적을 끝내고… 참 아쉽고, 제가 너무도 부족함을 다시 한 번 깨달았습니다.

마지막까지 읽어주신 모든 분께 감사드립니다.

작년에는 좋은 일도 많았고 그만큼 나쁜 일도 많았습니다. 책도 출판되고 결혼도 했으며 세상에서 가장 소중한 우리 딸 지현이도 얻고… 가게를 한동안 하느라 바빴었죠. 그리고 학점도 지금껏 학교 다닌 중에 가장 좋았습니다.

그러나 9월부터 시작된 사건과 사고는 정말 끔찍했습니다.

추석 무렵 외삼촌 가게에 불이 나서 모두 타버렸고, 그 다음주에 사촌 동생이 군대에서 지뢰를 밟아서 발목이 절단되고… 10월에는 친구가 교통사고로 두 달간 입원을 하고, 그 주에 저를 담당하셨던 박영주 주임님도 과로로 병원에 입원하신 후 여지껏 쉬고 계시죠. 11월 초에는 아버지께서 폭행 사고를 당하셔서 손가락이 부러지시고… 월 말에는 할아버지께서 돌아가셨습니다. 작은 사고는 셀 수 없을 만큼 겪었고 그로 인해 하루하루가 긴장의 연속이었습니다.

그런 2003년이 지나갔습니다. 휴우~

새해에는 제가 아는 모든 사람, 그리고 알지 못하는 사람들까지도 좋은 일이 가득하기를 바랍니다. 이 책에 여자 주인공인 제 아내 구비화(본명입니다)를 비롯해서 출연해 주신 모든 분들 하시는 일 잘되길 바랍니다. 그리고 출판사의 서경석 사장님을 비롯해서 문혜영 부장님, 장상수 과장님, 박영주 주임님, 경화님 모두 저한테 신경을 써주셔서 감사합니다.

금년에는 모든 분들이 행복한 일이 생기고 활기를 찾을 수 있었으면 좋겠습니다. 저도 힘을 내면서 늘 웃음 지을 수 있게 살겠습니다.

새해 복 많이 받으십시오.

파이팅!

감사드리는 분: 부모님, 장인어른, 장모님, 사랑하는 내 동생과 처제들, 친척들, 그리고 고마운 친구들. 빤쓰, 개소주, 형석, 인수, 동수, 영민, 철민, 승혁, 정호, 석일, 원재, 재석, 주현, 철회, 찬재, 인환, 민석(결혼 축하한다)… 그 외에 해병대전우회 사람들, 동아리 선후배들.

여러분께 진 빚은 늘 가슴에 묻어두고 있습니다. 언젠간 꼭 갚겠습니다.